MW01517870

MIRA®

Verrat in Paris

All die Jahre hat Beryl an eine Lüge geglaubt: Ihre Eltern, die für den französischen Geheimdienst arbeiteten, sind nicht bei einem Auftrag ums Leben gekommen. Stattdessen soll ihr Vater, als Doppelagent mit dem Codenamen „Delphi" entlarvt, ihre Mutter erschossen haben, bevor er sich selbst (hin)richtete. Für Beryl ist das unfassbar – sie will die Wahrheit wissen! In Paris beginnt sie ihre gefährliche Suche nach den Hintergründen der Tragödie. Zusammen mit dem smarten, aber undurchsichtigen Amerikaner Richard Wolf verstrickt sie sich dabei immer tiefer in ein undurchdringliches Netz von Intrigen und längst überholt geglaubten Feindbildern.

Tess Gerritsen

Verrat in Paris
Roman

Aus dem Amerikanischen von
Gisela Schmitt

MIRA®

MIRA® TASCHENBUCH
Band 25135
1. Auflage: Juni 2005

MIRA® TASCHENBÜCHER
erscheinen in der Cora Verlag GmbH & Co. KG,
Axel-Springer-Platz 1, 20350 Hamburg
Deutsche Erstveröffentlichung

Titel der nordamerikanischen Originalausgabe:
In Their Footsteps
Copyright © 1994 Terri Gerritsen
erschienen bei: Harlequin Enterprises Ltd., Toronto
Published by arrangement with
Harlequin Enterprises II B.V., Amsterdam

Konzeption/Reihengestaltung: fredeboldpartner.network, Köln
Umschlaggestaltung: pecher und soiron, Köln
Titelabbildung: by GettyImages, München
Autorenfoto: © by Harlequin Enterprise S.A., Schweiz
Satz: D.I.E. Grafikpartner, Köln
Druck und Bindearbeiten: Ebner & Spiegel, Ulm
Printed in Germany
ISBN 3-89941-174-9

www.mira-taschenbuch.de

PROLOG

Sie war zu spät. Das war so gar nicht Madelines Art.

Bernard Tavistock bestellte sich noch einen Milchkaffee und trank ihn in aller Ruhe. Dabei schaute er sich immer wieder um, ob er seine Frau irgendwo entdecken konnte. Doch alles, was er sah, war die typische Szenerie des linken Seine-Ufers: Touristen und Einheimische, rot karierte Tischdecken, ein Sammelsurium an Sommerfarben. Und noch immer keine Spur von seiner Frau. Mittlerweile war sie schon eine halbe Stunde überfällig; dahinter steckte mehr als ein Verkehrsstau. Er bemerkte, dass er begonnen hatte, nervös mit dem Fuß zu wippen. In all den Jahren, in denen sie nun verheiratet waren, war Madeline kaum jemals zu einer Verabredung zu spät gekommen, und wenn, dann höchstens ein paar Minuten. Andere Männer mochten über ihre ewig unpünktlichen Gattinnen stöhnen und die Augen rollen, doch Bernard konnte sich nicht beschweren – er war mit einer Frau verheiratet, die immer pünktlich war. Einer schönen, schwarzhaarigen Frau. Einer Frau, die ihn auch nach fünfzehn Jahren Ehe noch zu überraschen, zu faszinieren, zu verführen vermochte.

Aber wo zum Teufel *blieb* sie?

Er schaute den Boulevard Saint-Germain hinauf und hinunter. Seine Nervosität wich langsam echter Sorge. Ob sie einen Unfall gehabt hatte? Oder ob sie in letzter Minute von ihrem Kontaktmann Claude Daumier beim französischen Geheimdienst alarmiert worden war? Schließlich hatten sich in den letzten zwei Wochen die Ereignisse überschlagen. Die Gerüchte über eine NATO-Sicherheitslücke – einen Maulwurf in ihren eigenen Reihen – hatten für allgemeines Unbehagen gesorgt, man fragte sich, wem man noch trauen konnte und wem nicht. Seit Tagen wartete Madeline auf Instruktionen vom MI 6 aus London. Vielleicht hatte man sie ja gerade kontaktiert.

Aber dann hätte sie sich gemeldet.

Er stand auf und wollte gerade zum Telefon gehen, als er sah, wie Mario, sein Kellner, ihm zuwinkte. Der junge Mann bahnte sich geschickt seinen Weg durch die Tische.

„Monsieur Tavistock, gerade hat Madame für Sie angerufen."

Bernard seufzte erleichtert. „Wo ist sie?"

„Sie sagte, sie kann nicht zum Lunch kommen. Sie möchte sich aber mit Ihnen treffen."

„Wo?"

„Hier ist die Adresse." Der Kellner gab ihm einen Zettel, auf dem sich allem Anschein nach Spritzer einer Tomatensuppe befanden. Die Adresse war mit Bleistift notiert: Rue Myrha 66, Wohnung 5.

Bernard runzelte die Stirn. „Ist das nicht am Pigalle? Was um Himmels willen hat sie denn da zu suchen?"

Mario zuckte die Schultern in typisch französischer Manier, mit geneigtem Kopf und hoch gezogenen Brauen. „Keine Ahnung. Sie hat mir die Adresse genannt, und ich habe sie aufgeschrieben."

„Vielen Dank." Bernard griff nach seinem Portemonnaie

und gab dem Kellner das Geld für seine zwei Milchkaffee und ein großzügiges Trinkgeld.

„Merci", sagte der Kellner lächelnd. „Sehen wir Sie zum Abendessen, Monsieur Tavistock?"

„Wenn ich meine Frau finde", brummte Bernard und machte sich auf den Weg zu seinem Mercedes.

Während er zum Place Pigalle fuhr, schimpfte er die ganze Zeit vor sich hin. Was um alles in der Welt war in sie gefahren? Was wollte sie da? Es war nicht gerade der sicherste Ort in Paris für eine Frau – oder auch für einen Mann. Er tröstete sich mit dem Gedanken, dass seine liebe Madeline ganz gut auf sich aufpassen konnte. Sie war eine viel bessere Schützin als er, und die automatische Pistole, die sie in ihrer Handtasche hatte, war immer geladen – eine Vorsichtsmaßnahme, auf der er seit der Beinahe-Katastrophe in Berlin bestand. Es war beunruhigend, dass man heute nicht einmal mehr seinen eigenen Leuten trauen konnte. Überall saßen unfähige Leute, im MI 6, in der NATO, beim französischen Geheimdienst. Und damals war Madeline ganz allein gewesen in diesem Haus in der DDR, ohne jegliche Verstärkung. *Wenn ich nicht gerade noch rechtzeitig aufgetaucht wäre ...*

Nein, so einen Horror wollte er nicht noch mal erleben.

Und sie hatte ihre Lektion gelernt. Die geladene Pistole war seitdem ihr ständiger Begleiter.

Er bog in die Rue de Chapelle ein und schüttelte angewidert den Kopf angesichts der heruntergekommenen Straße, der schäbigen Nightclubs, der leicht bekleideten Frauen, die an jeder Straßenecke standen. Sie sahen seinen Mercedes und boten ihre Dienste an. Verzweifelt. Die Amerikaner nannten diese Ecke „Pig Alley" statt Pigalle, „Schweinestra-ße". Hierher kam man, wenn man auf ein schnelles Abenteuer und sündiges Vergnügen aus war. Madeline, dachte er, bist du total verrückt geworden? Was machst du bloß hier?

Er bog auf den Boulevard Bayes, dann auf die Rue Myrha ab und parkte vor der Hausnummer 66. Ungläubig starrte er das Gebäude an und zählte drei Stockwerke – drei Stockwerke, nicht sehr vertrauenserweckend, aus bröckelndem Beton mit altersschwachen Balkonen. Und in dieser Feuerfalle wollte sie sich mit ihm treffen? Er schloss den Mercedes ab und dachte: Ich kann mich glücklich schätzen, wenn das Auto nachher noch da ist. Widerwillig betrat er das Haus.

Von innen sah das Gebäude bewohnt aus: Kinderspielzeug im Treppenhaus, Radiogedudel aus einer der Wohnungen. Er stieg die Treppe hoch. Der Geruch nach gebratenen Zwiebeln und Zigarettenrauch hing vermutlich ständig in der Luft. Die Wohnungen drei und vier befanden sich im ersten Stock. Er stieg durch das enge Treppenhaus weiter ins oberste Stockwerk. Nummer fünf war eine Mansardenwohnung; die niedrige Tür war im Dachvorsprung eingelassen.

Er klopfte. Keine Antwort.

„Madeline?" rief er. „Ist das ein Scherz?"

Immer noch keine Antwort.

Er versuchte, die Tür zu öffnen; sie war nicht abgeschlossen. Bernard schob sich in die Mansarde. Die Jalousien waren heruntergelassen. An der Wand stand ein großes Messingbett, dessen Laken noch zerwühlt waren. Auf einem Nachttisch standen zwei Gläser, eine leere Champagnerflasche und mehrere Plastikgegenstände, die man vorsichtig als „Sexspielzeug" bezeichnen würde. Das Zimmer roch nach Alkohol, nach der Hitze der Leidenschaft und nach Lust.

Bernards Blick wanderte zum Fußende des Messingbettes, neben dem ein hochhackiger Damenschuh auf dem Boden lag. Er runzelte die Stirn, ging einen Schritt näher und sah, dass der Schuh in einer purpurrot schimmernden Lache lag. Als er das Bett umrundet hatte, blieb er ungläubig stehen.

Da lag seine Frau auf dem Boden, ihr ebenholzschwarzes Haar umgab sie wie schwarze Federn. Ihre Augen waren aufgerissen. Drei kleine Blutflecken beschmutzten ihre weiße Bluse.

Er fiel neben ihr auf die Knie. „Nein", sagte er. „*Nein.*" Er berührte ihr Gesicht, fühlte, dass ihre Wangen noch warm waren. Er presste sein Ohr auf ihre Brust, ihre blutbeschmierte Brust, und hörte keinen Herzschlag mehr, keinen Atem. Aus seinem Mund vernahm er ein Schluchzen, einen Laut ungläubiger Trauer. „*Madeline!*"

Plötzlich hörte er hinter sich ein anderes Geräusch – Schritte. Leise kamen sie näher …

Bernard drehte sich um. Irritiert starrte er auf die Pistole – Madelines Pistole –, die jetzt auf ihn gerichtet war. Er sah auf und blickte in das Gesicht der Person, die auf ihn zielte. Das alles ergab keinen Sinn, überhaupt keinen Sinn!

„Warum?" fragte Bernard.

Die Antwort war der dumpfe Knall der schallgedämpften Automatic. Die Wucht der Kugel schleuderte ihn zu Boden, neben Madeline. Für ein paar Sekunden war er sich der

Nähe ihres Körpers bewusst, der Nähe ihres Haares, das wie Seide durch seine Finger glitt. Er streckte die Hand aus und streichelte schwach ihren Kopf. Meine Liebe, dachte er. Meine Allerliebste.

Dann fiel seine Hand schlaff herunter.

1. Kapitel

Buckinghamshire, England
Zwanzig Jahre später

Jordan Tavistock lümmelte sich in Onkel Hughs Sessel und betrachtete amüsiert das Porträt seines Vorfahrens, des unglückseligen Grafen von Lovat. Es hatte schon eine gewisse Komik, dachte er, dass sie Lord Lovat den Ehrenplatz über dem Kaminsims zugeteilt hatten. Ein Paradebeispiel für ihre skurrile Art. Sie stellten ausgerechnet denjenigen ihrer Ahnen aus, der im wahrsten Sinne des Wortes seinen Kopf im Tower Hill verloren hatte. Er war der Letzte gewesen, den man in England offiziell enthauptet hatte – inoffizielle Enthauptungen zählten nicht. Jordan erhob sein Glas und trank einen Schluck Sherry auf das Wohl des glücklosen Grafen. Er war geneigt, sich ein zweites Glas einzugießen, aber es war schon halb sechs, und bald würden die Gäste zum Empfang anlässlich des „Sturms auf die Bastille" eintreffen. Ich sollte wenigstens ein paar meiner grauen Zellen übrig lassen, ermahnte er sich. Vielleicht brauche ich sie noch für den Smalltalk. Smalltalk rangierte unter Jordans meistgehassten Beschäftigungen ganz oben.

Meistens gelang es ihm, sich vor den Kaviar- und Krawattenrunden seines Onkels Hugh zu drücken, zu denen dieser so gern einlud. Aber der heutige Abend – veranstaltet zu Ehren seiner Hausgäste Sir Reggie und Lady Helena Vane – versprach, etwas interessanter zu werden als die üblichen Empfänge. Es war die erste große Party, die Onkel Hugh seit seinem Ausscheiden aus dem britischen Geheimdienst gab, und eine Reihe seiner ehemaligen Kollegen vom MI 6 wurde erwartet. Dazu kamen ein paar alte Bekannte aus seiner Zeit in Paris, die alle wegen des Wirtschaftsgipfels gerade in London weilten. Es könnte also ein spannender Abend werden. Denn immer, wenn Diplomaten und ehemalige Agenten aufeinander trafen, kamen überraschende Geheimnisse ans Licht.

Jordan sah auf, als sein Onkel leise vor sich hin schimpfend ins Arbeitszimmer kam. Er trug bereits seinen Smoking und versuchte erfolglos, seine Fliege zu binden; schließlich gelang es ihm, eine Art störrischen Kreuzknoten zu machen.

„Jordan, hilf mir doch bitte mal mit diesem verdammten Ding", bat Hugh.

Jordan erhob sich aus seinem Sessel und löste den Knoten wieder.

„Wo ist Davis? Er kann so was viel besser als ich."

„Ich habe ihn gerade deine Schwester holen geschickt."

„Ist Beryl schon wieder weg?"

„Natürlich. Erwähne das Wort ‚Cocktailparty', und weg ist sie."

Jordan band seinem Onkel die Fliege. „Beryl mochte Partys noch nie. Mal ganz unter uns: Ich glaube, sie hat genug von den Vanes."

„Meinst du? Aber sie sind so nette Gäste. Sie passen so gut dazu –"

„Es sind die kleinen Gemeinheiten, die sie austauschen."

„Ach, *das* meinst du. So waren sie schon immer. Mir fällt das schon gar nicht mehr auf."

„Ist dir aufgefallen, dass Reggie Beryl nachläuft wie ein Hündchen?"

Hugh lachte. „Bei hübschen Frauen *wird* Reggie zu einem Hündchen."

„Kein Wunder, dass Helena ihn dauernd anmeckert."

Jordan ging einen Schritt zurück und betrachtete die Fliege seines Onkels mit einem Stirnrunzeln.

„Wie sehe ich aus?"

„Das muss reichen."

Hugh sah auf die Uhr. „Ich sehe besser noch mal in der Küche nach, ob alles in Ordnung ist. Und warum sind die Vanes noch nicht unten?"

Wie aufs Stichwort hörten sie zwei streitende Stimmen im Treppenhaus. Lady Helena schimpfte wie so oft mit ihrem Mann. „*Irgendjemand* muss es dir ja mal sagen", rief sie gerade aus.

„Ja, und dieser Jemand bist immer du."

Sir Reggie flüchtete sich ins Arbeitszimmer, seine Frau folgte ihm. Jordan war bei jedem Treffen wieder aufs Neue erstaunt darüber, wie wenig die beiden zueinander passten. Der grauhaarige und gut aussehende Sir Reggie überragte seine unscheinbare Frau um Längen. Vielleicht lag es an Helenas Erbe, dass die beiden zusammengefunden hatten; mit Geld ließen sich gewisse Defizite schon seit jeher ausgleichen.

Als es kurz vor sechs war, schenkte Hugh vier Gläschen Sherry ein und reichte sie seinen Gästen. „Bevor die Massen ankommen", sagte er. „Ich trinke auf eure sichere Rückkehr nach Paris." Sie tranken. Dieser letzte Abend im Kreise alter Freunde hatte etwas von einer feierlichen Zeremonie.

Jetzt erhob Reggie sein Glas in Richtung des Gastgebers. „Auf die englische Gastfreundschaft, die wir immer wieder zu schätzen wissen!"

Von der Einfahrt hörte man einen Wagen auf dem Schotter vorfahren. Alle spähten aus dem Fenster, um zu sehen, wer die ersten Ankömmlinge waren. Der Chauffeur öffnete die Wagentür, und eine Dame in den Fünfzigern stieg aus, ihren reifen Körper umschmeichelte ein grünes Kleid, das über und über mit Perlen besetzt war. Hinter ihr tauchte ein junger Mann in einem lilafarbenen Seidenhemd auf. Er nahm ihren Arm.

„Ach du lieber Himmel, Nina Sutherland mit ihrem unmöglichen Sohn", murmelte Helena. „Auf welchem Besen ist *die* hierher geflogen?"

Nina Sutherland bemerkte, dass die vier am Fenster standen. „Hallo Reggie! Helena!" rief sie mit einer Stimme, tief wie ein Fagott.

Hugh setzte sein Sherryglas ab. „Zeit, die Barbaren zu begrüßen", murmelte er seufzend. Und er und die Vanes verschwanden Richtung Vordertür, um die Gäste willkommen zu heißen.

Jordan ließ sich noch etwas Zeit, trank seinen Sherry aus, setzte ein Lächeln auf und machte sich bereit fürs Händeschütteln. Die Stürmung der Bastille – was für ein Vorwand für eine Party! Er strich noch einmal über seine Frackschöße und über sein Rüschenhemd und machte sich dann resignierend auf den Weg zum Eingang. Der Zirkus konnte losgehen.

Die Frage war nur, wo um Himmels willen seine Schwester war.

Diese ritt zur selben Zeit wie eine Besessene über eine Wiese. Die gute alte Froggie braucht Bewegung, dachte Beryl. Und ich auch. Sie stemmte sich gegen den Wind, fühlte Froggies Mähne in ihrem Gesicht und sog den wunderbaren Geruch des Pferdes, des Klees und der juliwarmen Erde ein. Froggie freute sich genauso sehr wie sie, wenn nicht noch mehr. Beryl fühlte die angespannten Muskeln der Stute, ihre Bereitschaft, das Tempo noch weiter zu erhöhen. Sie ist ein Teufel, so wie ich, dachte Beryl und musste plötzlich laut lachen – dieses wilde Lachen, das der arme Onkel Hughie so fürchterlich fand. Doch hier draußen, auf freiem Feld, konnte sie so wild und wollüstig lachen wie sie wollte. Keiner hörte sie. Könnte sie doch nur für immer so weiter reiten! Ihr Leben schien voller Zäune und Mauern zu sein. Zäune im Kopf, Zäune im Herzen. Sie trieb ihr Pferd weiter an, als ob sie, wenn sie schneller ritt, vor den bösen Gedanken fliehen könnte, die sie verfolgten.

Die Stürmung der Bastille. Ein komischer Anlass für eine Party.

Aber Onkel Hugh liebte solche Partys, und die Vanes waren nun mal alte Freunde der Familie; sie verdienten eine würdige Verabschiedung. Sie hatte sich die Gästeliste angesehen, und es standen dieselben langweiligen Leute wie immer darauf. Führten ausgediente Agenten und Diplomaten kein spannenderes Leben? Einen pensionierten James Bond konnte sie sich schließlich auch nicht gerade bei der Gartenarbeit vorstellen.

Doch genau damit beschäftigte sich Onkel Hugh den lieben langen Tag. Sein Highlight der Woche war die Ernte der ersten hybriden Nepaltomate gewesen – so früh hatte er noch nie eine Tomate geerntet! Und was die Freunde ihres Onkels betraf: *Die* konnte sie sich noch weniger vorstellen, wie sie durch dunkle Gassen in Paris oder Berlin schlichen. Vielleicht gerade noch Philippe St. Pierre – ihn vielleicht, als er noch jünger war; denn auch jetzt, mit 62, war er immer noch charmant und ein echter französischer Ladykiller. Und Reggie Vane hatte vor ein paar Jahren sicher auch keine so schlechte Figur gemacht. Aber die meisten von Onkel Hughs alten Kollegen wirkten doch eher … verbraucht.

Ich nicht. Niemals.

Sie galoppierte schneller und ließ Froggie freien Lauf.

Sie rasten über das letzte Stück Wiese und durch ein kleines Wäldchen. Froggie war inzwischen außer Atem und verfiel in einen langsameren Trab, schließlich ging sie Schritt. An der Steinmauer bei der Kirche hielt Beryl sie an und stieg ab. Der Friedhof lag verlassen da, die Grabsteine warfen lange Schatten über den Rasen. Beryl kletterte über die niedrige Mauer und ging zu der Stelle, die sie schon so oft besucht hatte. Ein schmucker Grabstein ragte über den beiden nebeneinander liegenden Gräbern auf. Die Marmorplatte wurde nicht von Schnörkeln oder Engelsfiguren verziert. Dort stand nur ganz schlicht:

Bernard Tavistock, 1930–1973
Madeline Tavistock, 1934–1973
Auf Erden wie im Himmel sind wir zusammen.

Beryl kniete sich ins Gras und blickte versunken auf die letzte Ruhestätte ihrer Eltern. Morgen sind es zwanzig Jahre, dachte sie. Wenn ich mich nur besser an euch erinnern könnte! An eure Gesichter, euer Lächeln. Sie erinnerte sich nur an irgendwelche komischen, unwichtigen Dinge. An den Geruch von Lederkoffern, von Mums Parfüm und Dads Pfeife. An das Knistern des Papiers, wenn sie und Jordan die Geschenke auspackten, die Mum und Dad ihnen mitgebracht hatten. Puppen aus Frankreich. Spieldosen aus Italien. Und sie erinnerte sich, dass sie gelacht hatten. Sie hatten immer viel gelacht ...

Beryl saß mit geschlossenen Augen da und lauschte wie vor zwanzig Jahren diesem glücklichen Geräusch. Im abendlichen Insektengeschwirr und dem Klirren von Froggies Trense und Zaumzeug hörte sie die Geräusche ihrer Kindheit.

Die Kirchenglocke schlug – sechs Uhr.

Unvermittelt richtete sich Beryl auf. Oh nein, war es wirklich schon so spät? Sie sah sich um und bemerkte, dass die Schatten länger geworden waren. Froggie stand an der Mauer und sah sie erwartungsvoll an. Oh Gott, dachte sie, Onkel Hugh ist bestimmt schon total sauer auf mich.

Sie rannte über den Friedhof und schwang sich auf Froggies Rücken. Und schon sprengten sie wieder über das Feld, Pferd und Reiterin zu einer Einheit verschmolzen.

Zeit für die Abkürzung, entschied Beryl, und lenkte Froggie in Richtung der Bäume. Ein Sprung über eine kleine Steinmauer, ein Stück die Straße entlang, aber immerhin eine ganze Meile kürzer. Froggie schien zu verstehen, dass jede Minute zählte. Sie wurde schneller und näherte sich der Mauer mit der Anspannung eines erfahrenen Springpferds. Sie ließ das Hindernis sauber hinter sich, ein paar Zentimeter waren noch Platz gewesen. Beryl spürte den Wind im Gesicht, als ihr Pferd zum Sprung ansetzte und dann auf der anderen Seite wieder landete. Nun hatten sie das größte Hindernis schon hinter sich. Jetzt kam nur noch die Straßenkurve …

Sie sah etwas rot aufblitzen, dann hörte sie Reifenquietschen. Froggie scheute und bäumte sich auf. Der plötzliche Ruck kam unerwartet für Beryl. Sie wurde aus dem Sattel geschleudert und landete mit einem lauten Knall auf der Erde.

Als sich in ihrem Kopf nichts mehr drehte, war ihre erste Reaktion, sich zu wundern, dass sie überhaupt gestürzt war – und noch dazu aus einem so blöden Grund.

Ihr nächster Gedanke war, ob Froggie sich vielleicht verletzt hätte.

Beryl kam mühsam auf die Füße und rannte los, um das Pferd an den Zügeln zu packen. Froggie war immer noch erschrocken und trippelte nervös auf der Straße hin und her. Eine Autotür schlug zu, Schritte kamen näher, und das Tier wurde noch nervöser.

„Nicht näher kommen!" rief Beryl über ihre Schulter.

„Ist alles in Ordnung?" kam eine besorgte Frage. Es war

eine Männerstimme, ein angenehmer Bariton. Ein Amerikaner?

„Mir geht's gut", erwiderte Beryl.

„Und was ist mit dem Pferd?"

Beruhigend auf Froggie einredend, kniete sich Beryl hin und tastete mit der Hand über das Vorderbein des Tiers. Die empfindlichen Knochen schienen alle heil geblieben zu sein.

„Geht's ihm gut?" erkundigte sich der Mann.

„Es ist eine Sie", antwortete Beryl. „Ja, ihr scheint's gut zu gehen."

„Ich könnte es Ihnen genau sagen", sagte der Mann trocken. „Wenn ich sie mir mal ansehen dürfte."

Beryl unterdrückte ein Lächeln, stand auf und drehte sich zu dem Mann um. Er hatte dunkle Haare und dunkle Augen. Und offensichtlich Humor – dieser Typ wirkte überhaupt nicht steif. Sie schätzte ihn auf über vierzig, seine Augen waren von attraktiven Lachfältchen umgeben. Er trug eine förmliche schwarze Krawatte, und seine breiten Schultern füllten die Smokingjacke beeindruckend aus.

„Tut mir sehr Leid", sagte er. „Ich schätze, es war meine Schuld."

„Das ist eine Landstraße, wissen Sie. Hier sollte man nicht so schnell fahren. Man weiß nie, was sich hinter der nächsten Kurve verbirgt."

„Das ist mir jetzt auch klar."

Froggie stupste sie ungeduldig. Beryl streichelte den Hals ihres Pferdes und war sich des intensiven Blicks des Mannes bewusst.

„Ich habe aber eine Entschuldigung", sagte er. „Ich wurde in dem Dorf da hinten zurückgeschickt und bin zu spät dran. Ich suche einen Ort namens Chetwynd. Kennen Sie den?"

Sie nickte überrascht. „Sie wollen nach Chetwynd? Dann haben Sie die falsche Straße genommen."

„Wirklich?"

„Sie sind eine halbe Meile zu früh abgebogen. Fahren Sie zurück bis zur Hauptstraße und dann geradeaus weiter. Sie können den Abzweig nicht verpassen. Es ist ein Privatweg, er ist von großen Ulmen gesäumt."

„Dann halte ich nach den Ulmen Ausschau."

Sie stieg wieder auf und musterte den Fremden erneut. Selbst von hier oben hatte er noch eine beeindruckende Figur, schlank und elegant im Smoking. Und er wirkte so selbstsicher, wie jemand, der sich von niemandem einschüchtern lässt – nicht einmal von einer Frau, die auf einem 900 Pfund schweren Muskelpaket von Pferd sitzt.

„Sind Sie sicher, dass Ihnen nichts fehlt?" fragte er. „Es sah nach einem schlimmen Sturz aus."

„Es war nicht mein erster", entgegnete sie und lächelte. „Ich habe einen ziemlichen Dickkopf."

Der Mann lächelte auch und entblößte makellos weiße Zähne. „Dann muss ich mir keine Sorgen machen, dass Sie heute Abend noch ohnmächtig werden?"

„Eher werden *Sie* heute Abend noch ohnmächtig."

Er sah sie fragend an. „Wie bitte?"

„Ohnmächtig von langweiligem und endlosem Geschwätz. In Anbetracht Ihres Fahrtziels eine berechtigte

Annahme." Lachend wendete sie das Pferd. „Schönen Abend noch", rief sie. Sie winkte ihm zum Abschied zu und ließ Froggie in Richtung Wald davontraben.

Als sie die Straße hinter sich ließ, fiel ihr ein, dass sie vor ihm in Chetwynd eintreffen würde. Wieder musste sie lachen. Vielleicht würde die Stürmung der Bastille doch spannender werden, als sie gedacht hatte. Sie gab dem Pferd die Sporen und Froggie verfiel in einen Galopp.

Richard Wolf stand neben seinem gemieteten M.G. und sah die Frau fortreiten, ihr schwarzes Haar glitt ihr wie eine Mähne über die Schultern. Innerhalb von Sekunden war sie im Wald verschwunden und nicht mehr zu sehen. Er wusste nicht einmal ihren Namen, dachte er. Er musste Lord Lovat nach ihr fragen. *Sag mal, Hugh, kennst du eine schwarzhaarige Hexe, die hier die Gegend unsicher macht?* Sie war gekleidet wie die Mädchen vom Land, trug ein ausgewaschenes Hemd und Reiterhosen mit Grasflecken, aber ihrem Akzent nach war sie auf einer sehr guten Schule gewesen. Ein charmanter Widerspruch.

Er stieg wieder ins Auto. Inzwischen war es fast halb sieben; die Fahrt von London hierher hatte länger gedauert als angenommen. Diese verdammten Landstraßen! Er wendete den Wagen und fuhr zurück zur Hauptstraße, vor jeder Kurve bremste er vorsichtig ab. Man weiß nie, was einen hinter der nächsten Kurve erwartet. Eine Kuh vielleicht oder eine Ziege.

Oder noch eine Hexe auf einem Pferd.

Ich habe einen ziemlichen Dickkopf. Er lächelte. In der Tat.

Sie rutscht aus dem Sattel – bums – und steht sofort wieder auf. Und frech ist sie noch dazu. Als ob ich eine Stute nicht von einem Hengst unterscheiden könnte. Das sieht man doch auf einen Blick.

Und noch etwas hatte er auf einen Blick festgestellt: dass sie ohne Frage eine Frau nach seinem Geschmack war. Rabenschwarzes Haar, fröhliche grüne Augen. *Sie erinnert mich ein bisschen an …*

Er schob den Gedanken weg, wollte die unangenehmen Bilder, die Albträume verdrängen. Die furchtbaren Erinnerungen an seinen ersten Auftrag, an sein Versagen. Es warf einen dunklen Schatten auf seine Karriere, seitdem hatte er es sich angewöhnt, nie wieder etwas als selbstverständlich hinzunehmen. Schließlich *sollte* man in seiner Branche so arbeiten. Die Fakten überprüfen, nie den Quellen trauen und immer, immer beobachten, was hinter dem eigenen Rücken vorgeht.

Es machte ihm keinen Spaß mehr. *Vielleicht sollte ich Schluss machen und mich zur Ruhe setzen. Aufs Land ziehen wie Hugh Tavistock.* Aber Tavistock hatte natürlich einen Adelstitel und ein Anwesen und musste sich keine Sorgen machen, obwohl Richard die Vorstellung des massigen und kahl werdenden Hugh Tavistock als Graf belustigend fand. *Vielleicht sollte ich mich einfach auf meinen zehn Hektar in Connecticut niederlassen, mich zum Grafen von sonst was erklären und Gurken ziehen.*

Aber er würde seine Arbeit vermissen. Diesen Hauch von Gefahr, das internationale Schachspiel der großen Geister. Die Welt veränderte sich so schnell, und von einem

Tag auf den anderen wusste man nicht mehr, wer Freund oder Feind war ...

Schließlich entdeckte er den Abzweig nach Chetwynd. Da standen die majestätischen Ulmen, von denen die schwarzhaarige Frau gesprochen hatte. Noch beeindruckender war freilich das Anwesen am Ende der Straße. Es war alles andere als ein einfaches Landhaus; es war ein Schloss mit Türmchen und efeuberankten Mauern. Kunstvoll angelegte Gärten dehnten sich kilometerweit aus, und es gab einen gepflasterten Weg zu einem mittelalterlichen Irrgarten. Und hierher hatte sich der alte Hugh Tavistock nach vierzig Jahren Dienst im Auftrag ihrer Majestät zurückgezogen. Das Grafendasein hatte also doch seine Vorteile – denn so viel Geld verdiente man sicher nicht als Staatsbediensteter. Und er hatte Hugh immer für einen bodenständigen Typen gehalten, keinesfalls für einen dieser noblen Gentlemen vom Lande. Er wirkte so unprätentiös, spielte sich nicht auf; er hatte immer den Eindruck eines zerstreuten Beamten gemacht, der eher zufällig ins Allerheiligste des MI 6 geraten war.

Von all der Grandezza amüsiert, schritt Richard die Stufen hoch, passierte die Sicherheitsschleuse und betrat sicheren Schrittes den Ballsaal.

Unter den Gästen bemerkte er eine Menge bekannter Gesichter. Der Londoner Wirtschaftsgipfel hatte Diplomaten und Finanzgrößen aus ganz Europa angelockt. Sofort entdeckte er den amerikanischen Botschafter bei der typisch prahlerischen Art von Kontaktpflege, die Diplomaten so an sich haben. Auf der anderen Seite des Raums standen drei

Personen, die er noch aus Paris kannte. Philippe St. Pierre, der französische Finanzminister, vertieft ins Gespräch mit Reggie Vane, dem Chef der Pariser Filiale der Bank of London. Neben Reggie stand seine Frau Helena, die wie immer ignorant und schlecht gelaunt wirkte. Ob er diese Frau jemals glücklich gesehen hatte?

Das laute und etwas vulgäre Lachen einer Frau lenkte Richards Aufmerksamkeit auf eine weitere Bekannte aus Pariser Zeiten – Nina Sutherland, die Witwe des ehemaligen Botschafters, heute in einem Kleid aus grüner Seide, verziert mit Glasperlen. Obwohl ihr Mann schon lange tot war, tauchte sie noch immer in schöner Regelmäßigkeit auf allen diesen Veranstaltungen auf. Neben ihr stand ihr zwanzigjähriger Sohn Anthony, der angeblich Künstler war. In seinem lila Hemd war er jedenfalls eine ebenso auffällige Erscheinung wie seine Mutter. Ein prächtiges Gespann, die beiden! Wie ein Pfauenpärchen! Offensichtlich hatte Nina, eine ehemalige Schauspielerin, ihrem Sohn Anthony den Sinn für Extravaganz vererbt.

Um den Sutherlands nicht zu begegnen, wandte sich Richard dem Büfett zu, das von einer Eisskulptur in Form des Eiffelturms geschmückt wurde. Das Motto dieser Party war unübersehbar. Heute Abend war einfach *alles* französisch: die Musik, der Champagner, sogar eine Trikolore hing von der Decke.

„Da möchte man doch fast die ‚Marseillaise‘ schmettern", sagte eine Stimme.

Richard drehte sich um und sah einen großen blonden Mann neben sich stehen. Er war schlank, hatte einen aristokratischen Gesichtsausdruck und schien sich in dem gestärkten Hemd und dem Frack nicht unwohl zu fühlen. Lächelnd reichte er Richard ein Glas Champagner. Das Licht des Kronleuchters spiegelte sich in der perlenden Flüssigkeit. „Sie sind Richard Wolf", stellte der Mann fest.

Richard nickte und nahm das Glas. „Und Sie sind …?"

„Jordan Tavistock. Onkel Hugh hat mir gesagt, wer Sie sind. Da dachte ich, ich gehe mal rüber und stelle mich vor."

Die beiden schüttelten sich die Hände. Jordans Händedruck war fest, ganz anders, als Richard es von zarten Aristokratenhänden erwartet hätte.

„Sagen Sie", fing Jordan an und nahm sich selbst auch ein Glas Champagner, „in welche Kategorie gehören Sie? Agent, Diplomat oder Finanzexperte?"

Richard lachte. „Muss ich diese Frage beantworten?"

„Nein. Aber fragen schadet ja nichts. So kommt man besser ins Gespräch." Er nahm einen Schluck und lächelte. „Es ist eins von meinen Spielchen. Das macht die Partys interessanter. Ich schnappe ein paar Wörter auf und versuche herauszufinden, wer zum Geheimdienst gehört. Die Hälfte der Leute hier ist oder war dabei." Jordan sah sich im Raum um. „Stellen Sie sich vor, wie viele Geheimnisse in diesen Köpfen gespeichert sind."

„Sie kennen sich in der Branche wohl aus?"

„Wenn man in diesem Haushalt aufgewachsen ist, bleibt einem nichts anderes übrig." Jordan sah Richard einen Moment an. „Mal sehen. Sie sind Amerikaner …"

„Stimmt."

„Und während die Firmenbosse alle zusammen in Stretchlimousinen hier eintrafen, kamen Sie allein."

„Bis jetzt alles richtig."

„Und Sie bezeichnen die Arbeit des Geheimdienstes als *die Branche*."

„Richtig bemerkt."

„Also sind Sie vermutlich … vom CIA?"

Richard schüttelte den Kopf und grinste. „Ich bin nur ein privater Sicherheitsberater. Sakaroff und Wolf, Inc."

Jordan grinste zurück. „Schlaue Tarnung."

„Das ist keine Tarnung. Ich bin echt. Alle diese Firmenbosse hier wollen absolute Sicherheit beim Gipfel. Eine IRA-Bombe könnte ihnen den Tag so richtig vermiesen."

„Und Sie heuert man an, damit die Bösewichte keine Chance haben", ergänzte Jordan.

„Genau", sagte Richard. Und er dachte: Alles klar, das ist Madelines und Bernards Sohn. Er sieht Bernard ähnlich, er hat dieselben wachen braunen Augen, dieselben feinen Züge. Und er hat eine schnelle Auffassungsgabe und ist ein guter Beobachter – eine unentbehrliche Begabung.

In diesem Moment wandte Jordan seine Aufmerksamkeit einem Neuankömmling zu. Richard drehte sich um, um zu sehen, wer gekommen war. Als er die Frau sah, zuckte er überrascht zusammen.

Es war die schwarzhaarige Hexe, die jetzt keine Reiterhosen und Stiefel mehr trug, sondern ein langes Abendkleid aus mitternachtsblauer Seide. Ihre Haare waren elegant hochgesteckt. Selbst aus dieser Entfernung fühlte er sich magisch angezogen von ihr – so wie jeder andere Mann im Saal.

„Das ist sie", murmelte Richard.

„Sie kennen sie?" fragte Jordan.

„Per Zufall. Ihr Pferd scheute vor mir auf der Straße. Sie war nicht besonders erfreut über den Sturz."

„Sie fiel vom Pferd?" fragte Jordan erstaunt. „Ich hätte nicht gedacht, dass das geht."

Die Frau glitt in den Saal und nahm sich ein Glas Champagner von einem Tablett. Der Raum war plötzlich von einem merklichen Wispern erfüllt.

„Sie weiß jedenfalls, wie man in einem Kleid eine gute Figur macht", sagte Richard bei ihrem Anblick bewundernd.

„Ich werde es ihr ausrichten", erwiderte Jordan trocken.

„Besser nicht."

Lachend stellte Jordan sein Glas ab. „Kommen Sie, Wolf. Ich stelle Sie offiziell vor."

Als sie auf sie zugingen, lächelte die Frau Jordan zur Begrüßung an. Dann wandte sich ihr Blick Richard zu, und ihre Miene spiegelte nicht mehr Unbeschwertheit, sondern Misstrauen wider. Nicht gut, dachte Richard. Sie erinnert sich, dass sie meinetwegen vom Pferd stürzte. Dass ich sie fast umgebracht hätte.

„So trifft man sich wieder", sagte sie höflich.

„Ich hoffe, Sie haben mir verziehen."

„Niemals." Dann lächelte sie. Und was für ein Lächeln!

Jordan sagte: „Meine Liebe, das ist Richard Wolf."

Die Frau streckte ihm die Hand hin. Richard nahm sie und war überrascht über ihren starken, sachlichen Händedruck. Als er ihr in die Augen sah, durchfuhr ihn die Erinnerung wie ein Schock. *Natürlich. Ich hätte es gleich bemerken müssen. Die schwarzen Haare. Die grünen Augen. Sie muss Madelines Tochter sein.*

„Wenn ich vorstellen darf: Beryl Tavistock", fuhr Jordan fort. „Meine Schwester."

„Und woher kennen Sie meinen Onkel Hugh?" fragte Beryl, als sie und Richard gemeinsam durch den Garten schlenderten. Inzwischen war es dunkel geworden, die sanfte Sommernacht umhüllte alles. Die Blumen waren in der Dunkelheit verschwunden, doch ihr Duft hing noch in der Luft, der Duft von Salbei und Rosen, Lavendel und Thymian. Im Dunkeln bewegt er sich wie eine Katze, dachte Beryl. So leise, so unergründlich.

„Wir lernten uns vor Jahren in Paris kennen", antwortete er. „Dann hatten wir lange keinen Kontakt mehr. Aber als ich vor ein paar Jahren meine Firma gründete, war Ihr Onkel so nett, mich zu beraten."

„Jordan sagte mir, Ihre Firma heißt Sakaroff und Wolf."

„Ja. Wir sind Sicherheitsberater."

„Und das ist Ihr echter Beruf?"

„Was meinen Sie?"

„Haben Sie denn keinen, wie soll ich sagen, *inoffiziellen* Job?"

Er lachte. „Sie und Ihr Bruder kommen wohl gern schnell zur Sache."

„Wir haben gelernt, direkt zu sein. Dann kann man sich den Smalltalk sparen."

„Smalltalk ist die Schmiere der Gesellschaft."

„Nein, Smalltalk ist das, was die Gesellschaft davon ab-hält, die Wahrheit zu sagen."

„Und Sie wollen die Wahrheit hören", bemerkte er.

„Wollen wir das nicht alle?" Sie sah ihn an und versuch-te, in der Dunkelheit seine Augen auszumachen, aber sie waren nicht mehr als Schatten in der Silhouette seines Ge-sichts.

„Die Wahrheit", sagte er, „ist, dass ich wirklich Sicher-heitsberater bin. Ich habe eine Firma zusammen mit meinem Partner Niki Sakaroff –"

„Niki? Etwa Nikolai Sakaroff?"

„Haben Sie den Namen schon mal gehört?" fragte er vielleicht eine Spur zu unschuldig.

„Der Sakaroff, der früher beim KGB war?"

Eine kurze Pause. „Ja, früher", räumte er ein, „hatte Niki vielleicht mal Verbindungen dahin."

„Verbindungen? Wenn ich mich recht erinnere, war Ni-kolai Sakaroff ein Oberst. Und jetzt ist er Ihr Geschäftspart-ner?" Sie lachte. „Der Kapitalismus treibt wirklich seltsame Blüten."

Eine Weile gingen sie schweigend nebeneinander her. Dann erkundigte sie sich leise: „Arbeiten Sie immer noch für den CIA?"

„Sagte ich, dass ich das je getan habe?"

„Das kann man leicht schlussfolgern. Ich bin übrigens sehr diskret. Die Wahrheit ist bei mir gut aufgehoben."

„Trotzdem möchte ich nicht verhört werden."

Sie lächelte ihn an. „Auch nicht unter Folter?"

In der Dunkelheit sah sie, dass er grinste. „Kommt auf

31

die Foltermethode an. Wenn mir eine schöne Frau am Ohrläppchen knabbert, würde ich alles zugeben."

Der gepflasterte Weg endete beim Irrgarten. Einen Moment lang standen sie vor der dunklen Blätterwand.

„Kommen Sie, gehen wir rein", forderte sie ihn auf.

„Kennen Sie den Weg zurück nach draußen?"

„Mal sehen."

Sie führte ihn durch den Eingang, und schon waren sie von dichten Hecken umgeben. Doch sie kannte jeden Winkel und jede Sackgasse, und sie bewegte sich selbstsicher durch den Irrgarten. „Ich könnte hier mit verbundenen Augen durchgehen", versicherte sie.

„Sind Sie auf Chetwynd aufgewachsen?"

„In der Zeit zwischen den Internaten, ja. Ich kam zu Onkel Hugh, als ich acht war, nachdem Mum und Dad gestorben waren."

Sie zwängten sich durch die letzte Öffnung in der Hecke und waren im Zentrum angekommen. Auf einer kleinen Lichtung stand eine steinerne Bank, und der Mond schien hell genug, dass sie ihre Gesichter erkennen konnten.

„Sie waren auch in der Branche", sagte sie und ging über die grasbewachsene Lichtung. „Oder wussten Sie das schon?"

„Ja. Ich … habe von Ihren Eltern gehört."

Sie registrierte auf einmal einen vorsichtigen Unterton in seiner Stimme und fragte sich, was der Grund dafür sei. Sie sah ihn bei der Steinbank stehen, die Hände in die Taschen gesteckt. *All diese Familiengeheimnisse. Es macht mich krank. Warum kann nie mal einer die Wahrheit sagen?*

„Was haben Sie von ihnen gehört?" fragte sie.

„Ich weiß, dass sie in Paris starben."

„Bei der Erfüllung ihrer Pflicht. Onkel Hugh sagt, es war eine klassische Mission und weigert sich, darüber zu sprechen. Also sprechen wir nie darüber." Sie blieb stehen und sah ihn an. „In letzter Zeit muss ich oft an sie denken."

„Warum?"

„Weil es am 15. Juli geschah. Morgen ist es zwanzig Jahre her."

Er bewegte sich auf sie zu, sein Gesicht im Dunkeln unsichtbar.

„Bei wem sind Sie dann aufgewachsen? Bei Ihrem Onkel?"

Sie lächelte. „,Aufgewachsen' ist etwas übertrieben. Onkel Hugh gab uns ein Zuhause und überließ uns dann so ziemlich uns selbst, wenn wir nicht gerade im Internat waren. Jordan hat es ganz gut hingekriegt, glaube ich. Er hat studiert und so. Aber Jordie ist auch der Schlaumeier in unserer Familie."

Richard kam noch näher – so nah, dass sie dachte, sie könnte seine Augen im Dunkeln schimmern sehen. „Und was für eine sind Sie?"

„Ich schätze ... Ich schätze, ich bin die Wilde."

„Die Wilde", murmelte er. „Ja, das kann ich bestätigen."

Er berührte ihr Gesicht. Die kurze Berührung verursachte ihr ein angenehmes Kribbeln. Plötzlich hörte sie ihr Herz laut klopfen, ihren schnellen Atem. Warum lasse ich das zu? fragte sie sich. Ich dachte, das hätte ich hinter mir. Und jetzt verleitet mich dieser Mann, den ich kaum kenne, dazu, wieder mitzuspielen – obwohl ich in diesem Spiel bekanntlich immer kläglich versage. So dumm, so impulsiv. Das ist doch Wahnsinn.

Und ich bekomme Lust auf mehr …

Seine Lippen berührten ihre; es war ein wunderbar sanfter Kuss, der nach Champagner schmeckte. Sie verlangte noch einen Kuss, einen längeren Kuss. Einen Moment lang sahen sie sich an, kurz davor, der Versuchung zu erliegen.

Beryl gab ihr zuerst nach. Sie machte einen Schritt auf ihn zu. Er nahm sie in die Arme, hielt sie fest. Gierig suchte sie seine Lippen und küsste ihn.

„Die Wilde", flüsterte er. „Ja, ganz eindeutig."

„Und fordernde …"

„Das glaub ich gerne."

„… und *sehr* schwierige."

„Davon wüsste ich was …"

Sie küssten sich wieder, und sein heftiger Atem verriet ihr, dass auch ihn die Leidenschaft überwältigt hatte. Plötzlich kam ihr ein teuflischer Einfall.

Sie machte sich los. Kokett fragte sie: „Und, sagen Sie's mir jetzt?"

„Was?" fragte er völlig verwirrt.

„Für wen Sie wirklich arbeiten?"

Er schwieg einen Moment. „Sakaroff und Wolf, Inc.", sagte er. „Sicherheitsberatung."

„Falsche Antwort", teilte sie ihm mit. Dann lachte sie, drehte sich um und verließ den Irrgarten. Er sah ihr nach, wie sie in der Dunkelheit verschwand.

Paris

Um 20.45 Uhr trug Marie St. Pierre wie üblich ihre Gesichtscreme aus Bienenpollen auf, fuhr sich mit der Bürste durch ihre widerspenstigen grauen Haare und schlüpfte dann ins Bett. Sie schnappte sich die Fernbedienung und schaltete ihre Lieblingssendung ein – „Denver Clan". Obwohl die Sendung offensichtlich synchronisiert war und alles übertrieben amerikanisch aussah, gingen ihr die Episoden nah. Liebe und Macht. Schmerz und Vergeltung. Ja, Marie kannte sich mit Liebe und Schmerz aus. Nur mit der Vergeltung haperte es noch. Jedes Mal, wenn die Wut wieder in ihr hochkochte und sie ihre alten Rachefantasien durchzuspielen begann, musste sie nur an die Konsequenzen denken, und schon waren alle Rachegedanken dahin. Nein, sie liebte Philippe zu sehr. Sie hatten gemeinsam so vieles erreicht! Und vom Finanzminister zum Premier war es nur ein kleiner Schritt …

Sie richtete ihre Aufmerksamkeit auf den Fernseher, als in den Nachrichten vom Wirtschaftsgipfel in London berichtet wurde. Ob man Philippe sehen würde? Nein, man sah nur eine Aufnahme des Konferenztischs, fünf Sekunden, zwei Dutzend Männer in Anzug und Krawatte. Kein Philippe zu erkennen. Enttäuscht lehnte sie sich zurück und fragte sich zum hundertsten Mal, ob sie ihren Mann nach London hätte begleiten sollen. Aber sie hasste Fliegen, und er hatte sie gewarnt, die Reise würde anstrengend werden. Es sei angenehmer für sie, zu Hause zu bleiben, hatte er gesagt; London würde ihr sowieso nicht gefallen.

Trotzdem wäre es vielleicht ganz schön gewesen, für ein paar Tage mitzukommen. Sie beide, ganz allein in einem Hotelzimmer. Eine andere Umgebung, ein anderes Bett. Ein bisschen Abwechslung konnte ihre Ehe gut gebrauchen –

Plötzlich stieg ein Gedanke in ihr auf. Ein so schmerzhafter Gedanke, dass er direkt ins Herz traf. *Hier bin ich. Und da ist Philippe, ganz allein in London …*

Ob er wirklich allein war?

Zitternd saß sie da und überlegte. Bilder tauchten vor ihr auf. Schließlich musste sie ihrem Impuls nachgeben. Sie nahm das Telefon und wählte Nina Sutherlands Nummer in Paris.

Das Telefon klingelte und klingelte. Sie legte auf und versuchte es erneut. Immer noch nahm keiner ab. Sie starrte den Hörer an. Also ist Nina auch in London, dachte sie. Bei ihm, in seinem Hotelzimmer. Während ich zu Hause in Paris hocke.

Sie erhob sich aus dem Bett. „Denver" fing gerade an; sie ignorierte es. Stattdessen zog sie sich an. Vielleicht bilde ich mir ja nur etwas ein, versuchte sie sich zu beruhigen. Vielleicht ist Nina in Wirklichkeit zu Hause und geht nur nicht ans Telefon.

Sie würde bei Nina in Neuilly vorbeifahren und nachsehen, ob bei ihr Licht brannte.

Und wenn nicht?

Nein, darüber wollte sie jetzt noch nicht nachdenken.

Sie rannte die Treppe hinunter, schnappte sich ihre Handtasche und die Schlüssel, machte das Licht im Wohnzimmer aus und öffnete die Haustür. In dem Moment, als sie die kühle Nachtluft auf ihrem Gesicht spürte, hörte sie einen ohrenbetäubenden Knall.

Die Explosion riss sie zu Boden und schleuderte sie die Treppe hinunter. Instinktiv streckte sie die Arme aus und verhinderte so, dass ihr Kopf hart auf den Beton aufschlug. Vage nahm sie die auf sie herabregnenden Glassplitter wahr und dann das Flackern von Flammen. Langsam rollte sie sich auf den Rücken. Da lag sie nun und starrte auf die züngelnden Flammen, die aus ihrem Schlafzimmerfenster schossen.

Die war für mich bestimmt, dachte sie, diese Bombe war für mich bestimmt.

Als die Sirenen näher kamen, lag sie noch immer auf dem Rücken in den Glasscherben und dachte: Ist es jetzt schon so weit gekommen, mein Schatz?

Und sie beobachtete, wie ihr Schlafzimmer über ihr brannte.

2. Kapitel

Buckinghamshire, England

Der Eiffelturm begann zu schmelzen. Jordan stand neben dem Büfetttisch und beobachtete, wie das Wasser von der Eisskulptur auf die Silberplatte mit den Austern tropfte. So viel zur Stürmung der Bastille, dachte er müde. Es war ein Abend, eine Party wie immer. Und die nahm ihren üblichen Verlauf.

„Du hattest mehr als genug Austern für heute, Reggie", hörte er eine mürrische Stimme sagen. „Denk doch an deine Gicht!"

„Ich hatte seit Monaten keine Probleme mehr damit."

„Nur weil *ich* dafür gesorgt habe, dass du Diät hältst", erwiderte Helena.

„Dann könntest du dich ja heute Abend um etwas anderes kümmern", sagte Reggie und nahm sich die nächste Auster. Er setzte sich die Muschel an den Mund und schlürfte sie aus. „Himmlisch" stand auf seinem Gesicht, als die glibberige Masse seine Kehle hinunterrann.

Helena schüttelte sich. „Es ist absolut ekelhaft, lebendige Tiere zu verspeisen." Sie sah Jordan an und bemerkte seinen leicht amüsierten Gesichtsausdruck. „Oder findest du das etwa nicht?"

Jordan zuckte diplomatisch mit den Schultern. „Kommt auf den jeweiligen Hintergrund an, würde ich sagen. In manchen Kulturen werden Termiten gegessen oder zitternde Fische. Ich habe auch gehört, dass man Affen den Schädel kahl schert, sie fixiert, damit sie sich nicht mehr bewegen können …"

„Bitte nicht weiter!" stöhnte Helena.

Jordan floh, bevor die Auseinandersetzung eskalierte. Man sollte sich nie zwischen streitende Ehepartner stellen. Er vermutete, dass Lady Helena sowieso meistens die Oberhand behielt; das war bei Leuten mit Geld immer so.

Er schlenderte hinüber zu Finanzminister Philippe St. Pierre und fand sich urplötzlich in einer Vorlesung über die Weltwirtschaft wieder. Der Gipfel sei ein Misserfolg, erklärte Philippe. Die Amerikaner wollen Handelskonzessionen, aber ihre Steuerpolitik nicht ändern. Und so weiter und so weiter. Es war fast eine Erleichterung, als die glasperlenbestickte Nina Sutherland unvermittelt in die Unterhaltung platzte, ihren pfauenhaften Sohn Anthony im Schlepptau.

„Nicht nur die Amerikaner müssen sich bessern", schnaubte Nina. „Keiner von uns, nicht mal die Franzosen, macht seine Sache zurzeit besonders gut. Oder was sagst du, Philippe?"

Philippe errötete unter ihrem Blick. „Wir haben im Moment alle unsere Schwierigkeiten, Nina …"

„Die einen mehr, die anderen weniger."

„Wir haben es mit einer globalen Rezession zu tun. Da muss man Geduld haben."

Nina ereiferte sich. „Und wenn man sich das Warten nicht leisten kann?" Sie leerte ihr Glas in einem Zug und stellte es mit Vehemenz ab. „Was dann, Philippe, mein Liebling?"

Die Unterhaltung verstummte abrupt. Jordan bemerkte,

dass Helena amüsiert zuschaute und dass Philippe sein Glas mit weiß gewordenen Fingerknöcheln umklammerte. Was zum Teufel ist denn hier los? fragte er sich. Eine kleine Privatfehde? Überhaupt waren an diesem Abend merkwürdige Spannungen zu spüren. Vielleicht lag es aber nur daran, dass der Champagner in Strömen floss. Reggie hatte ihm jedenfalls schon zu sehr zugesprochen. Ihr korpulenter Hausgast wanderte gerade wieder vom Austerntablett zum Champagnertisch. Mit unsicherer Hand nahm er sich ein Glas und führte es an die Lippen. Heute Abend benahmen sich alle etwas sonderbar. Sogar Beryl.

Insbesondere Beryl.

Er beobachtete seine Schwester, die gerade den Raum betrat. Ihre Wangen waren gerötet, ihre Augen glänzten. Knapp hinter ihr ging der Amerikaner, dessen Wangen ebenfalls gerötet waren, und der den Eindruck erweckte, dass er sich etwas unbehaglich fühlte. Aha, dachte Jordan und lächelte. Ein kleines Techtelmechtel im Garten gehabt, was? Schön für sie. Die arme Beryl konnte etwas Romantik gebrauchen – vielleicht würde sie dann endlich diesen chronisch untreuen Chirurgen vergessen.

Beryl nahm sich ein Glas Champagner vom Tablett einer der Hostessen und ging auf Jordan zu. „Na, amüsierst du dich?" fragte sie.

„Nicht so gut wie du, würde ich sagen." Er sah hinüber zu Richard Wolf, der gerade von einem amerikanischen Geschäftsmann in Beschlag genommen worden war. „Und?" flüsterte er. „Konntest du ihm ein Geständnis abringen?"

„Nicht ein Wort." Sie lächelte über den Rand ihres Glases hinweg. „Seine Lippen sind versiegelt."

„Ach ja?"

„Ich versuch's nachher noch mal. Erst muss er sich ein bisschen abkühlen."

Wie schön meine kleine Schwester aussieht, wenn sie glücklich ist, dachte Jordan. Was in letzter Zeit nicht so oft vorgekommen war, wie ihm schien. In ihrem Herzen brannte die Leidenschaft; und dadurch war sie viel verwundbarer, als sie jemals zugeben würde. Seit einem Jahr lebte sie sozusagen abstinent, hatte keine Lust mehr, auf die Piste zu gehen. Sie hatte sogar ihre Wohltätigkeitsarbeit im St. Luke-Krankenhaus aufgegeben – eine Tätigkeit, die ihr viel Spaß gemacht hatte. Aber es tat ihr zu weh, ständig ihrem früheren Geliebten über den Weg zu laufen.

Doch heute Abend sah er in ihren Augen wieder den alten Glanz und freute sich darüber. Und ihre Augen glänzten noch mehr, als Richard Wolf sie ansah. Die beiden warfen sich kokette Blicke zu. Fast konnte er die Spannung zwischen ihnen greifen.

„… natürlich eine verdiente Ehre, aber etwas zu spät. Oder was meinst du, Jordan?"

Jordan schaute verwundert in Reggie Vanes blutunterlaufene, rotgeränderte Augen. Der Mann hatte eindeutig zu viel getrunken. „Entschuldigen Sie", sagte er. „Es tut mir Leid, aber ich kann nicht ganz folgen."

„Die Medaille der Queen für Leo Sinclair. An Leo erinnern Sie sich, oder? Ein toller Typ. Starb vor eineinhalb Jahren. Oder sind es schon zwei Jahre?" Er schüttelte seinen

Kopf, als wolle er sich Klarheit verschaffen. „Jedenfalls werden sie jetzt erst seiner Witwe die Medaille überreichen. Das ist doch unentschuldbar."

„Nicht jeder, der im Golfkrieg umkam, bekommt einen Orden", warf Nina Sutherland ein.

„Aber Leo war beim Geheimdienst", sagte Reggie. „Er verdiente eine Ehrung, vor allem, wenn man die Umstände seines Todes bedenkt."

„Vielleicht war es zunächst einfach ein Versehen", sagte Jordan. „Irgendwelche Papiere wurden verlegt oder so was. Der MI 6 versucht, alle Opfer zu ehren, aber Leo muss ihnen irgendwie durch die Lappen gegangen sein."

„So wie Mum und Dad", sagte Beryl. „Sie starben auch im Dienst. Und sie bekamen auch nie einen Orden."

„Im Dienst?" entgegnete Reggie. „Wohl nicht so ganz." Unsicher führte er sein Glas zum Mund. Plötzlich stutzte er, denn er merkte, dass alle ihn anstarrten. Das Schweigen hielt an und wurde nur durch das Geklapper einer Austernschale auf einem Teller durchbrochen.

„Was meinst du mit ‚nicht ganz'?" wollte Beryl jetzt wissen.

Reggie räusperte sich. „Hugh hat es euch … doch sicher erzählt …" Er sah sich um und wurde blass. „Oh nein", murmelte er. „Da bin ich wohl in ein Fettnäpfchen getreten."

„Hat uns was erzählt, Reggie?" beharrte Jordan.

„Aber es war doch allgemein bekannt", sagte Reggie. „Es stand in Paris in allen Zeitungen …"

„Reggie", sagte Jordan absichtlich langsam. „Wir dachten, dass unsere Eltern in Paris erschossen wurden. Dass sie ermordet wurden. Stimmt das nicht?"

„Natürlich hatte es etwas mit einem Mord zu tun –"

„*Einem* Mord?" hakte Jordan nach. „Einzahl?"

Reggie sah sich um, leicht benebelt. „Ich bin nicht der Einzige hier, der weiß, wie es war. Ihr wart alle in Paris, als es passierte!"

Ein paar Sekunden lang sagte niemand etwas. Dann fügte Helena leise hinzu: „Das ist sehr lange her, Jordan. Zwanzig Jahre. Heute macht es keinen Unterschied mehr."

„Für uns schon", sagte Jordan. „Was geschah in Paris?"

Helena seufzte. „Ich habe Hugh immer gesagt, er soll ehrlich mit euch sein, statt euch zu belügen."

„Wie, *belügen*?" fragte Beryl.

Helena presste die Lippen aufeinander.

Schließlich war es Nina, die ihnen die Wahrheit sagte. Die schamlose Nina, der Taktgefühl und Diplomatie immer fremd gewesen waren. Sie sah die beiden direkt an und erklärte schlicht: „Die Polizei sagte, es war Mord, gefolgt von einem Selbstmord."

Beryl starrte Nina an. Diese hielt ihrem Blick stand. „Nein", flüsterte Beryl.

Helena berührte sanft ihre Schulter. „Du warst noch ein Kind, Beryl. Ihr beide. Und Hugh hielt es nicht für angemessen ..."

„Nein", sagte Beryl wieder und entzog sich Helenas Hand. Sie wirbelte herum und verschwand, mit blauer Seide raschelnd, aus dem Ballsaal.

„Vielen Dank Ihnen allen", sagte Jordan kalt. „Für die

erfrischende Offenheit." Dann drehte auch er sich um und folgte seiner Schwester.

Er holte sie auf der Treppe ein. „Beryl?"

„Das ist nicht wahr", sagte sie. „Das glaube ich nicht!"

„Natürlich stimmt es nicht."

Sie blieb auf der Treppe stehen und sah ihn an. „Und warum behaupten es dann alle?"

„Üble Gerüchte. Was denn sonst?"

„Wo ist Onkel Hugh?"

Jordan schüttelte den Kopf. „Er ist nicht im Ballsaal."

Beryl schaute Richtung zweiter Stock. „Komm, Jordie", forderte sie ihn mit Entschlossenheit in der Stimme auf. „Jetzt finden wir es heraus."

Zusammen stiegen sie die Treppe hoch.

Hugh war in seinem Arbeitszimmer; durch die geschlossene Tür hörten sie ihn hektisch sprechen. Ohne anzuklopfen stürmten sie in das Zimmer und bauten sich vor ihm auf.

„Onkel Hugh?" begann Beryl.

Hugh gab ihr ein Zeichen, still zu sein. Er drehte ihr den Rücken zu und telefonierte weiter: „Und das steht fest, Claude? Kein Leck in der Gasleitung oder so was?"

„Onkel Hugh!"

Dieser blieb stur. „Ja, ja", sagte er ins Telefon, „ich richte es Philippe sofort aus. Ach Gott, das ist ein unpassender Moment, aber er hat wohl keine Wahl. Er muss heute Abend noch zurückfliegen." Fassungslos legte Hugh den Hörer auf und starrte das Telefon an.

„Hast du uns die Wahrheit gesagt?" fragte Beryl nun. „Über Mum und Dad?"

Hugh drehte sich um und sah sie verwundert an. „Was? Wovon redest du?"

„Du hast gesagt, sie wurden bei einem Einsatz getötet", sagte Beryl. „Du hast nie was von einem Selbstmord gesagt."

„Wer hat euch das erzählt?"

„Nina Sutherland. Aber Reggie und Helena wussten es auch. Wie offensichtlich alle hier! Alle bis auf uns!"

„Diese verdammte Sutherland!" knurrte Hugh. „Dazu hatte sie kein Recht."

Beryl und Jordan sahen ihn schockiert an. Beryl murmelte leise: „Das ist doch eine Lüge, oder?"

Hugh stand abrupt auf und ging zur Tür. „Wir sprechen später darüber", sagte er. „Ich muss mich jetzt um etwas anderes kümmern …"

„Onkel Hugh!" schrie Beryl. „Ist es eine Lüge?"

Hugh blieb stehen. Langsam drehte er sich um und sah sie an. „Ich habe das nie geglaubt", sagte er. „Keine Sekunde lang habe ich geglaubt, Bernard könnte ihr etwas antun …"

„Was sagst du da?" fragte Jordan. „Dad soll sie getötet haben?"

Die Antwort ihres Onkels war Schweigen. Mehr brauchten sie nicht. Einen Moment blieb Hugh im Türrahmen stehen. Dann sagte er leise: „Bitte, Jordan. Lass uns nachher darüber sprechen, wenn alle gegangen sind. Ich muss mich jetzt um Philippe kümmern." Er drehte sich um und verließ das Zimmer.

Beryl und Jordan sahen sich an. Der Schock der Erkenntnis stand beiden ins Gesicht geschrieben.

„Um Himmels willen, Jordie", sagte Beryl. „Dann stimmt es also doch."

Von der gegenüberliegenden Seite des Ballsaals hatte Richard beobachtet, wie Beryl hastig aus dem Raum stürmte und ein aufgebrachter Jordan ihr wenige Sekunden später genauso überstürzt folgte. Er fragte sich, was wohl passiert sein mochte, und folgte ihnen. Dann sah er Helena, die kopfschüttelnd auf ihn zukam.

„Eine Katastrophe", murmelte sie. „Zu viel Champagner heute Abend."

„Was war denn los?"

„Sie haben eben die Wahrheit erfahren. Über Bernard und Madeline."

„Wer hat es ihnen gesagt?"

„Nina. Aber es war eigentlich Reggies Schuld. Er ist so betrunken, dass er nicht mehr weiß, was er sagt."

Richard schaute zu der Tür, hinter der Jordan gerade verschwunden war. „Ich sollte mit ihnen reden und ihnen die ganze Geschichte erzählen."

„Ich denke, das ist Sache ihres Onkels, oder finden Sie nicht? Schließlich hat er es ihnen all die Jahre verschwiegen. Dann soll er es ihnen auch erklären."

Richard überlegte einen Moment, dann nickte er. „Sie haben Recht. Natürlich. Vielleicht sollte ich stattdessen Nina Sutherland erwürgen."

„Und wenn Sie dabei sind, meinen Mann gleich mit. Sie haben meine Erlaubnis."

Richard drehte sich um und entdeckte Hugh Tavistock,

der gerade wieder den Ballsaal betrat. „Und jetzt?" murmelte er, als der Mann auf sie zueilte.

„Wo ist Philippe?" fragte Hugh.

„Ich glaube, er wollte in den Garten gehen", erwiderte Helena. „Ist was passiert?"

„Der ganze Abend ist eine Katastrophe", erklärte Hugh. „Ich erhielt gerade einen Anruf aus Paris. In Philippes Wohnung ist eine Bombe hochgegangen."

Richard und Helena starrten ihn schockiert an.

„Oh Gott", flüsterte Helena. „Ist Marie –"

„Es geht ihr gut. Sie ist nur leicht verletzt. Sie ist jetzt im Krankenhaus."

„Ein Mordversuch?" fragte Richard.

Hugh nickte. „Sieht ganz danach aus."

Lange nach Mitternacht erst fanden Jordan und Onkel Hugh Beryl. Sie hatte das alte Zimmer ihrer Mutter aufgesucht und hockte neben Madelines Überseekoffer. Der Deckel war aufgeklappt, und Madelines Habseligkeiten waren auf dem Bett und im Zimmer verstreut: seidene Sommerkleider, Blumenhüte, eine perlenbesetzte Abendhandtasche. Und auch ein paar Dinge, die nur für Madeline eine Bedeutung gehabt hatten: ein Stück Koralle, ein Kieselstein, ein Porzellanfrosch. Beryl hatte die Sachen aus dem Koffer genommen. Sie versuchte, durch die Gegenstände den Geist und die Wärme ihrer Mutter heraufzubeschwören.

Hugh betrat das Schlafzimmer und setzte sich auf einen Stuhl neben sie. „Beryl", setzte er an, „es ist an der Zeit, dass ich euch die Wahrheit erzähle."

„Das hättest du schon vor Jahren tun müssen", entgegnete sie und starrte den Porzellanfrosch in ihrer Hand an.

„Ihr wart beide noch so klein. Du warst erst acht, und Jordan war zehn. Ihr hättet es nicht verstanden ..."

„Wir hätten mit den Tatsachen umgehen können! Aber du hast sie uns verschwiegen!"

„Die Tatsachen waren zu schmerzhaft. Die französische Polizei schloss ..."

„Dad hätte ihr *niemals* etwas angetan", sagte Beryl. Sie sah Hugh so scharf an, dass er unwillkürlich zurückzuckte. „Weißt du nicht mehr, wie sie miteinander umgingen, Onkel Hugh? Wie verliebt sie waren? *Ich* weiß es noch!"

„Ich auch", warf Jordan ein.

Hugh nahm seine Brille ab und rieb müde seine Augen. „Die Wahrheit", erklärte er, „ist sogar noch schlimmer."

Beryl starrte ihn ungläubig an. „Was kann denn noch schlimmer sein als Mord und Selbstmord?"

„Vielleicht ... Vielleicht solltet ihr einfach mal die Akte lesen." Er stand auf. „Ich habe sie oben, in meinem Büro."

Sie folgten ihrem Onkel in den dritten Stock, in ein Zimmer, in dem sie fast nie gewesen waren und das immer verschlossen war. Er öffnete einen Aktenschrank und zog einen Ordner heraus. Es war ein Aktenordner vom MI 6, beschriftet mit „Tavistock, Bernard und Madeline".

„Ich hatte gehofft ... ich könnte euch das ersparen", sagte Hugh. „Ehrlich gesagt, glaube ich nicht, was hier drin steht. Bernard war kein Verräter. Aber die Beweislage sah anders aus. Und eine bessere Erklärung habe ich auch nicht." Er gab Beryl die Akte.

Schweigend öffnete sie sie. Gemeinsam mit Jordan blätterte sie sie durch. Die Akte enthielt Kopien von dem Bericht der Pariser Polizei, inklusive Zeugenaussagen und Fotos vom Tatort. Die Unterlagen entsprachen dem, was Nina Sutherland behauptet hatte. Bernard hatte demnach dreimal aus kurzer Entfernung auf seine Frau geschossen und sich dann selbst die Waffe an die Schläfe gesetzt und abgedrückt. Die Fotos waren zu schrecklich, um sie sich anzusehen; Beryl blätterte schnell weiter und konzentrierte sich auf einen anderen Bericht, der vom französischen Geheimdienst stammte. Ungläubig las sie die Schlussfolgerungen wieder und wieder.

„Das ist unmöglich", schnaubte sie.

„Das haben sie gefunden. Eine Dokumententasche mit geheimen NATO-Akten. Waffeninformationen über die Alliierten. Sie war in der Wohnung, in der man die Leichen fand. Bernard hatte die Akten bei sich, als er starb – dabei hatten diese Akten außerhalb des Botschaftsgebäudes nichts zu suchen."

„Woher will man wissen, dass *er* sie mitgenommen hat?"

„Er hatte Zugang zu ihnen, Beryl. Er bildete die Schnittstelle zwischen Geheimdienst und NATO. Monatelang tauchten in der DDR NATO-Dokumente auf, die ein Informant mit dem Codenamen Delphi dort ablieferte. Wir wussten, dass wir in unseren Reihen einen Maulwurf hatten, aber wir wussten nicht, wer es war – bis man diese Dokumente bei Bernards Leiche fand."

„Und du glaubst, dass Dad Delphi war", sagte Jordan.

„Nein, das glaubte der französische Geheimdienst. Ich glaubte es nicht, aber die Fakten waren unwiderlegbar."

Einen Moment lang saßen Beryl und Jordan schweigend da. Die Beweislage war erdrückend.

„Aber du glaubst es immer noch nicht, oder, Onkel Hugh?" fragte Beryl leise. „Dass Dad der Maulwurf war?"

„Gegen die Beweisstücke war nichts vorzubringen, und es wäre in der Tat eine Erklärung für ihren Tod. Vielleicht ahnten sie, dass man sie entdeckt hatte. Bevor er eine solche Schande auf sich nähme, hätte Bernard vielleicht einen eleganteren Abgang gewählt. Das hätte zu ihm gepasst. Tod statt Schande."

Hugh sank in seinen Sessel zurück und strich sich müde mit den Fingern durch sein graues Haar. „Ich habe den Bericht, so gut es ging, unter Verschluss gehalten", fuhr er fort. „Die Suche nach Delphi wurde beendet. Für mich folgten danach ein paar unangenehme Jahre beim MI 6. Der Bruder des Verräters, kann man ihm trauen, solche Dinge. Und irgendwann war die Sache vergessen, und ich machte Karriere. Ich vermute, dass eigentlich niemand vom MI 6 dem Bericht Glauben schenkte. Keiner glaubte, dass Bernard ein Überläufer war."

„Ich glaube es auch nicht", sagte Beryl.

Hugh sah sie an. „Obwohl …"

„Ich *denke nicht daran*, es zu glauben. Es ist eine Lüge. Vielleicht versucht jemand vom MI 6, die Wahrheit zu vertuschen."

„Das ist doch lächerlich, Beryl."

„Mum und Dad können sich nicht mehr wehren! Wer sonst sollte ihre Partei ergreifen?"

„Deine Loyalität verdient allen Respekt, aber …"

„Und was ist mit deiner Loyalität?" erwiderte sie scharf. „Er war dein Bruder!"

„Ich habe es ja auch nie geglaubt."

„Hast du die Beweise je angezweifelt? Hast du mit dem französischen Geheimdienst gesprochen?"

„Ja, und ich habe Vertrauen in Daumiers Bericht. Er ist ein gründlicher Mensch."

„Daumier?" fragte Jordan. „Claude Daumier? Ist das nicht der Chef der Pariser Sektion?"

„Damals war er der Kontaktmann zum MI 6. Ich bat ihn, sich die Beweise anzusehen. Er kam zum selben Schluss."

„Dann ist dieser Daumier ein Idiot", sagte Beryl. Sie ging zur Tür. „Und das werde ich ihm persönlich sagen."

„Wo willst du hin?" fragte Jordan.

„Meine Sachen packen", antwortete sie. „Kommst du mit, Jordan?"

„Packen?" sagte Hugh. „Wo willst du denn hin, um Gottes willen?"

Beryl sah ihn an. „Wohin wohl? Nach Paris."

Richard Wolf erhielt den Anruf um sechs Uhr morgens. „Sie nehmen die 12-Uhr-Maschine nach Paris", erklärte Claude Daumier. „Mir scheint, mein Freund, dass da eine unangenehme Geschichte wieder aufgewärmt wird."

Schlaftrunken setzte Richard sich im Bett auf und schüttelte den Kopf. „Wovon redest du, Claude? Wer fliegt nach Paris?"

„Beryl und Jordan Tavistock. Hugh hat mich gerade angerufen. Ich halte das für keine gute Entwicklung."

Richard fiel zurück in die Kissen. „Sie sind erwachsene Menschen, Claude", erwiderte er gähnend. „Wenn sie nach Paris fahren wollen ..."

„Sie wollen Nachforschungen über Madeline und Bernard anstellen."

Richard schloss die Augen und stöhnte. „Na wunderbar. Das hat uns noch gefehlt."

„Das sage ich ja gerade."

„Kann Hugh es ihnen denn nicht ausreden?"

„Er hat's versucht. Aber seine Nichte ist ..." Daumier seufzte. „Du hast sie ja kennen gelernt. Du weißt also, was ich meine."

Ja, Richard wusste ganz genau, wie eigensinnig Miss Beryl Tavistock sein konnte. Wie die Mutter, so die Tochter. Auch Madeline war so unbeirrbar, so unaufhaltbar gewesen.

Und genauso hinreißend.

Er schüttelte die Erinnerungen an die Frau ab, die schon so viele Jahre tot war, und fragte: „Was wissen sie?"

„Sie haben den Bericht gelesen. Sie wissen von Delphi."

„Dann werden sie an den richtigen Stellen suchen."

„An den gefährlichen Stellen", korrigierte Daumier.

Richard setzte sich auf und fuhr sich mit den Fingern durchs Haar. Er wägte die Möglichkeiten und Gefahren ab.

„Hugh macht sich Sorgen um ihre Sicherheit", sagte Daumier. „Ich auch. Wenn wahr ist, was wir denken –"

„Dann geraten sie in Treibsand."

„Und Paris ist so schon gefährlich genug", fügte Daumier hinzu, „wenn man das letzte Bombenattentat bedenkt."

„Wie geht es eigentlich Marie St. Pierre?"

„Sie hat nur ein paar Schürfwunden und blaue Flecken. Morgen kommt sie aus dem Krankenhaus."

„Was sagt der Bericht?"

„Semtex. Das obere Stockwerk wurde total zerstört. Glücklicherweise war Marie unten, als die Bombe explodierte."

„Hat jemand die Verantwortung übernommen?"

„Kurz nach der Bombe gab es einen Bekenneranruf. Ein Mann erklärte, er sei Mitglied einer Organisation namens ‚Kosmische Solidarität', die sich zu dem Anschlag bekennt."

„Kosmische Solidarität? Nie gehört."

„Wir auch nicht", sagte Daumier. „Aber du weißt ja, wie das heute ist."

Ja, das wusste Richard nur allzu gut. Jeder Spinner mit den richtigen Verbindungen konnte sich heute ein paar Gramm Semtex beschaffen, eine Bombe basteln und an der Revolution teilhaben – egal welcher. Kein Wunder, dass sein Geschäft boomte. In dieser schönen neuen Welt war Terrorismus ein Teil des Lebens. Und auf der ganzen Welt waren Mandanten bereit, viele Millionen Dollar für ihre Sicherheit auszugeben.

„Du siehst also, mein Lieber", fuhr Daumier fort, „Bernards Kinder haben keinen günstigen Zeitpunkt für ihre Parisreise gewählt. Und mit den Fragen, die sie stellen werden –"

„Kannst du nicht ein Auge auf sie haben?"

„Warum sollten sie mir vertrauen? Schließlich ist das in der Akte *mein* Bericht. Nein, sie brauchen einen anderen

Freund hier, Richard. Jemanden mit scharfen Augen und unfehlbaren Instinkten."

„Und an wen hast du da gedacht?"

„Ich habe munkeln hören, dass du und Miss Tavistock euch ein bisschen näher gekommen seid?"

„Sie ist zu reich für mich und ich zu arm für sie."

„Ich bitte normalerweise nie um Gefallen", sagte Daumier gelassen. „Und Hugh auch nicht."

Aber jetzt bittest du mich um einen, vollendete Richard seinen Satz in Gedanken. Er seufzte. „Wie kann ich da nein sagen?"

Nachdem er aufgelegt hatte, zögerte er kurz. Eigentlich ging es um einen reinen Babysitterjob – die Art von Auftrag, die er hasste. Aber dann dachte er daran, dass er Beryl Tavistock wiedersehen würde, und die Erinnerung an ihren Kuss im Garten ließ ihn vor Erwartung lächeln. *Sie ist viel zu reich für mich. Doch man muss auch träumen dürfen. Und außerdem bin ich es Bernard und Madeline schuldig.*

Selbst nach all den Jahren verfolgte ihr Tod ihn immer noch. Vielleicht war es an der Zeit, dass alle Fragen beantwortet würden, die er und Daumier vor zwanzig Jahren gestellt hatten. Dieselben Fragen, die der MI 6 und der CIA immer unterdrückt hatten.

Und jetzt steckte Beryl Tavistock ihre aristokratische Nase in diese Angelegenheit. Eine zugegebenermaßen sehr attraktive Nase, dachte er. Hoffentlich würde ihr ihre Neugier nicht zum Verhängnis.

Er stand auf und ging unter die Dusche. Er hatte viel zu

tun und wenig Zeit für die Vorbereitungen, bevor er sich auf den Weg zum Flughafen machte.

Babysitten – wie er es hasste.

Aber wenigstens in Paris.

Anthony Sutherland starrte aus dem Flugzeugfenster und hoffte inständig, das Flugzeug möge bald landen. Es war schon ein verdammtes Pech, dass sie auf dieselbe Air-France-Maschine gebucht waren wie die Vanes! Und dann saßen sie auch noch genau auf den gegenüberliegenden Plätzen, nur durch den Gang von ihnen getrennt – es war unerträglich. Reggie Vane war für ihn ein ausgemachter Langweiler, vor allem wenn er betrunken war, und er befand sich gerade wieder auf dem besten Wege dahin. Zwei Whiskey Sour, und der Mann fing an zu jammern, wie sehr er das gute alte England vermisste, wo man das Essen kochte, wie es sich gehörte, und nicht in dieser grässlichen Butter anbriet. Wo man sich ordentlich in der Schlange anstellte, wo die Menschen nicht nach Zwiebeln und Knoblauch stanken. Er lebte jetzt schon zu lange in Paris, vielleicht sollte er seinen Job bei der Bank an den Nagel hängen und nach England zurückkehren? Er hatte so viele Jahre in der Pariser Filiale der Bank of London gearbeitet, jetzt könnte er doch eigentlich Platz machen für die vielen jungen, intelligenten Manager, die nachrücken wollten.

Lady Helena, die von ihrem Mann offensichtlich ebenso genervt war wie Anthony, sagte einfach: „Halt den Mund, Reggie" und bestellte ihm einen dritten Whiskey Sour.

Auch Helena interessierte Anthony nicht. Sie erinnerte

ihn an ein unangenehmes Nagetier. Sie war der totale Gegensatz zu seiner Mutter! Die beiden Frauen saßen sich auf den Gangplätzen gegenüber, Helena adrett und bieder in ihrem Hahnentrittkostüm, Nina in ihrem aufregenden Hosenanzug aus weißer Seide. Nur eine Frau mit ausgeprägtem Selbstbewusstsein konnte weiße Seide tragen – so wie seine Mutter eben. Auch mit 53 war Nina noch eine aufregende Frau, ihr dunkles, frisch frisiertes Haar zeigte kaum Spuren von Grau, und ihre Figur ließ Zwanzigjährige vor Neid erblassen. Kein Wunder, dachte Anthony, sie ist meine Mutter.

Und wie üblich stichelte sie.

„Wenn du und Reggie Paris so sehr hasst", fragte Nina Helena schnippisch, „warum bleibt ihr dann da? Ich finde, Menschen, die diese Stadt nicht vergöttern, verdienen es nicht, dort zu leben."

„*Dir* gefällt Paris natürlich", sagte Helena.

„Es ist eine Sache der Auffassung. Wenn man offen ist für …"

„Dafür sind wir natürlich viel zu steif", fiel Helena ihr ins Wort.

„Das habe ich nicht gesagt. Aber ihr habt eben die typisch britische Denkweise. Gott ist ein Engländer, nach diesem Motto."

„Ist er das nicht?" fragte Reggie dazwischen.

Helena lachte nicht. „Ich denke nur", sagte sie, „dass die Welt ein gewisses Maß an Ordnung und Disziplin braucht, damit sie funktioniert."

Nina sah Reggie an, der laut schlürfend seinen Whiskey trank. „Ja, man merkt sofort, dass Disziplin euch über alles geht. Kein Wunder, dass der gestrige Abend eine Katastrophe wurde."

„Wir waren es nicht, die die Wahrheit hinaustrompetet haben", erwiderte Helena unwirsch.

„Immerhin war ich nüchtern genug, um zu wissen, was ich sage!" konterte Nina. „Sie hätten es sowieso irgendwann rausgefunden. Nachdem Reggie die Katze aus dem Sack gelassen hatte, fand ich es nur fair, ihnen endlich die Wahrheit über Bernard und Madeline zu sagen."

„Und was ist dabei herausgekommen?" stöhnte Helena. „Hugh sagt, dass Beryl und Jordan heute Nachmittag nach Paris fliegen. Und dann werden sie anfangen, in der Vergangenheit herumzustochern."

Nina zuckte die Schultern. „Das ist doch so lange her."

„Ich verstehe nicht, wie dir das so gleichgültig sein kann. Schließlich bist du doch diejenige, der das am ehesten schaden könnte."

Nina sah sie stirnrunzelnd an. „Wie meinst du das?"

„Ach, schon gut."

„Nein, raus damit! Was meinst du?"

„Nichts", beendete Helena die Unterhaltung.

Anthony wusste, dass seine Mutter vor Wut kochte, denn sie ballte die Hände zu Fäusten. Und sie bestellte einen zweiten Martini. Als sie aufstand, um ein bisschen im Gang auf und ab zu gehen, folgte er ihr. Sie trafen sich am hinteren Ende des Flugzeugs.

„Alles klar, Mutter?" fragte er.

Nina starrte wütend in Richtung erste Klasse. „Es ist verdammt noch mal Reggies Schuld", flüsterte sie. „Aber

Helena hat Recht. Ich bin diejenige, der das schaden könnte."

„Nach all der Zeit?"

„Sie werden die gleichen Fragen wieder stellen. In der Vergangenheit bohren. Und was ist, wenn diese Tavistock-Gören etwas herausfinden?"

Anthony sagte ruhig: „Das werden sie nicht."

Ninas Blick traf seinen. Aus diesem einen Blick sprachen zwanzig Jahre Gemeinsamkeit. „Du und ich gegen den Rest der Welt", hatte sie ihm früher immer vorgesungen. Und so hatten sie sich auch gefühlt – zu zweit in ihrem Pariser Apartment. Natürlich hatte sie ihre Liebhaber gehabt, unbedeutende Typen, kaum erwähnenswert. Aber Mutter und Sohn – eine stärkere Liebe gab es nicht.

Er sagte: „Du hast nichts zu befürchten. Wirklich."

„Aber die Tavistocks …"

„Sie sind harmlos." Er nahm ihre Hand und drückte sie aufmunternd. „Das garantiere ich dir."

3. Kapitel

Vom Fenster ihrer Suite im Pariser Hotel Ritz blickte Beryl auf den Place Vendôme mit seinen korinthischen Säulen und Steinbögen und auf die gut betuchten Touristen, die dort ihren Abendspaziergang machten. Sie war das letzte Mal vor acht Jahren in Paris gewesen, auf einem Trip mit ihren Freundinnen – drei wilde Schulfreundinnen, die am liebsten in die Bistros am linken Seine-Ufer gingen und das zwielichtige Nachtleben vom Montparnasse dem ausschweifenden Luxus der anderen Seite vorzogen. Sie hatten eine Menge Spaß damals, tranken viel zu viel Wein, tanzten auf den Straßen, flirteten mit jedem Franzosen, der ihnen über den Weg lief – und das waren einige.

Es kam ihr vor, als sei das eine Million Jahre her. Eine andere Zeit, ein anderer Lebensabschnitt.

Und jetzt stand sie an ihrem Hotelfenster und trauerte dieser unbeschwerten Zeit nach, die nie mehr wiederkommen würde. Ich habe mich zu sehr verändert, dachte sie. Es hat nichts mit den Enthüllungen über Mum und Dad zu tun, sondern mit mir. Ich bin so rastlos. Ich sehne mich nach … keine Ahnung, nach was. Vielleicht nach einem Sinn in meinem Leben? Denn den gibt es schon lange nicht mehr.

Sie hörte, wie die Tür aufging und Jordan durch die Verbindungstür zu seiner Suite hereinkam. „Claude Daumier hat endlich zurückgerufen", sagte er. „Er ist mit den Untersuchungen zu dem Bombenanschlag beschäftigt, aber er will uns gern zu einem frühen Abendessen treffen."

„Wann?"

„In einer halben Stunde."

Beryl wandte sich vom Fenster ab und sah ihren Bruder an. Sie hatten letzte Nacht beide kaum geschlafen. Obwohl Jordan frisch rasiert und perfekt gekleidet war, sah er erschöpft aus.

„Wir können von mir aus jederzeit losgehen", sagte sie.

Er musterte ihr Kleid. „Ist das nicht ... von Mum?"

„Ja. Ich habe ein paar ihrer Sachen mitgenommen. Ich weiß selbst nicht genau, warum." Sie sah an dem Seidenkleid herunter. „Komisch, oder nicht? Wie gut es mir passt. Als ob es für mich gemacht wäre."

„Beryl, bist du sicher, dass du dir das antun willst?"

„Warum fragst du?"

„Es ist nur ..." Jordan schüttelte den Kopf. „Du bist irgendwie nicht du selbst."

„Das ist keiner von uns, Jordie. Wie denn auch?" Sie sah wieder aus dem Fenster, auf die länger werdenden Schatten auf dem Place Vendôme. Denselben Blick musste auch ihre Mutter bei ihren Besuchen in Paris genossen haben. Dasselbe Hotel, vielleicht sogar dasselbe Zimmer. *Ich trage sogar ihr Kleid.* „Es kommt mir so vor, als wüssten wir nicht mehr, wer wir sind", sagte sie. „Wo wir herkommen."

„Wer du bist, wer ich bin, daran bestand nie ein Zweifel, Beryl. Egal, was wir über sie herausfinden, es hat mit uns nichts zu tun."

Sie sah ihn an. „Also glaubst du, die Geschichte könnte wahr sein."

Er stockte. „Ich weiß es nicht", antwortete er zögernd. „Aber ich rechne mit dem Schlimmsten. Und das solltest du auch tun." Er ging zum Schrank und holte ihr Cape. „Komm, kleine Schwester. Es ist Zeit, den Tatsachen ins Auge zu blicken. Was auch immer das bedeuten mag."

Um sieben Uhr betraten sie das Café Le Petit Zinc, das Daumier als Treffpunkt vorgeschlagen hatte. Für die Franzosen war es noch zu früh zum Abendessen, und so war das Café leer bis auf ein einsames Paar, das bei Brot und Suppe saß. Sie nahmen in einer Nische im hinteren Teil des Cafés Platz und bestellten Wein und Brot, dazu Sellerie und eine Senfsoße zum Dippen. Nach einiger Zeit verließ das Pärchen das Lokal. Es wurde später und später. Ob Daumier seine Meinung geändert hatte und sie doch nicht treffen wollte?

Um zwanzig nach sieben öffnete sich schließlich die Tür, und ein drahtiger kleiner Franzose in Anzug und Krawatte betrat das Lokal. Angesichts seiner grauen Schläfen und der Aktentasche hätte man ihn genauso gut für einen Banker oder Anwalt halten können. Doch in dem Moment, als sich ihre Blicke trafen, und er ihr kaum merklich zunickte, wusste sie, dass er Claude Daumier sein musste.

Doch er war nicht allein, ein zweiter Mann betrat das Restaurant. Gemeinsam näherten sie sich der Nische, in der Beryl und Jordan Platz genommen hatten. Beryl erstarrte, als sie erkannte, wen Daumier mitgebracht hatte.

„Hallo Richard", sagte sie leise. „Ich wusste nicht, dass du auch in Paris bist."

„Wusste ich auch nicht", erwiderte er. „Bis heute Morgen jedenfalls nicht."

Man stellte sich einander vor und schüttelte sich die

Hände. Dann setzten sich die beiden Männer zu ihnen. Beryl saß Richard gegenüber. Als er sie ansah, kribbelte es wieder in ihr, und sie musste an ihren Kuss denken. Beryl, du Idiotin, dachte sie ärgerlich, du lässt zu, dass er dich irritiert. Dass er dich verwirrt. Kein Mann hat das Recht dazu, so etwas mit dir zu machen – zumindest keiner, den du erst einmal geküsst hast. Und erst recht keiner, den du erst seit 24 Stunden kennst.

Trotzdem konnte sie nicht vergessen, was im Garten von Chetwynd geschehen war. Der Geschmack seines Kusses! Sie schaute ihn an, als er sich ein Glas Wein einschenkte und das Glas an die Lippen führte. Wieder begegneten sich ihre Blicke. Sie fuhr sich mit der Zunge über ihre Lippen, die leicht nach dem Burgunder schmeckten.

„Und was führt dich nach Paris?" fragte sie und nickte ihm zu.

„Um ehrlich zu sein: Claude." Er deutete in Daumiers Richtung.

Auf Beryls fragenden Blick hin sagte Daumier: „Als ich hörte, dass mein alter Freund Richard in London ist, dachte ich mir: Warum soll ich ihn nicht um Rat fragen? Schließlich ist er Experte auf diesem Gebiet."

„Der Anschlag bei den St. Pierres", erklärte Richard. „Eine bisher unbekannte Organisation bekennt sich zu dem Bombenattentat. Claude meint, ich könnte herausfinden, um wen es sich handelt. Ich habe mich jahrelang mit sämtlichen terroristischen Gruppierungen beschäftigt."

„Und was haben Sie herausgefunden?" fragte Jordan.

„Noch nichts", gab er zu. „Die ‚Kosmische Solidarität'

kennt mein Computer nicht." Er nahm noch einen Schluck Wein und sah sie an. „Aber die Reise ist nicht völlig umsonst", fügte er hinzu. „Seit ich weiß, dass ihr auch in Paris seid."

„Aus rein geschäftlichen Gründen", warf Beryl ein. „Fürs Vergnügen haben wir keine Zeit."

„Ganz sicher?"

„Ganz sicher", entgegnete sie knapp. Dann richtete sie ihre Aufmerksamkeit auf Daumier. „Mein Onkel hat Sie darüber informiert, warum wir hier sind. Richtig?"

Der Franzose nickte. „Ich weiß, dass Sie beide den Bericht gelesen haben."

„Von vorne bis hinten", fügte Jordan hinzu.

„Dann kennen Sie ja die Beweislage. Ich selbst habe die Zeugenaussagen und die Untersuchung des Coroners bestätigt ..."

„Der Coroner könnte die Fakten falsch interpretiert haben", bemerkte Jordan.

„Ich sah die Leichen in der Mansarde liegen. Etwas, was ich wohl nie vergessen werde." Daumier hielt kurz inne, als wollte er die Erinnerung abschütteln. „Ihre Mutter starb mit drei Kugeln in der Brust. Neben ihr lag Bernard mit einer Kugel im Kopf. Auf der Waffe waren seine Fingerabdrücke. Es gab weder Zeugen noch andere Tatverdächtige." Daumier schüttelte den Kopf. „Die Beweise sprechen für sich."

„Aber was soll das Motiv gewesen sein?" fragte Beryl. „Warum sollte er jemanden umbringen, den er liebt?"

„Vielleicht liegt gerade hier das Motiv", sagte Daumier.

„Liebe. Oder eher der Verlust von Liebe. Vielleicht hatte sie jemand anderen gefunden …"

„Das ist unmöglich", unterbrach Beryl ihn vehement. „Sie hat ihn geliebt."

Daumier sah sein Glas an. Leise sagte er: „Dann haben Sie nicht gelesen, was der Vermieter, Monsieur Rideau, bei der Polizei zu Protokoll gegeben hat?"

Beryl und Jordan sahen ihn erstaunt an. „Rideau? Ich erinnere mich nicht, in der Akte etwas von einem Rideau gelesen zu haben", antwortete Jordan.

„Weil ich diesen Teil der Akte für Hugh nicht beigefügt habe. Aus Gründen der … Diskretion."

Diskretion, dachte Beryl. Er wollte also eine peinliche Tatsache vertuschen.

„Die Mansarde, in der die Leichen gefunden wurden", erläuterte Daumier, „war von einer gewissen Mademoiselle Scarlatti angemietet worden. Nach Aussage des Vermieters Rideau benutzte Frau Scarlatti die Wohnung nur ein- bis zweimal die Woche. Und nur zu einem bestimmten Zweck …" Er machte eine viel sagende Pause.

„Um ihren Liebhaber zu treffen?" folgerte Jordan unumwunden.

Daumier nickte. „Nach den Todesschüssen sollte der Vermieter die Leichen identifizieren. Rideau sagte bei der Polizei aus, dass die Frau, die er als Mademoiselle Scarlatti kannte, dieselbe war, die tot in der Wohnung lag. Ihre Mutter."

Beryl sah ihn schockiert an. „Sie wollen mir sagen, meine Mutter hatte einen Geliebten?"

„Laut Aussage des Vermieters."

„Dann müssen wir mit diesem Vermieter sprechen."

„Das ist leider nicht möglich", sagte Daumier. „Das Gebäude wurde mehrfach verkauft, und Monsieur Rideau hat das Land verlassen. Ich habe keine Ahnung, wo er ist."

Beryl und Jordan schwiegen erstaunt. Das war also Daumiers Theorie, dachte Beryl. Dass ihre Mutter einen Liebhaber hatte, den sie ein- bis zweimal die Woche in der Wohnung in der Rue Myrha traf. Und dass ihr Vater es herausfand und dann erst sie und anschließend sich selbst umbrachte.

Sie sah Richard an und entdeckte etwas wie Mitgefühl in seinem Blick. Also glaubt er es auch, dachte sie. Plötzlich hasste sie ihn dafür, dass er hier war und das peinlichste Geheimnis ihrer Familie erfahren hatte.

Ein leises Piepen ertönte. Daumier griff in seine Innentasche und warf einen Blick auf seinen Pager. „Es tut mir Leid, aber ich muss gehen", sagte er.

„Und was ist mit der geheimen Akte?" fragte Jordan. „Sie haben uns nichts zu Delphi gesagt."

„Darüber sprechen wir später. Dieses Attentat, Sie verstehen – wir stecken hier gerade in einer Krisensituation." Daumier glitt aus der Nische und griff nach seiner Aktentasche. „Morgen vielleicht? In der Zwischenzeit genießen Sie Ihren Aufenthalt in Paris. Und wenn Sie hier essen wollen, empfehle ich das Stubenküken. Ganz ausgezeichnet." Mit einem Nicken verabschiedete er sich und verließ eilig das Restaurant.

„Na, das war ja eine klare Auskunft", stellte Jordan frustriert fest. „Er schmeißt uns eine Bombe hin und geht selbst in Deckung. Er hat keine einzige unserer Fragen beantwortet."

„Ich glaube, das war von Anfang an sein Plan", spekulierte Beryl. „Uns etwas so Schreckliches mitzuteilen, dass wir nicht weiter fragen." Sie sah Richard an. „Habe ich Recht?"

Er hielt ihrem Blick stand. „Warum fragst du mich das?"

„Weil ihr beide euch offensichtlich sehr gut kennt. Ist das Daumiers übliche Vorgehensweise?"

„Claude verrät keine Geheimnisse. Aber er hilft gern alten Freunden, und euer Onkel Hugh ist so ein alter Freund. Ich glaube, Claude handelt in eurem Interesse."

Alte Freunde, dachte Beryl. Daumier und Onkel Hugh und Richard Wolf – sie alle verband eine rätselhafte Vergangenheit, über die sie nicht sprechen wollten. Genau so kannte sie es von Chetwynd. Geheimnisvolle Männer, die in Limousinen vorfuhren und Hugh besuchten. Manchmal schnappte Beryl ein paar Gesprächsfetzen auf, hörte Namen, deren Bedeutung sie nur vermuten konnte. Yurtschenko. Andropow. Bagdad. Berlin. Schon vor langer Zeit hatte sie gelernt, keine Fragen zu stellen und keine Antworten zu erwarten. „Das ist nichts, worüber du dir deinen hübschen Kopf zerbrechen musst", sagte Hugh immer zu ihr.

Aber diesmal würde sie sich nicht abwimmeln lassen. Diesmal wollte sie Antworten.

Der Kellner brachte die Speisekarte. Beryl schüttelte den Kopf. „Wir gehen", entschied sie.

„Hast du keinen Hunger?" fragte Richard. „Claude sagt, das hier ist ein exzellentes Restaurant."

„Hat Claude dich gebeten herzukommen?" wollte sie wissen. „Damit du uns fütterst und uns unterhältst und wir keinen Ärger machen?"

„Ich würde mich sehr freuen, wenn ich dich füttern darf. Und unterhalten." Er lächelte sie schalkhaft an. Sie sah in seine Augen und fühlte in sich wieder die Versuchung aufsteigen. *Bleib zum Dinner*, las sie aus seinem Lächeln. *Und danach ... Wer weiß? Alles ist möglich.*

Sie lehnte sich zurück. „Unter einer Bedingung essen wir mit dir."

„Und die wäre?"

„Du bist ehrlich zu uns. Keine Spielchen."

„Ich werd's versuchen."

„Warum bist du in Paris?"

„Claude bat mich um einen Rat, um einen persönlichen Gefallen. Da der Gipfel vorbei ist, habe ich zugesagt. Außerdem war ich neugierig."

„Wegen des Bombenanschlags?"

Er nickte. „‚Kosmische Solidarität' ist mir neu. Ich versuche, immer auf dem Laufenden zu bleiben, was terroristische Gruppierungen angeht. Das ist mein Geschäft." Er hielt ihr eine Speisekarte hin und lächelte. „Und das, Miss Tavistock, ist die reine Wahrheit."

Sie sah ihn an und konnte kein Anzeichen von Unehrlichkeit entdecken. Trotzdem sagte ihr Instinkt ihr, dass sich hinter diesem Lächeln mehr verbarg.

„Du glaubst mir nicht", sagte er.

„Woher willst du das wissen?"

„Wir essen also nicht zusammen?"

Bis zu diesem Moment hatte Jordan ihnen bei ihrem Schlagabtausch lediglich zugehört. Jetzt mischte er sich ungeduldig ein. „Natürlich essen wir mit Ihnen. Denn ich habe Hunger, Beryl, und ich verlasse diesen Tisch nicht, ohne etwas gegessen zu haben."

Mit einem Seufzer der Resignation nahm Beryl die Speisekarte. „Hier haben wir die Antwort. Jordies Magen hat gesprochen."

Amiel Fochs Telefon klingelte exakt um 19 Uhr 15.

„Ich habe einen neuen Auftrag für Sie", sagte der Anrufer. „Es ist dringend. Vielleicht haben Sie diesmal mehr Erfolg."

Die Kritik saß, und Amiel Foch, der seit fünfundzwanzig Jahren im Geschäft war, fiel es schwer, darauf nicht zu reagieren. Der Anrufer saß am längeren Hebel; er konnte sich die Beleidigung erlauben. Für Foch ging es auch darum, nicht zum alten Eisen abgeschoben zu werden. Heutzutage bekam er nur noch selten Aufträge. Mit zunehmendem Alter wurden die Reflexe eben nicht gerade besser.

Foch sagte gelassen: „Ich habe die Bombe exakt nach Ihren Anforderungen angebracht. Sie explodierte zur vorgegebenen Zeit."

„Und sorgte für nichts als einen Höllenlärm. Das Zielobjekt wurde nicht einmal verletzt."

„Sie tat das Unerwartete – so etwas liegt nicht in meiner Macht."

„Dann wollen wir hoffen, dass sie diesmal die Situation unter Kontrolle haben."

„Wie lautet der Name?"

„Es sind zwei. Bruder und Schwester, Beryl und Jordan Tavistock. Sie wohnen im Ritz. Ich will wissen, wohin sie gehen und wen sie treffen."

„Sonst nichts?"

„Fürs Erste reicht das. Aber das kann sich jederzeit ändern, je nachdem, was sie herausfinden. Mit etwas Glück verschwinden sie einfach wieder nach England."

„Und wenn nicht?"

„Dann werden wir weitere Maßnahmen ergreifen."

„Und was ist mit Madame St. Pierre? Soll ich es noch mal versuchen?"

Der Anrufer zögerte. „Nein", sagte er schließlich. „Das hat Zeit. Die Tavistocks haben Priorität."

Während des Essens – sie hatten Wildlachs und Ente mit Himbeersauce bestellt – spielten sich Beryl und Richard geschickt Fragen und Antworten zu. Richard war versiert in derlei Wortgefechten und gab nur das Nötigste über seine eigene Person preis. Er war in Connecticut geboren und aufgewachsen. Sein Vater, ein ehemaliger Polizist, lebte noch. Nach seinem Abschluss an der Princeton University kam Richard zum US-Außenministerium und trat in den diplomatischen Dienst ein. Vor fünf Jahren verließ er den Staatsdienst und machte sich mit einer Firma für Sicherheitsberatung selbstständig. Das war die Geburtsstunde von Sakaroff und Wolf in Washington D.C.

„Und deshalb war ich letzte Woche in London", sagte er. „Diverse amerikanische Unternehmen forderten uns als Security an. Ich war der leitende Sicherheitsberater."

„Mehr hast du nicht gemacht in London?" hakte Beryl nach.

„Mehr habe ich nicht gemacht in London. Bis ich Hughs Einladung nach Chetwynd erhielt." Sein Blick traf sie.

Seine Direktheit machte sie nervös. *Ob er mir die Wahrheit sagt oder etwas erfindet? Oder ein Mittelding aus beidem?* Sein routiniert heruntergespulter Lebenslauf kam ihr irgendwie einstudiert vor, aber wahrscheinlich war er sogar wahr. Diese Leute vom Geheimdienst hatten immer so einen akkuraten Lebenslauf, in dem sich Wahrheit und Erfindung zu einer perfekten Einheit verbanden. Was wusste sie wirklich über ihn? Nur, dass er gern und viel lachte. Dass er einen beeindruckenden Appetit hatte und seinen Kaffee schwarz trank.

Und dass sie ihn wahnsinnig attraktiv fand.

Nach dem Essen bot er an, sie zurück zum Ritz zu bringen. Jordan setzte sich auf den Rücksitz, Beryl nahm vorne neben Richard auf dem Beifahrersitz Platz. Sie sah ihn immer wieder an, als sie den Boulevard Saint-Germain in Richtung Seine entlangfuhren. Der starke und chaotisch wirkende Verkehr schien ihm nichts auszumachen. An einer roten Ampel drehte er sich zu ihr und sah sie an, und dieser eine Blick im Halbdunkel des Wageninneren ließ ihr Herz Purzelbäume schlagen.

Er wendete seine Aufmerksamkeit wieder der Straße zu.

„Es ist noch früh", sagte er. „Willst du wirklich schon zurück ins Hotel?"

„Wie lautet die Alternative?"

„Wir könnten noch etwas spazieren fahren. Oder spazieren gehen. Was du willst. Schließlich sind wir in Paris. Das sollten wir genießen." Seine Hand griff zum Schaltknüppel und streifte dabei ihr Knie. Ein Schauer durchfuhr sie – ein warmer, süßer, erwartungsvoller Schauer.

Er will mich verführen. Er will, dass mir schwindelig wird in Anbetracht sämtlicher Möglichkeiten. Oder ob das vom Wein kommt? Ein kleiner Spaziergang an der frischen Luft könnte nicht schaden.

Sie fragte nach hinten: „Was meinst du, Jordie? Hast du Lust auf einen Spaziergang?" Ein lautes Schnarchen war die Antwort.

Beryl drehte sich um und sah mit Erstaunen, dass ihr Bruder quer über der Rückbank lag. Eine schlaflose Nacht und zwei Gläser Wein zum Abendessen hatten ihre Wirkung nicht verfehlt. „Ich schätze, das heißt nein", sagte sie lachend.

„Dann eben nur wir beide?"

Diese vorsichtig geäußerte Einladung ließ sie wieder sanft erschauern. Schließlich, dachte sie, war sie in Paris …

„Ein paar Schritte gern", sagte sie zustimmend. „Aber es ist besser, wenn wir Jordan vorher ins Bett bringen."

„Zu Ihren Diensten", erwiderte Richard bereitwillig. „Erster Halt, das Ritz."

Jordan schnarchte den ganzen Weg zum Hotel.

Sie spazierten durch die Tuilerien, auf einem geschotterten Pfad zwischen den streng angelegten Gärten und an Statuen vorbei, die im Licht der Straßenlaternen geisterhaft weiß schimmerten.

„Da sind wir wieder", sagte Richard, „bei einem Gartenspaziergang. Es wäre doch schön, wenn wir einen Irrgarten fänden, in dessen Mitte eine kleine steinerne Bank steht."

„Warum?" fragte sie lächelnd. „Hoffst du auf eine Wiederholung?"

„Mit einem etwas anderen Ende. Weißt du eigentlich, dass ich fünf Minuten brauchte, bis ich den Weg aus dem Irrgarten heraus gefunden hatte?"

„Ich weiß." Sie lachte. „Ich stand an der Haustür und habe die Minuten gezählt. Aber fünf Minuten, das ist gar nicht so schlecht. Obwohl andere Männer schneller waren."

„Ach so, das ist deine Methode, einen Mann zu testen? Du als das Stück Käse, das im Irrgarten als Köder ausliegt …"

„Und du die Maus."

Dann lachten sie beide, und ihre Stimmen hallten durch die Nacht.

„Und war meine Leistung … annehmbar?" fragte er.

„Durchschnitt."

Er machte einen Schritt auf sie zu, sein Lächeln schimmerte in der Dunkelheit. „Nicht besser als Durchschnitt?"

„Na gut, du hast Recht. Immerhin war es dunkel."

„Das stimmt." Er kam noch näher, so dass sie ihren Kopf heben musste, wenn sie ihn ansehen wollte. Fast spürte sie die Hitze seines Körpers. „Sehr dunkel", flüsterte er.

„Vielleicht warst du ja auch ein wenig durcheinander?"

„Sehr sogar."

„Das *war* aber auch ein gemeiner Trick von mir …"

„Dafür sollte ich dich bestrafen."

Er streckte die Hände aus und berührte ihr Gesicht. Der Geschmack seiner Lippen schickte einen erregenden Schauer durch ihren Körper. Wenn das meine Strafe ist, dachte sie, begehe ich dasselbe Verbrechen wieder … Seine Finger glitten durch ihr Haar und verfingen sich darin, je inniger er sie küsste. Ihre Knie wurden weich, aber es war ihr egal. Sie hörte ihn lustvoll stöhnen, und ihr war klar, dass diese Küsse gefährlich waren, für sie und für ihn. Doch auch das war ihr egal – sie war zu allem bereit.

Und dann hielt er ganz plötzlich inne.

Gerade hatte er sie noch geküsst, jetzt erstarrten seine Hände auf ihrem Gesicht. Aber er löste sich nicht von ihr. Sie spürte, dass sich sein Körper anspannte, und er hielt sie fest im Arm. Seine Lippen glitten zu ihrem Ohr.

„Geh los", flüsterte er. „Richtung Concorde."

„Was?"

„Beweg dich. Aber ganz normal. Ich nehme dich an der Hand."

Sie sah ihm ins Gesicht und bemerkte, dass er irgendetwas wahrgenommen hatte. Sie schluckte die Fragen herunter, die sie gern gestellt hätte, und ließ sich von ihm an die Hand nehmen. Sie drehten sich um und schlenderten gemächlich in Richtung Place de la Concorde. Er machte keinerlei Anstalten, ihr etwas zu erklären, aber daran, wie er ihre Hand umklammerte, spürte sie, dass etwas nicht in Ordnung war, dass das kein Spiel war. Sie spazierten wie ein ganz normales Liebespaar durch die Gärten, vorbei an den dunklen Blumenbeeten und den geisterhaft anmutenden Statuen. Beryl nahm nach und nach die Geräusche um sie herum wahr: den entfernten Verkehrslärm, den Wind in den Bäumen, ihre Schritte auf dem Schotterweg …

Und die Schritte von jemand anderem, irgendwo hinter ihnen.

Nervös drückte sie seine Hand. Er erwiderte ihren Händedruck, und sofort verschwand ihre Angst. Ich kenne diesen Mann erst einen Tag, dachte sie, und trotzdem habe ich das Gefühl, dass ich mich auf ihn verlassen kann.

Richard beschleunigte den Schritt unmerklich. Der Fremde folgte ihnen noch immer. Sie hielten sich rechts und durchquerten den Park in Richtung Rue de Rivoli. Der Verkehrslärm wurde lauter und übertönte die Schritte ihres Verfolgers. Jetzt wurde es am gefährlichsten – sie verließen gleich die Dunkelheit des Parks, und ihr Verfolger musste handeln. Schon drang der helle Lichtschein von der Straße zu ihnen hinüber. Wenn wir losrennen, schaffen wir es, überlegte sie. Wir rennen unter den Bäumen her, und dann sind wir in Sicherheit, wieder unter Menschen. Sie machte sich bereit loszusprinten und wartete auf Richards Kommando.

Doch er machte keine plötzlichen Bewegungen. Auch ihr Verfolger nicht. Hand in Hand schlenderten sie und Richard scheinbar unbeschwert ins gleißende Licht der Rue de Rivoli.

Erst als sie in der Menge der Passanten untertauchten, normalisierte sich Beryls Puls wieder. Hier droht keine Gefahr mehr, versuchte sie sich zu beruhigen. Keiner würde es wagen, sie mitten auf einer belebten Straße anzugreifen.

Dann sah sie Richard an und bemerkte, dass seine Anspannung keineswegs gewichen war.

Sie überquerten die Straße und gingen bis zur nächsten Straßenecke.

„Bleib mal stehen", sagte er. „Schau dir eine Weile das Schaufenster an."

Sie blieben vor einem Schokoladengeschäft stehen. Durch die Scheibe sahen sie eine verführerische Auswahl an Konfekt: Himbeertörtchen, Trüffel und türkischer Honig, alles gebettet in ein Nest von Zuckerwatte. In dem Geschäft stand eine junge Frau an einem Bottich mit geschmolzener Schokolade, in den sie frische Erdbeeren tunkte.

„Worauf warten wir?" flüsterte Beryl.

„Mal sehen, was passiert."

Sie starrte ins Schaufenster, in dem sich die vorbeigehenden Passanten spiegelten. Ein Paar, Hand in Hand. Drei Studenten mit Rucksäcken. Eine Familie mit vier Kindern.

„Wir gehen weiter", entschied Richard nach einiger Zeit.

Sie schlenderten gemütlich die Rue de Rivoli in westlicher Richtung entlang. Sie erschrak, als er sie plötzlich nach rechts in eine Seitenstraße zog.

„Lauf los!" rief er.

Und plötzlich rannten sie. Sie bogen noch einmal scharf rechts ab und duckten sich unter einen Bogen. Im Schatten eines Hauseingangs zog er sie so nahe an sich, dass sie seinen Herzschlag an ihrer Brust und seinen Atem auf ihrer Stirn fühlte. Sie warteten.

Wenige Sekunden danach hörten sie Schritte. Die Schritte kamen näher, wurden langsamer. Plötzlich war nichts mehr zu hören. Starr vor Angst drückte sich Beryl fester gegen Richard und sah einen Schatten am Hauseingang vorbeigleiten. Die Schritte entfernten sich auf der Straße und verschwanden schließlich.

Richard schaute kurz die Straße hinunter, dann drückte er Beryls Hand. „Alles klar", flüsterte er. „Lass uns verschwinden."

Sie bogen auf die Castiglione und hörten erst auf zu rennen, als sie das Hotel erreicht hatten. Als sie sicher in ihrer Suite angekommen waren und Richard die Tür abgeschlossen hatte, fand sie wieder Worte.

„Was war das denn?" wollte sie wissen.

Er schüttelte den Kopf. „Ich weiß es auch nicht."

„Glaubst du, jemand wollte uns ausrauben?" Sie ging in Richtung Telefon. „Ich sollte vielleicht besser die Polizei rufen."

„Es ging ihm nicht um unser Geld."

„Was?" Sie sah ihn überrascht an.

„Denk doch mal nach. Er folgte uns selbst über die Rue de Rivoli, die voller Menschen war. Jeder normale Dieb hätte aufgegeben und wäre in den Park zurückgegangen. Aber er nicht. Er blieb an uns dran."

„Ich habe ihn nicht mal gesehen! Woher weißt du denn, dass …"

„Ein Mann mittleren Alters, klein und stämmig. Ein Typ, an den man sich nicht erinnert."

Sie starrte ihn an, und ihre Aufregung wurde wieder

stärker. „Was sagst du da, Richard? Wir beide wurden gezielt verfolgt?"

„Ja."

„Aber wieso sollte dich jemand verfolgen?"

„Dasselbe könnte ich dich fragen."

„Ich bin doch völlig uninteressant."

„Vielleicht hat es damit zu tun, warum du nach Paris gekommen bist."

„Das ist doch lediglich eine Familienangelegenheit."

„Offensichtlich nicht. Immerhin wirst du von fremden Männern durch die Stadt verfolgt."

„Woher willst du wissen, dass nicht du verfolgt wurdest? Du arbeitest schließlich für den CIA!"

„Falsch. Ich arbeite für mich selbst."

„Das kannst du mir nicht erzählen! Ich bin praktisch im MI 6 groß geworden. Ich rieche euch Geheimdienstler kilometerweit!"

„Ach ja?" Er zog die Augenbrauen hoch. „Und der Geruch hat dich nicht abgeschreckt?"

„Das wäre vielleicht besser gewesen."

Er lief jetzt durchs Zimmer, rastlos wie ein Tier, schloss die Fenster, zog die Vorhänge zu. „Da ich deiner geschulten Nase offensichtlich nichts vormachen kann, kann ich es auch zugeben. Mein Job ist etwas weiter gefasst, als ich dir gegenüber eingeräumt habe."

„Na so was."

„Trotzdem glaube ich, dass der Mann *dich* verfolgt hat."

„Und aus welchem Grund, bitte?"

„Weil du in einem Minenfeld stocherst. Du verstehst das

nicht, Beryl. Wenn deine Eltern umgebracht wurden, ging es dabei um mehr als nur um einen Sexskandal."

„Moment mal." Sie ging auf ihn zu und sah ihn unverwandt an. „Was weißt du darüber?"

„Ich wusste, dass du nach Paris kommst."

„Wer hat dir das gesagt?"

„Claude Daumier. Er rief mich in London an und sagte, dass Hugh sich Sorgen macht. Dass jemand auf dich und Jordan aufpassen soll."

„Du bist also unser Kindermädchen?"

Er lachte. „So kann man's auch sagen."

„Und was weißt du über meine Eltern?"

An seinem Zögern merkte sie, dass er seine Antwort sorgfältig abwog. Sie erwartete, dass er sie gleich anlügen würde.

Stattdessen überraschte er sie mit der Wahrheit. „Ich kannte sie beide", gestand er. „Ich war hier in Paris, als es passierte."

Diese Enthüllung erstaunte sie. Sie zweifelte keinen Moment lang daran, dass er ihr die Wahrheit gesagt hatte – warum sollte er diese Geschichte erfinden?

„Es war mein erster Auslandseinsatz", sagte er. „Ich dachte, dass ich mit Paris echt das große Los gezogen hätte. Denn die meisten Anfänger landen irgendwo im Nirgendwo. Aber ich kam nach Paris. Und hier traf ich Madeline und Bernard." Er sank müde in einen Sessel. „Es ist erstaunlich", sagte er und studierte Beryls Gesicht, „wie sehr du ihr ähnelst. Dieselben grünen Augen, dasselbe schwarze Haar. Allerdings hatte sie es meist zu einem losen Knoten gebunden. Doch immer rutschten ein paar Strähnen raus und fielen ihr dann in den Nacken …" Die Erinnerung ließ ihn lächeln. „Bernard war verrückt nach ihr – so wie jeder Mann, der sie kennen lernte."

„Du auch?"

„Ich war damals erst 22. Sie war die faszinierendste Frau, die ich je getroffen hatte." Ihre Blicke trafen sich. Leise fügte er hinzu: „Aber da kannte ich ihre Tochter noch nicht."

Sie sahen sich an, und Beryl fühlte sich wieder stark zu ihm hingezogen, zu diesem Mann, dessen Küsse sie schwindelig machten, dessen Berührung einen Stein schmelzen lassen konnte. Zu diesem Mann, der am Anfang nicht ehrlich zu ihr gewesen war.

Ich habe keine Lust mehr auf Geheimnisse, will keine Halbwahrheiten und Wahrheiten mehr auseinander klamüsern. Und bei diesem Mann weiß man nie, was was ist.

Sie ging unvermittelt zur Tür. „Wenn wir nicht ehrlich zueinander sein können", sagte sie, „brauchen wir gar nicht zusammen zu sein. Wir sollten gute Nacht sagen und auf Wiedersehen."

„Das glaube ich nicht."

Sie drehte sich um und sah ihn missbilligend an. „Wie bitte?"

„Ich will mich nicht verabschieden. Erst recht nicht, seit ich weiß, dass du verfolgt wirst."

„Es geht dir also nur um meine Unversehrtheit?

„Wäre das so schlimm?"

Sie lächelte ihn kühl an. „Ich kann sehr gut selbst auf mich aufpassen."

„Du bist hier in einer fremden Stadt. Hier können Dinge geschehen …"

„Ich bin nicht gerade allein hier." Sie ging quer durchs Zimmer und blieb vor der Verbindungstür zu Jordans Zimmer stehen. Sie riss sie auf und rief: „Wach auf, Jordie! Ich brauche deine brüderliche Hilfe!"

Aus seinem Bett kam keine Reaktion.

„Jordie?" sagte sie.

„Dein Bodyguard ist ja voll auf Zack", spottete Richard.

Verärgert schaltete Beryl das Licht ein. Von der plötzlichen Helligkeit geblendet, sah sie erstaunt auf Jordans Bett.

Es war leer.

4. Kapitel

*D*iese Frau sieht mich schon wieder so an.
Jordan schüttete etwas Zucker in seinen Cappuccino, rührte um und schaute zu der blonden Frau hinüber, die drei Tische weiter saß. Sofort wandte sie den Blick ab. Sie war eigentlich ganz attraktiv, dachte er. Mitte zwanzig, gute Figur, durchtrainiert, knackig. Ihr Haar war kurz geschnitten, ein paar Strähnchen fielen ihr in die Stirn. Sie trug einen schwarzen Pullover, einen schwarzen Rock und eine schwarze Strumpfhose. Mode oder Tarnung? Er blickte nach draußen auf die abendlichen Spaziergänger, die die Straße entlang flanierten. Aus dem Augenwinkel bemerkte er, dass die Frau ihn schon wieder anstarrte. Normalerweise würde er sich geschmeichelt fühlen, wenn ihn eine Frau so intensiv ansähe. Aber irgendwas stimmte mit dieser Dame nicht, das spürte er. Konnte man heutzutage nicht mal als Mann allein durch Paris streifen, ohne gleich von gierigen Frauen verfolgt zu werden?

Bisher war alles gut gelaufen. Nachdem Beryl und Richard weggegangen waren, hatte er das Hotelzimmer auf der Suche nach einer netten Kneipe verlassen. Er spazierte über den Place Vendôme, schaute in der Olympia Music Hall vorbei, nahm einen Mitternachtssnack im Café de la Paix – das war doch ein guter erster Abend in Paris!

Aber vielleicht sollte er langsam zu Bett gehen.

Er trank seinen Cappuccino aus, bezahlte und ging in Richtung Rue de la Paix. Nach einem halben Block bemerkte er, dass die Frau in Schwarz ihm folgte.

Er war vor einem Schaufenster stehen geblieben und sah sich Herrenanzüge an, als sich im Schaufenster ein blonder Haarschopf spiegelte. Er drehte sich um und sah sie auf der anderen Straßenseite. Auch sie betrachtete höchst interessiert eine Schaufensterauslage – die eines Wäschegeschäfts, wie er feststellte. Nach ihrem gesamten Outfit zu schließen, trug sie wahrscheinlich auch schwarze Unterwäsche.

Jordan setzte seinen Weg fort.

Auf der anderen Straßenseite folgte ihm die Frau.

Wie blöd, dachte er. Wenn sie flirten will, soll sie herkommen und mich ansprechen. Mit einer direkten Anmache könnte er umgehen. So was war ehrlich, und ehrliche Frauen mochte er. Aber dieses Versteckspiel nervte ihn.

Er ging einen halben Block weiter. Sie auch.

Er blieb stehen und tat so, als würde erneut ein Schaufenster seine volle Aufmerksamkeit auf sich ziehen. Sie tat es ihm gleich. Das ist doch lächerlich, befand er. Ich habe jetzt von diesem Quatsch die Nase voll.

Er ging über die Straße und direkt auf sie zu.

„Mademoiselle?" sagte er.

Sie drehte sich um und sah ihn überrascht an. Offensichtlich hatte sie damit nicht gerechnet.

„Mademoiselle", wiederholte er. „Darf ich fragen, warum Sie mir folgen?"

Sie öffnete den Mund, schloss ihn wieder und starrte ihn mit ihren großen grauen Augen an. Mit ziemlich hübschen Augen, wie er fand.

„Vielleicht verstehen Sie mich nicht? *Parlez-vous anglais?*"

„Ja", murmelte sie. „Ich spreche Englisch."

„Dann können Sie mir sicher verraten, warum Sie mich verfolgen."

„Ich verfolge Sie nicht."

„Doch, das tun Sie."

„Das stimmt nicht!" Sie blickte die Straße rauf und runter. „Ich gehe spazieren. So wie Sie."

„Sie folgen mir auf Schritt und Tritt. Sie bleiben stehen, wenn ich stehen bleibe, und Sie beobachten mich."

„Das ist ja absurd!" Wütend funkelte sie ihn an. Gespielt oder echt? Er war sich nicht sicher. „Ich habe nicht das geringste Interesse an Ihnen, Monsieur! Das bilden Sie sich ein!"

„Ach ja?"

Statt einer Antwort drehte sie sich um und stolzierte die Rue de la Paix hinunter.

„Das glaube ich nicht!" rief er ihr hinterher.

„Ihr Engländer seid alle gleich!" schimpfte sie ihn über die Schulter an.

Jordan sah ihr nach, als sie davonstürmte und fragte sich, ob er vielleicht wirklich falsche Schlüsse gezogen hatte. Wenn ja, hatte er sich gerade zum Idioten gemacht! Die Frau bog um eine Ecke und verschwand, und er empfand einen kurzen Moment lang Bedauern. Immerhin war sie recht attraktiv gewesen. Große graue Augen, unglaublich schöne Beine.

Aber was soll's.

Er drehte sich um und setzte seinen Weg zum Hotel fort. Als er die Lobby des Ritz betreten wollte, brachte ihn eine

Art siebter Sinn dazu, stehen zu bleiben und sich umzudrehen. In einem Hauseingang bemerkte er eine schnelle Bewegung, und er erhaschte einen Blick auf blonde Haare, die gerade im Dunkel verschwanden.

Sie folgte ihm also immer noch.

Daumier nahm nach dem fünften Klingeln den Hörer ab. „Hallo?"

„Claude, ich bin's", sagte Richard. „Lässt du uns verfolgen?"

Eine kleine Pause, dann antwortete Daumier: „Eine reine Vorsichtsmaßnahme, mein Freund. Sonst nichts."

„Zu unserem Schutz oder zu unserer Beobachtung?"

„Natürlich zu eurem Schutz! Ein Gefallen für Hugh –"

„Na super! Wir haben uns zu Tode erschreckt! Du hättest mir wenigstens Bescheid sagen können." Richard sah Beryl an, die nervös im Zimmer auf und ab lief. Sie würde es nicht zugeben, aber sie hatte Angst, und sie war froh, dass er trotz all ihrer Versuche, ihn rauszuschmeißen, geblieben war. „Noch was", fuhr er, zu Daumier gewandt, fort. „Jordan ist uns abhanden gekommen."

„Abhanden gekommen?"

„Er ist nicht in seinem Zimmer. Wir ließen ihn vor ein paar Stunden hier zurück, seitdem ist er verschwunden."

Einen Moment war es still. „Das ist bedenklich", befand Daumier.

„Wissen deine Leute, wo er ist?"

„Meine Agentin hat sich noch nicht gemeldet. Ich denke, dass sie sich …"

„*Sie?*" unterbrach ihn Richard.

„Nicht gerade unsere erfahrenste Frau, wie ich zugeben muss, aber doch effektiv."

„Uns hat heute Abend ein Mann verfolgt."

Daumier lachte. „Richard, ich bin enttäuscht von dir! Ich hätte dir zugetraut, dass du diesen Unterschied kennst!"

„Ich kenne den Unterschied, verdammt noch mal!"

„Bei Colette gibt es eigentlich auch kein Vertun. Sie ist 26, ziemlich hübsch, blonde Haare."

„Es war ein Mann, Claude."

„Hast du sein Gesicht gesehen?"

„Nicht deutlich. Aber er war klein und stämmig."

„Colette ist eins siebzig groß und sehr schlank."

„Sie war es nicht."

Daumier schwieg ein paar Sekunden. „Das ist merkwürdig", erwiderte er dann. „Wenn es keiner von uns war …"

Plötzlich sprintete Richard zur Tür. Es hatte geklopft. Beryl stand wie versteinert da. Verängstigt schaute sie ihn an.

„Ich ruf dich wieder an, Claude", flüsterte Richard ins Telefon. Leise legte er auf.

Es klopfte wieder, diesmal etwas lauter.

„Los", sagte er, „frag, wer da ist."

Mit zitternder Stimme rief sie: „Wer ist da?"

„Bist du angezogen?" ertönte die Antwort. „Oder soll ich morgen früh wieder kommen?"

„Jordan!" rief Beryl erleichtert. Sie rannte zur Tür und öffnete. „Wo warst du?"

Ihr Bruder schlenderte herein, sein blondes Haar war

vom Nachtwind zersaust. Er sah Richard und blieb stehen. „Entschuldigung. Wenn ich bei irgendwas störe …"

„Du störst nicht!" fuhr Beryl dazwischen. Sie schloss die Tür ab und sah ihren Bruder an. „Wir waren ganz krank vor Sorge."

„Ich war nur spazieren!"

„Du hättest mir einen Zettel schreiben können!"

„Warum? Ich war nur um die Ecke." Jordan ließ sich in einen Sessel fallen. „Ich hatte einen recht netten Abend, jedenfalls bis ich bemerkte, dass mich eine Frau verfolgte."

Richard sah ihn überrascht an. „Eine Frau?"

„Sah ziemlich gut aus. Aber leider nicht wirklich mein Typ. Ein bisschen zu vampirmäßig für meinen Geschmack."

„War sie blond?" fragte Richard. „Ungefähr eins siebzig? Mitte zwanzig?"

Jordan schüttelte verwundert den Kopf. „Und gleich sagen Sie mir Ihren Namen."

„Colette."

„Ist das ein neuer Trick, Richard?" fragte Jordan lachend. „Oder außersinnliche Wahrnehmung?"

„Sie ist Agentin beim französischen Geheimdienst", erklärte Richard. „Schutzüberwachung, das ist alles."

Beryl seufzte erleichtert. „Ach, deshalb werden wir verfolgt. Und ich war schon halb wahnsinnig vor Angst."

„Das ist auch durchaus angemessen", erwiderte Richard. „Der Mann, der uns verfolgt hat, arbeitet nämlich nicht für Daumier."

„Aber du sagtest doch gerade …"

„Daumier hat heute Abend nur einen Agenten auf uns

angesetzt. Diese Colette. Offensichtlich hat sie Jordan beschattet."

„Und wer hat uns dann verfolgt?" wollte Beryl wissen.

„Ich habe keine Ahnung."

Schweigen. Dann fragte Jordan gereizt: „Habe ich was verpasst? Warum werden wir jetzt alle verfolgt? Und was hat Richard damit zu tun?"

„Richard", sagte Beryl verkrampft, „war nicht ganz ehrlich mit uns."

„In Bezug auf was?"

„Er vergaß zu erwähnen, dass er 1973 hier in Paris war. Er kannte Mum und Dad."

Jordan sah Richard an. „Und deshalb sind Sie jetzt hier?" fragte er leise. „Um uns davon abzuhalten, die Wahrheit zu erfahren?"

„Nein", sagte Richard. „Ich bin hier, um dafür zu sorgen, dass die Wahrheit Sie beide nicht das Leben kostet."

„Ist die Wahrheit denn so gefährlich?"

„Offensichtlich ist jemand so besorgt, dass er Sie beide verfolgen lässt."

„Dann glauben Sie auch nicht, dass es Mord und Selbstmord war?" erkundigte sich Jordan.

„Wenn es so einfach wäre – wenn Bernard einfach Madeline erschossen und sich dann selbst das Leben genommen hätte –, würde das nach so vielen Jahren keinen mehr interessieren. Aber offenbar interessiert es doch jemanden. Und er – oder sie – beobachtet jeden Ihrer Schritte."

Beryl war außergewöhnlich schweigsam. Sie setzte sich aufs Bett. Das hochgesteckte Haar begann sich zu lösen, und die ersten seidigen Strähnen fielen ihr in den Nacken. Einmal mehr wurde sich Richard ihrer Ähnlichkeit mit Madeline bewusst. Die Frisur und dieses Seidenkleid. Jetzt erkannte er das Kleid – es gehörte tatsächlich ihrer Mutter.

Er beschloss, ihnen die Wahrheit zu sagen. „Ich habe es nie geglaubt", sagte er. „Keine Sekunde lang habe ich geglaubt, dass Bernard sie erschossen hat."

Langsam schaute Beryl zu ihm hinüber. Die Vorsicht und das Misstrauen in ihrem Blick erweckten in ihm den Wunsch, ihr Vertrauen zu erlangen. Doch so weit war sie noch nicht, dass sie ihm vertrauen würde. Vielleicht würde sie nie so weit sein.

„Wenn er sie nicht erschossen hat", fragte sie, „wer war es dann?"

Richard ging auf sie zu. Sanft streichelte er ihr Gesicht. „Ich weiß es nicht", sagte er. „Aber ich werde dir helfen, es herauszufinden."

Nachdem Richard gegangen war, wandte sich Beryl ihrem Bruder zu. „Ich traue ihm nicht", sagte sie. „Er hat uns zu oft angelogen."

„Er hat uns nicht wirklich angelogen", stellte Jordan fest. „Er hat nur ein paar Tatsachen verschwiegen."

„Oh, natürlich. Zufälligerweise hat er uns verschwiegen, dass er Mum und Dad kannte. Und dass er in Paris war, als sie starben. Jordie, er könnte es selbst gewesen sein!"

„Er scheint ziemlich gut mit Daumier befreundet zu sein."

„Ja und?"

„Onkel Hugh vertraut Daumier."

„Und das heißt, dass wir Richard Wolf trauen müssen?" Sie schüttelte den Kopf und lachte. „Du bist wohl doch etwas erschöpfter, als du denkst."

„Und du bist wohl doch verknallter, als du denkst", konterte er. Gähnend machte er sich auf den Weg in sein eigenes Zimmer.

„Was soll denn das heißen?" wollte sie wissen.

„Nur, dass deine Gefühle für diesen Mann offensichtlich immer stärker werden. Oder warum kämpfst du die ganze Zeit gegen ihn an?"

Sie folgte ihm zur Verbindungstür. „Immer stärker werden?" fragte sie ungläubig.

„Siehst du?" Er schnaufte ein paarmal laut und grinste. „Träum süß, Schwesterlein. Schön, dass du wieder mit im Spiel bist."

Dann schloss er die Tür.

Als Richard in Daumiers Wohnung ankam, war der Franzose noch wach, aber er trug schon seinen Morgenmantel und Pantoffeln. Die neuesten Erkenntnisse über den Anschlag auf das Haus der St. Pierres lagen auf dem Küchentisch, daneben standen ein Teller mit Würstchen und ein Glas Milch. Auch vierzig Jahre beim französischen Geheimdienst hatten nichts an seiner Gewohnheit geändert, in der Nähe des Kühlschranks zu arbeiten.

Daumier zeigte auf die Papiere: „Mir ist das ein Rätsel. Eine Semtex-Bombe explodierte unter dem Bett. Die Zeitschaltuhr war auf 21.10 Uhr eingestellt – zu der Zeit läuft

Marie St. Pierres Lieblingssendung im Fernsehen. Man hat den Eindruck, es war ein Insider am Werk. Nur hat er einen Fehler gemacht – Philippe war in England." Er sah Richard an. „Das ist doch ein unmöglicher Patzer."

„Terroristen sind normalerweise schlauer", pflichtete Richard ihm bei. „Vielleicht war es als Warnung gemeint. Ein subtiler kleiner Hinweis. So was wie ,Wir kriegen dich, wenn wir wollen.'"

„Mir liegt immer noch keine Information zu dieser Liga der ,Kosmischen Solidarität' vor." Müde fuhr sich Daumier mit den Fingern durchs Haar. „Die Untersuchung hat bislang zu keinem Ergebnis geführt."

„Dann kannst du dich vielleicht kurz meinem kleinen Problem zuwenden."

„Deinem Problem? Ach ja, die Tavistocks." Daumier lehnte sich zurück und sah ihn an. „Man hört, du kommst sehr gut mit Hughs Nichte zurecht?"

„Heute Abend hat uns jemand verfolgt", sagte Richard, „der nicht deine Agentin Colette war. Kannst du herausfinden, wer es war?"

„Dazu brauche ich Anhaltspunkte", erwiderte Daumier. „Ein Mann mittleren Alters, klein und stämmig – das sagt mir nichts. Jeder könnte ihn engagiert haben."

„Es muss jemand gewesen sein, der weiß, dass sie in Paris sind."

„Hugh hat die Vanes darüber informiert. Vielleicht haben sie es ja jemandem erzählt. Wer war sonst noch in Chetwynd?"

Richard vergegenwärtigte sich den Abend des Empfangs

und Reggies Indiskretion. Dieser verdammte Reggie Vane und seine Schwäche für Alkohol. Er war an allem schuld. Ein paar Gläser Champagner zu viel, und schon löste sich seine Zunge. Trotzdem konnte er Reggie gut leiden. Eigentlich war er harmlos; und mit Sicherheit hatte er Beryl nicht verletzen wollen. Fast könnte man sagen, dass er väterliche Gefühle für sie hatte.

Richard sagte: „Die Vanes hätten es allen möglichen Leuten erzählen können. Philippe St. Pierre. Nina und Anthony Sutherland. Wer weiß, wem."

„Also sprechen wir von einer unbekannten Anzahl", seufzte Daumier.

„Die Liste ist nicht gerade kurz", musste Richard zugeben.

„Ist diese ganze Aktion wirklich eine gute Idee, Richard?" fragte Daumier. „Immerhin hat man damals verhindert, dass wir die Wahrheit erfahren. Falls du dich erinnerst."

Natürlich erinnerte er sich. Er hatte sich damals über die Weisung aus Washington gewundert: „Untersuchung beenden." Eine ähnliche Order hatte auch Claude von seinem Chef beim französischen Geheimdienst erhalten. Und so war die Suche nach Delphi und dem Leck bei der NATO unvermittelt eingestellt worden. Ohne Erklärung, ohne Begründung. Richard hatte natürlich seine Vermutungen. Man hatte Washington offensichtlich über die Wahrheit informiert, und dort hatte man Angst vor den Konsequenzen.

Als einen Monat später der amerikanische Botschafter Stephen Sutherland von einer Pariser Brücke in den Tod sprang, fühlte Richard seine Vermutungen bestätigt. Sutherland war ein politischer Gesandter; hätte man ihn als Spion entlarvt, wäre das eine Schande für den Präsidenten persönlich gewesen.

Und so wurde die Sache mit dem Maulwurf nie offiziell aufgeklärt.

Stattdessen wurde Bernard Tavistock nach seinem Tod als Delphi geoutet. Wie gut muss es manchen Leuten in den Kram gepasst haben, ihn als den Schuldigen zu präsentieren, dachte Richard. Warum sollte man nicht alles auf einen Toten schieben? Der konnte sich ja nicht mehr gegen die Anschuldigungen wehren.

Und jetzt, zwanzig Jahre später, jagt mich dieses Delphi-Gespenst wieder.

Mit neuer Entschlossenheit erhob sich Richard aus dem Stuhl. „Dieses Mal, Claude, finde ich ihn. Und keine Anweisung aus Washington wird mich aufhalten."

„Zwanzig Jahre sind eine lange Zeit. Beweise können verschwunden sein. Und die Politik hat sich geändert."

„Aber eines hat sich nicht geändert – der Schuldige. Was, wenn wir schief gelegen haben? Wenn Sutherland nicht der Maulwurf war? Dann lebt Delphi vielleicht noch und macht immer weiter."

Und Daumier fügte hinzu: „Und ist äußerst besorgt."

Beryl erwachte am nächsten Morgen davon, dass Richard an ihre Tür klopfte. Sie blinzelte erstaunt, als er ihr eine Papiertüte in die Hand drückte, aus der es köstlich nach frischen Croissants duftete.

„Frühstück", verkündete er. „Du kannst im Wagen essen. Jordan wartet schon unten auf uns."

„Warten? Worauf?"

„Dass du fertig wirst. Beeil dich, wir haben um acht Uhr eine Verabredung."

Verwirrt fuhr sie sich durch die verwuschelten Haare. „Ich wüsste nicht, dass ich eine Verabredung für heute morgen getroffen habe."

„Nein, das war ich. Und es ist ein echter Glücksfall, dass es geklappt hat, denn der Mann empfängt nicht mehr oft Besucher. Seine Frau gestattet es nicht."

„Wessen Frau?" fragte sie aufgeregt.

„Die Ehefrau von Chefinspektor Broussard. Der Kriminalbeamte, der damals mit dem Mordfall deiner Eltern befasst war." Richard hielt inne. „Du willst ihn doch sprechen, Beryl, oder?"

Das weiß er doch, dachte sie und raffte ihren seidenen Morgenmantel zusammen. Er hat mich überrumpelt. Ich bin kaum wach, und er steht hier und drängt mich zur Eile. Und seit wann war Jordan ein Frühaufsteher? Ihr Bruder schaffte es sonst doch nie vor acht Uhr aus dem Bett.

„Du musst nicht mitkommen", sagte er und wandte sich zum Gehen. „Jordan und ich können …"

„Gib mir zehn Minuten!" rief sie und schloss die Tür hinter ihm.

Nach exakt neun Minuten war sie unten.

Richard fuhr mit der Routine eines Mannes, der sich in Paris auskannte. Sie überquerten die Seine und fuhren auf überfüllten Boulevards in Richtung Süden. Der Verkehr ist so schlimm wie in London, dachte Beryl, als sie das Gewimmel von Bussen und Taxis sah. *Zum Glück fährt er.*

Sie hatte ihr Croissant gegessen und fegte die Krümel von dem Aktenordner, den sie auf dem Schoß hatte. In dem Ordner befand sich der zwanzig Jahre alte Polizeibericht, den Inspektor Broussard damals unterschrieben hatte. Sie fragte sich, an wie viele Details sich der Mann noch erinnern würde. Sicher hatten sich nach dieser langen Zeit in seiner Erinnerung sämtliche Mordfälle vermischt. Aber es bestand immerhin eine geringe Chance, dass er sich an die eine oder andere Einzelheit erinnerte, die in dem Bericht nicht auftauchte.

„Kennst du Broussard?" fragte sie Richard.

„Wir haben uns bei der Untersuchung kennen gelernt, als ich von der Polizei vernommen wurde."

„Du wurdest vernommen? Warum?"

„Er sprach mit allen Bekannten deiner Eltern."

„Aber von dir steht nichts in der Akte."

„Von vielen Leuten steht nichts in der Akte."

„Zum Beispiel?"

„Philippe St. Pierre. Botschafter Sutherland."

„Ninas Mann?"

Richard nickte. „Das waren politisch sensible Namen. St. Pierre war im Finanzministerium und ein enger Freund des damaligen Premierministers. Sutherland war der amerikanische Botschafter. Sie waren beide nicht tatverdächtig, also hielt man ihre Namen aus der Akte raus."

„Der brave Inspektor schützte also die Mächtigen?"

„Er war einfach nur diskret."

„Und warum tauchte dein Name nicht auf?"

„Ich spielte keine große Rolle. Ich wurde nur zur Ehe deiner Eltern befragt. Ob sie sich jemals gestritten haben, ob sie unglücklich erschienen, solche Dinge. Ich war nicht besonders wichtig."

Sie griff nach der Akte auf ihrem Schoß. „Dann sag mir", bat sie, „warum du dich jetzt so engagierst?"

„Weil du und Jordan euch eingemischt habt und Claude Daumier mich bat, mich um euch zu kümmern." Er sah sie an und fuhr leise fort: „Und weil ich es eurem Vater schuldig bin. Er war … ein guter Mann." Sie dachte, er würde noch etwas hinzufügen, aber er drehte sich um und konzentrierte sich wieder auf die Straße.

„Wolf", fragte Jordan, der auf dem Rücksitz saß, „wissen Sie, dass wir verfolgt werden?"

„Was?" Beryl drehte sich um und suchte den Verkehr hinter ihnen ab. „Welches Auto?"

„Der blaue Peugeot, zwei Autos hinter uns."

„Ich sehe ihn", sagte Richard. „Er folgt uns schon seit dem Hotel."

„Du weißt die ganze Zeit, dass wir verfolgt werden?" sagte Beryl. „Warum hast du denn nichts gesagt?"

„Ich habe es mir nur gedacht. Sieh dir mal den Fahrer an, Jordan. Blonde Haare, Sonnenbrille. Definitiv eine Frau."

Jordan lachte. „Ach ja, meine kleine Vampirin. Colette."

Richard nickte. „Sie gehört zu den Guten."

„Wie kannst du da so sicher sein?" fragte Beryl.

„Weil sie eine von Daumiers Agenten ist. Das heißt, sie beschützt uns. Sie ist keine Bedrohung." Richard bog vom

Boulevard Raspail ab. Einen Augenblick später entdeckte er einen Parkplatz und fuhr rechts ran. „Sie kann auf unser Auto aufpassen, so lange wir drin sind."

Beryl sah sich das große Backsteingebäude auf der gegenüberliegenden Straßenseite an. Über dem Eingangsportal stand *Maison de Convalescence.* „Was ist das?"

„Ein Pflegeheim."

„Und hier lebt Inspektor Broussard?"

„Schon seit etlichen Jahren", antwortete Richard und sah mit einem Blick des Bedauerns an dem Gebäude hoch. „Seit seinem Schlaganfall."

Dem Foto an der Wand konnte man entnehmen, dass Ex-Chefinspektor Broussard früher ein eindrucksvoller Mann gewesen war. Das Bild zeigte einen bulligen Franzosen mit gezwirbeltem Schnauzbart und einer wahren Löwenmähne, der majestätisch auf den Treppen einer Pariser Polizeistation posierte.

Er hatte wenig Ähnlichkeit mit der eingefallenen Gestalt, die halb gelähmt vor ihnen im Bett lag.

Madame Broussard huschte durch das Zimmer und sprach Englisch mit der präzisen Grammatik einer ehemaligen Englischlehrerin. Sie schüttelte ihrem Mann das Kissen auf, kämmte ihn, wischte ihm die Spucke vom Kinn. „Er erinnert sich an alles", sagte sie. „An jeden Fall, an jeden Namen. Aber er kann nicht sprechen und keinen Stift halten. Und genau das frustriert ihn! Deshalb erlaube ich eigentlich keinen Besuch. Er würde so gern sprechen können, doch er kann die Worte nicht formulieren. Nur

manchmal ein paar. Und das macht ihn wütend! Manch-mal, wenn Freunde da waren, ist er tagelang wütend."
Sie ging ans Kopfende des Bettes, als wollte sie ihn schüt-zen. „Sie stellen ihm nur wenige Fragen, haben Sie verstan-den? Wenn er anfängt, sich zu ärgern, müssen Sie sofort gehen."

„Wir verstehen", versicherte Richard. Er zog sich einen Stuhl heran und setzte sich neben das Bett. Beryl und Jordan sahen, wie er die Polizeiakte aufklappte und die Fotos vom Tatort auf die Bettdecke legte, damit Broussard sie sehen konnte. „Ich weiß, dass Sie nicht sprechen können", begann er, „aber sehen Sie sich diese Bilder bitte an. Nicken Sie, wenn Sie sich an den Fall erinnern."

Madame Broussard übersetzte für ihren Mann. Er starrte das erste Foto an, das Madelines und Bernards Leichen zeig-te. Sie lagen da wie ein Liebespaar, um sie herum eine Blut-lache. Ungeschickt berührte Broussard das Foto, seine Fin-ger ruhten auf Madelines Gesicht. Seine Lippen formten ein Wort.

„Was sagt er?" erkundigte sich Richard.

„*La Belle.* Eine schöne Frau", antwortete Madame Broussard. „Sehen Sie? Er erinnert sich."

Der alte Mann sah sich jetzt die anderen Fotos an, seine linke Hand begann vor Aufregung zu zittern. Er versuchte mit aller Macht zu sprechen, doch heraus kamen nur unver-ständliche Laute. Madame Broussard beugte sich vor, um ihn zu verstehen. Erstaunt schüttelte sie den Kopf.

„Wir haben den Bericht gelesen", sagte Beryl, „den er vor zwanzig Jahren geschrieben hat. Er kam zu dem Schluss, dass es sich um Mord und Selbstmord handelte. Hat er das wirklich geglaubt?"

Wieder übersetzte Madame Broussard.

Broussard musterte Beryl eindringlich. Er wirkte erstaunt, beinahe so, als würde er sie wiedererkennen.

Seine Frau wiederholte die Frage. Glaubte er, dass es sich um Mord und Selbstmord gehandelt hatte?

Langsam schüttelte Broussard den Kopf.

Jordan fragte: „Versteht er die Frage?"

„Natürlich!" fuhr Madame Broussard ihn an. „Ich sagte Ihnen doch, dass er alles versteht."

Der Mann tippte jetzt auf eines der Fotos, als ob er etwas zeigen wollte. Seine Frau fragte ihn etwas auf Französisch. Daraufhin tippte er noch stärker auf das Bild.

„Versucht er, uns etwas zu zeigen?" fragte Beryl.

„In der Ecke des Fotos", sagte Richard. „Da sieht man einen leeren Flur."

Broussards Körper zitterte, so sehr quälte er sich damit, sich verständlich zu machen. Seine Frau beugte sich wieder zu ihm, um seine Worte zu entschlüsseln. Sie schüttelte den Kopf. „Es ergibt keinen Sinn."

„Was hat er gesagt?" fragte Beryl.

„*Serviette.* Also Serviette oder Handtuch. Ich verstehe das nicht." Sie nahm ein Handtuch vom Waschbecken und hielt es ihrem Mann hin. „*Serviette de toilette?*"

Verärgert schüttelte er den Kopf und schlug das Handtuch weg.

„Ich weiß nicht, was er meint", sagte Madame Broussard seufzend.

„Aber ich vielleicht", warf Richard ein. Er beugte sich zu Broussard hinunter. *„Porte documents?"* fragte er.

Broussard seufzte erleichtert auf und sank ins Kissen zurück. Er nickte erschöpft.

„Das hat er also versucht zu sagen", sagte Richard. *„Serviette porte documents.* Aktentasche."

„Aktentasche?" wiederholte Beryl. „Glaubst du, er meint die mit der geheimen Akte?"

Richard sah Broussard fragend an. Der Mann war erschöpft, sein Gesicht sah grau aus vor dem weißen Bettzeug.

Madame Broussard sah ihren Mann an und schritt ein. „Keine Fragen mehr, Mr. Wolf! Sehen Sie ihn an! Er ist völlig fertig – er kann Ihnen nichts mehr sagen. Bitte gehen Sie jetzt!"

Sie scheuchte sie eiligst aus dem Zimmer und hinaus auf den Flur. Eine Nonne mit einem Tablett voller Medikamente ging an ihnen vorbei. Am Ende des Flurs sang eine Frau im Rollstuhl sich selbst französische Schlaflieder vor.

„Madame Broussard", sagte Beryl. „Wir haben noch mehr Fragen, aber für Ihren Mann ist das zu anstrengend. In dem Bericht ist noch von einem anderen Polizeibeamten die Rede – einem gewissen Etienne Giguere. Wie können wir ihn erreichen?"

„Etienne?" Madame Broussard sah sie überrascht an. „Wissen Sie es denn nicht?"

„Was denn?"

„Er starb vor neunzehn Jahren. Er wurde von einem Auto überfahren, als er über die Straße ging." Sie schüttelte traurig den Kopf. „Der Fahrer wurde nie ausfindig gemacht."

Beryl sah Jordans erstaunten Blick; sie sah in seinen Augen dasselbe Unbehagen, das sie auch verspürte.

„Noch eine letzte Frage", sagte Jordan. „Wann hatte Ihr Mann den Schlaganfall?"

„1974."

„Also auch vor neunzehn Jahren."

Madame Broussard nickte. „Für die Abteilung war es eine Katastrophe. Erst der Schlaganfall meines Mannes, und drei Monate später kommt Etienne ums Leben." Seufzend wandte sie sich wieder in Richtung Zimmer. „Aber so ist das Leben, nicht wahr? Man kann ja nichts dagegen machen."

Als sie wieder draußen waren, standen sie einen Moment stumm in der Sonne und versuchten, die deprimierende Stimmung wieder abzuschütteln.

„Fahrerflucht?" begann Jordan. „Man hat den Fahrer nie ausfindig gemacht? Irgendwie kommt mir das komisch vor."

Beryl sah am Eingangsportal hoch. „*Maison de Convalescence*", murmelte sie sarkastisch. „Hier kann man doch nicht gesund werden. Hier stirbt man eher." Sie bekam eine Gänsehaut und ging zum Auto. „Bitte lasst uns fahren."

Sie fuhren in Richtung Norden, zur Seine. Wieder folgte ihnen der blaue Peugeot, doch diesmal nahm keiner von ihnen Notiz von ihm; die französische Agentin war schon ein Teil ihres Lebens geworden – fast sogar ein beruhigender.

Plötzlich sagte Jordan: „Halten Sie an, Wolf. Lassen Sie

mich am Boulevard Saint-Germain raus. Das heißt, hier wäre es noch besser."

Richard fuhr rechts ran. „Warum hier?"

„Wir sind gerade an einem Café vorbeigefahren …"

„Oh Jordan", stöhnte Beryl. „Du hast nicht schon wieder Hunger?"

„Ich treffe euch im Hotel", verabschiedete sich Jordan und stieg aus. „Außer, ihr beide wollt mitkommen?"

„Und dir beim Essen zusehen? Nein danke, ich passe."

Jordan knuffte seine Schwester freundschaftlich und warf die Autotür zu. „Ich nehme ein Taxi zurück. Bis später!" Winkend drehte er sich um und ging den Boulevard hinunter, seine blonden Haare glänzten in der Sonne.

„Zurück zum Hotel?" fragte Richard sanft.

Sie sah ihn an und dachte: Ich muss mich die ganze Zeit beherrschen, um ihm widerstehen zu können. Ich sehe ihm in die Augen und sehne mich sofort danach, in seinen Armen zu liegen. Wie leicht wäre es, ihm zu glauben. Und genau das ist die Gefahr.

„Nein", sagte sie und schaute nach vorn. „Noch nicht."

„Wohin dann?"

„Pigalle. Rue Myrha."

Er zögerte. „Bist du sicher, dass du dahin willst?"

Sie nickte und sah die Akte auf ihrem Schoß an. „Ich will sehen, wo sie gestorben sind."

Café Hugo. Ja, das war es, dachte Jordan und sah sich draußen zwischen den gut besetzten Tischen um. Karierte Tischdecken, ein Heer von Kellnern, die Espresso und Cappuccino servieren. Vor genau zwanzig Jahren war Bernard in diesem Café gewesen und hatte Kaffee getrunken. Dann hatte er bezahlt und war gegangen, um in einem Haus am Pigalle ermordet zu werden. Das wusste Jordan aus der Zeugenaussage des Kellners, den die Polizei damals verhört hatte. Doch das war lange her, dachte Jordan. Den Kellner gab es hier wahrscheinlich nicht mehr. Aber man konnte es ja mal versuchen.

Zu seiner Überraschung stellte er fest, dass Mario Cassini noch immer als Kellner angestellt war. Er war jetzt Mitte vierzig, hatte graumelierte Haare und lustige Lachfältchen. Mario nickte und sagte: „Ja, natürlich erinnere ich mich. Die Polizei hat damals drei- oder viermal mit mir gesprochen. Jedes Mal habe ich ihnen dasselbe gesagt. Monsieur Tavistock kam jeden Morgen auf einen Café au lait vorbei. Manchmal war Madame dabei. Ah, sie war sehr schön!"

„Aber an diesem bestimmten Tag war sie nicht dabei?"

Mario schüttelte den Kopf. „Er war allein. Hier saß er." Er deutete auf einen leeren Tisch in der Nähe des Bürgersteigs. Das rot karierte Tischtuch flatterte im Wind. „Er wartete lange auf Madame."

„Aber sie kam nicht?"

„Nein. Dann rief sie an und bat mich, ihm zu sagen, dass er sie woanders treffen soll. Ich notierte die Adresse und gab den Zettel Monsieur Tavistock."

„Sie hat mit Ihnen gesprochen? Am Telefon?"

„*Oui.* So war es."

„Und das war die Adresse am Pigalle?"

Mario nickte.

„Mein Vater – Monsieur Tavistock – war er sauer? Hatte er einen schlechten Tag?"

„Nein. Er war – wie sagt man – besorgt. Er konnte nicht verstehen, was Madame am Pigalle macht. Er bezahlte den Kaffee und ging. Später las ich dann in der Zeitung, dass er tot ist. Ah, *horrible*! Die Polizei bat um Mithilfe. Also rief ich an und sagte, was ich wusste." Mario schüttelte den Kopf über die Tragödie: den Verlust einer so schönen Dame wie Madame Tavistock und eines so großzügigen Herrn wie ihrem Mann.

Hier gibt es keine neuen Informationen, dachte Jordan. Er drehte sich um, um zu gehen, doch dann blieb er noch einmal stehen.

„Sind Sie sicher, dass es Madame Tavistock war, die Sie angerufen hat?" hakte er nach.

„Die Anruferin sagte, sie ist es", entgegnete Mario.

„Haben Sie ihre Stimme erkannt?"

Mario zögerte. Nur einen Moment lang, aber lange genug für Jordan, um zu erkennen, dass er nicht absolut sicher war. „Ja", sagte Mario. „Wer sonst hätte es sein können?"

In seine Gedanken vertieft verließ Jordan das Café und ging ein paar Schritte den Boulevard Saint-Germain hinunter. Er wollte zu Fuß ins Hotel zurückgehen. Doch einen halben Block weiter entdeckte er den blauen Peugeot. Meine kleine blonde Vampirin ist wieder da, dachte er, und verfolgt mich. Beide hatten dieselbe Richtung; er könnte sie ja fragen, ob sie ihn mitnehmen würde.

Er ging auf den Peugeot zu und öffnete die Beifahrertür.

„Würden Sie mich zum Ritz mitnehmen?" fragte er lächelnd.

Eine wütende Colette starrte ihn an. „Was bilden Sie sich eigentlich ein?" fuhr sie ihn an. „Raus aus meinem Auto!"

„Jetzt kommen Sie schon. Sie brauchen nicht gleich hysterisch zu werden …"

„Verschwinden Sie!" schrie sie so laut, dass ein Passant stehen blieb und sie beobachtete.

Jordan glitt ruhig auf den Vordersitz. Er bemerkte, dass sie wieder ganz in Schwarz war. War das die Masche von Geheimagenten? „Zum Ritz ist es noch weit. Es ist doch sicher nicht verboten, wenn Sie mich zum Hotel zurückfahren."

„Ich weiß nicht, wer Sie sind und was Sie von mir wollen", behauptete sie.

„Aber ich weiß, wer *Sie* sind. Sie heißen Colette, Sie arbeiten für Claude Daumier und Sie sollen mich im Auge behalten", sagte Jordan und bedachte sie mit einem unwiderstehlichen Grinsen. „Es ist doch sinnvoller, wenn Sie mich mitnehmen, als wenn Sie mich den ganzen Boulevard entlang verfolgen. Das erspart uns beiden die Unannehmlichkeiten dieses Katz-und-Maus-Spiels."

Ihre Augen lachten ihn jetzt an. Sie umklammerte das Lenkrad und schaute angestrengt nach vorne, doch er sah um ihren Mund ein Lächeln spielen. „Machen Sie die Tür zu", sagte sie. „Und schnallen Sie sich an. Das ist Gesetz."

Als sie den Boulevard Saint-Germain hinunterfuhren, musterte er sie näher. Er fragte sich, ob sie wirklich so tough war oder es nur so aussah. Der schwarze Lederrock und ihr mürrischer Gesichtsausdruck konnten nicht verbergen, dass sie eigentlich sehr hübsch war.

„Wie lange arbeiten Sie schon für Daumier?" fragte er.

„Drei Jahre."

„Und das sind Ihre üblichen Aufträge? Fremde Männer beschatten?"

„Ich folge meinen Anweisungen, egal, wie sie lauten."

„Aha. Der gehorsame Typ." Jordan lehnte sich zurück und grinste. „Was hat Ihnen Daumier über diesen Auftrag gesagt?"

„Ich soll aufpassen, dass Ihnen und Ihrer Schwester nichts passiert. Da heute Herr Wolf bei ihr ist, dachte ich, ich kümmere mich um Sie." Sie hielt inne und murmelte vor sich hin: „Was nicht so leicht ist, wie ich dachte."

„Ich bin aber kein schwieriger Mensch."

„Aber Sie sind unberechenbar. Sie überraschen mich." Ein Auto hupte hinter ihnen. Verärgert schaute Colette in den Rückspiegel. „Der Verkehr wird jeden Tag schl…"

Auf ihr plötzliches Schweigen sah Jordan sie an. „Stimmt was nicht?"

„Alles in Ordnung", sagte sie nach einem Moment. „Ich habe nur langsam Halluzinationen."

Jordan drehte sich um und schaute durch die Rückscheibe. Er sah nichts außer der endlosen Autoschlange, die sich den Boulevard entlangschob. Er betrachtete erneut Colette. „Was macht eine hübsche Frau wie Sie beim Geheimdienst?"

Sie lächelte – das erste richtige Lächeln, wie er bemerkte. Die Sonne ging auf. „Ich verdiene mir meine Brötchen."

„Lernt man da interessante Leute kennen?"

„Geht so."

„Und der Liebesfaktor?"

„Ist leider nicht sehr hoch."

„Wie schade. Vielleicht sollten Sie sich eine andere Arbeit suchen."

„Zum Beispiel?"

„Das könnten wir beim Abendessen besprechen."

Sie schüttelte den Kopf. „Es ist nicht gestattet, sich mit einem Objekt anzufreunden."

„Ach, das bin ich also", sagte er seufzend. „Ein Objekt."

In einer Seitenstraße in der Nähe vom Ritz ließ sie ihn aussteigen. Als er schon draußen war, drehte er sich noch mal um und bat sie: „Kommen Sie wenigstens mit auf einen Drink."

„Ich bin im Dienst."

„Aber es ist doch langweilig, den ganzen Tag nur im Auto zu hocken und darauf zu warten, dass ich wieder etwas Unberechenbares anstelle."

„Danke, aber nein danke." Sie lächelte – ein charmantes Lausbubenlächeln, das nicht alles ausschloss.

Jordan gab sich vorerst geschlagen und ging ins Hotel.

Oben angekommen, lief er eine Weile im Zimmer auf und ab und dachte über das nach, was er gerade im Café Hugo erfahren hatte. Dieser Anruf von Madeline – er passte nicht ins Bild. Warum sollte sie sich mit Bernard ausgerechnet am Pigalle treffen? Mit der Mord-Selbstmord-Theorie ließ sich das jedenfalls kaum vereinbaren. Ob der Kellner gelogen hatte? Oder vielleicht hatte er es einfach falsch verstanden. Wie konnte er bei dem Straßenlärm sicher sein, dass es sich bei der Anruferin um Madeline Tavistock gehandelt hatte?

Ich muss zurück in dieses Café und Mario fragen, ob es die Stimme einer Engländerin war.

Also verließ er das Hotel erneut und trat nach draußen ins helle Mittagslicht. Vor dem Haupteingang stand ein Taxi, aber der Fahrer war nirgends zu sehen. Vielleicht parkte Colette ja noch um die Ecke; dann könnte er sie bitten, ihn zurück zum Boulevard Saint-Germain zu fahren. Er bog in die Seitenstraße ein und sah den blauen Peugeot noch an derselben Stelle stehen. Colette saß drin; durch die verdunkelte Windschutzscheibe konnte er ihre Silhouette hinter dem Steuer ausmachen.

Er ging zum Auto und klopfte an die Scheibe. „Colette?" rief er. „Können Sie mich noch mal mitnehmen?"

Sie antwortete nicht.

Jordan öffnete die Tür und schwang sich auf den Beifahrersitz.

„Colette?"

Sie saß ganz still, ihre Augen starrten geradeaus. Einen Moment lang begriff er nichts. Dann sah er die dünne Blutspur, die von ihrem Haaransatz bis zum schwarzen Rollkragenpullover verlief. Voller Panik rüttelte er an ihrer Schulter. „*Colette?*"

Ihr Körper geriet ins Rutschen und fiel ihm auf den Schoß.

Er starrte ihren Kopf an, der jetzt in seinen Armen lag. An ihrer Schläfe war ein einziges kleines Einschussloch.

Er erinnerte sich nicht, wie er aus dem Wagen kam. Aber er erinnerte sich, dass eine Passantin anfing zu schreien. Dann sah er die schockierten Gesichter der Menschen, die der Schrei angelockt hatte. Sie deuteten auf den Frauenarm, der schlaff aus dem Fahrzeug hing. Und sie blickten ihn fassungslos an.

Wie betäubt sah Jordan auf seine Hände.

Sie waren voller Blut.

5. Kapitel

Aus der Menge der Passanten, die an der Ecke zusammengekommen waren, beobachtete Amiel Foch, wie dem Engländer Handschellen angelegt wurden und er von der Polizei abgeführt wurde. Das war nicht so vorgesehen, dachte er. Er hatte nicht im Traum daran gedacht, dass so etwas passieren könnte.

Aber er hätte sich auch nicht vorstellen können, dass er Colette LaFarge noch einmal sehen würde. Oder noch schlimmer, von ihr gesehen würde. Sie hatten nur einmal zusammengearbeitet, und das war vor drei Jahren auf Zypern. Er hatte gehofft, dass sie ihn nicht erkennen würde, als er mit gesenktem Kopf an ihrem Wagen vorüberging. Aber als er gerade an ihr vorbei war, hörte er sie erstaunt seinen Namen rufen.

Ich hatte keine andere Wahl, dachte er, als er zusah, wie die Sanitäter ihren leblosen Körper in einen Krankenwagen hoben. Beim französischen Geheimdienst glaubte man, er sei tot. Colette hätte ihnen nun das Gegenteil erzählen können. Er musste es tun.

Es war nicht leicht für ihn gewesen. Doch als er sich zu ihr umdrehte, war seine Entscheidung bereits gefallen. Er war langsam zurück zum Auto gegangen. Durch die Windschutzscheibe hatte er auf ihrem Gesicht die Verwunderung darüber gesehen, dass ihr tot geglaubter Kollege lebte. Wie gelähmt hatte sie dagesessen und ihn angestarrt wie eine Erscheinung. Sie hatte sich nicht gerührt, als er zur Fahrertür ging. Und sie hatte sich auch nicht gerührt, als er seine schallgedämpfte Automatic durch die Autoscheibe auf sie richtete und feuerte.

Was für eine Verschwendung – so eine hübsche Frau, dachte er, als der Krankenwagen davonfuhr. Aber sie hätte es besser wissen müssen.

Die Menge zerstreute sich. Auch er sollte besser gehen.

Foch machte einen Schritt in Richtung Bordstein. Unauffällig ließ er seine Pistole in den Rinnstein fallen und schob sie mit dem Fuß in einen Gully. Die Waffe war sowieso gestohlen und der Besitzer nicht mehr aufzuspüren; es war besser, wenn man sie in der Nähe des Tatorts fand. Das würde die Sache für Jordan Tavistock schwieriger machen.

Ein paar Blocks weiter betrat er eine Telefonzelle. Er rief seinen Kunden an.

„Jordan Tavistock wurde gerade wegen Mordverdachts festgenommen", sagte Foch.

„Mord an wem?" kam die scharfe Antwort.

„An einem von Daumiers Agenten. Einer Frau."

„War es Tavistock?"

„Nein. Ich war es."

Plötzlich fing sein Kunde an zu lachen. „Das ist wirklich köstlich! Ich bitte Sie, Jordan zu verfolgen, und daraufhin sorgen Sie dafür, dass er wegen Mordverdachts verhaftet wird. Ich bin sehr gespannt, was Sie mit seiner Schwester anstellen!"

„Was soll ich tun?" fragte Foch.

Eine Pause folgte. „Ich denke, wir sollten die Sache endgültig klären", hörte er. „Machen Sie Schluss."

„Die Frau ist kein Problem. Aber ihr Bruder wird schwer zu fassen sein, wenn ich es nicht schaffe, irgendwie ins Gefängnis zu kommen."

„Sie könnten sich doch auch verhaften lassen."

„Und wenn sie meine Fingerabdrücke nehmen?" Foch schüttelte den Kopf. „Das muss ein anderer übernehmen."

„Ich werde jemanden finden", kam die Antwort. „Aber eins nach dem anderen. Jetzt ist erst mal Beryl Tavistock dran."

Inzwischen besaß ein Türke das Gebäude in der Rue Myrha. Er hatte es zu renovieren versucht und die Hauswand gestrichen, die vergammelten Balkone abgerissen und die fehlenden Dachziegel ersetzt. Doch das Haus wie auch die gesamte Straße schienen sich einer Verschönerung zu widersetzen. Es sei die Schuld der Mieter, erklärte Herr Zamir, als er mit ihnen die beiden Treppen ins Dachgeschoss hochstieg. Was soll man gegen Mieter tun, die ihren Kindern alles erlauben? Seinem Äußeren nach zu urteilen, war Zamir ein erfolgreicher Geschäftsmann, dessen maßgeschneiderter Anzug und exzellentes Englisch auf eine reiche Herkunft schließen ließen. In dem Haus lebten vier Familien, sagte er, die alle immer pünktlich die Miete zahlten. In der Dachwohnung lebte allerdings niemand – es habe die ganzen Jahre Probleme gegeben, sie zu vermieten. Natürlich hatten sich immer wieder Leute die Wohnung angesehen, aber wenn sie von dem Mord hörten, war ihr Interesse ganz schnell erloschen. Dieser alberne Aberglaube! Oh, die Menschen behaupteten alle, sie glaubten nicht an Gespenster, aber wenn sie dann in ein Zimmer kamen, in dem jemand gestorben war ...

„Wie lange steht die Wohnung denn schon leer?" fragte Beryl.

„Seit einem Jahr. Seit ich das Haus gekauft habe. Und davor ..." Er zuckte die Schultern. „Keine Ahnung. Vielleicht steht sie schon jahrelang leer." Er schloss die Tür auf. „Sie können sich gern umsehen."

Eine Woge muffiger Luft schlug ihnen entgegen, als sie die Tür öffneten – der Geruch eines Raums, der zu lange nicht gelüftet worden war. Es war kein unattraktives Zimmer. Die Sonne schien durch ein großes, schmutziges Fenster herein. Von hier oben konnte man auf die Rue Myrha schauen. Auf der Straße sah Beryl Kinder beim Fußballspielen. Die Wohnung war leer; es gab nur nackte Wände und einen kahlen Flur. Durch eine geöffnete Tür konnte man ins Bad sehen, sie sah ein angeschlagenes Waschbecken und angelaufene Armaturen.

Schweigend ging Beryl durch die Wohnung, ihr Blick schweifte über den Holzfußboden. Neben dem Fenster blieb sie stehen. Der Fleck war kaum mehr zu erkennen, geblieben war nur noch ein brauner Schimmer auf den Eichendielen. Wessen Blut ist das? fragte sie sich. Mums? Dads? Oder das von ihnen beiden? Sie schauderte, während ihr Blick auf den Fleck geheftet blieb.

„Ich habe versucht, den Fleck mit Sand zu entfernen", unterbrach Zamir sie in ihren Gedanken. „Aber er ist zu tief im Holz drin. Immer, wenn ich denke, ich habe es geschafft, ist er nach ein paar Wochen wieder da." Er seufzte. „Es macht den Leuten Angst, wissen sie. Den Mietern gefallen solche Erinnerungen im Fußboden nicht."

Beryl schluckte und sah aus dem Fenster. Warum in dieser Straße? fragte sie sich. In diesem Zimmer? Warum gerade in diesem Zimmer in Paris?

Sie fragte leise: „Wem gehörte das Haus denn vorher, Herr Zamir? Ich meine, vor Ihnen?"

„Es gab viele Besitzer. Vor mir gehörte es einem Monsieur Rosenthal. Und vor ihm einem Monsieur Dudoit."

„Zur Zeit des Mordes", sagte Richard, „war der Besitzer ein gewisser Jacques Rideau. Kennen Sie ihn?"

„Nein, tut mir Leid. Das muss schon viele Jahre her sein."

„Zwanzig."

„Dann kenne ich ihn nicht." Zamir ging zur Tür. „Ich lasse Sie jetzt allein. Wenn Sie Fragen haben, ich habe jetzt eine Weile in Nummer drei zu tun."

Beryl hörte, wie der Mann die knarrenden Stufen hinunterstieg. Sie sah Richard an, der in einer Ecke stand und nachdenklich auf den Flur hinaussah. „Woran denkst du gerade?" fragte sie.

„An Inspektor Broussard. Wie er versuchte, uns etwas auf dem Foto zu zeigen. Die Stelle, auf die er getippt hat, muss irgendwo hier sein. Links von der Tür."

„Hier ist nichts. Und auf dem Foto war auch nichts."

„Das ist es ja gerade. Das schien ihn so verstört zu haben. Und dann noch die Sache mit der Aktentasche …"

„Die NATO-Akte", sagte sie leise.

Er sah sie an. „Wie viel wisst ihr über Delphi?"

„Ich weiß nur, dass weder Mum noch Dad Delphi war. Sie wären nie zur anderen Seite übergelaufen."

„Es gibt immer Gründe, überzulaufen."

„Aber nicht für sie. Das Geld haben sie jedenfalls nicht gebraucht."

„Haben sie mit den Kommunisten sympathisiert?"

„Die Tavistocks doch nicht!"

Er ging auf sie zu. Mit jedem seiner Schritte schien ihr Puls schneller zu werden. Er stand so nah vor ihr, dass sie sich beinahe bedroht fühlte. Wenn da nicht gleichzeitig ein aufregendes Prickeln gewesen wäre. Leise sagte er: „Es kann auch Erpressung gewesen sein."

„Du meinst, sie hatten etwas zu verbergen."

„Das hat doch jeder."

„Aber nicht jeder wird deshalb zum Verräter."

„Kommt auf das Geheimnis an, würde ich sagen. Und darauf, wie viel der Betreffende zu verlieren hat."

Schweigend blickten sie sich an, und sie fragte sich, was er eigentlich über ihre Eltern wusste. Und wie viel er davon verheimlichte. Sie ahnte, dass er mehr wusste, als er vorgab, und spürte, dass das Misstrauen wie eine Sperre zwischen ihnen stand. Immer wieder diese Geheimnisse und Halbwahrheiten. Sie war in einem Haushalt aufgewachsen, in dem bestimmte Gespräche einfach tabu waren. *Ich weigere mich, weiter so zu leben.*

Sie wandte sich ab. „Es gab nichts, womit man sie hätte erpressen können."

„Du warst doch damals erst acht Jahre alt und in England im Internat. Woher willst du das also wissen?

Was weißt du schon über ihre Ehe oder ihre Geheimnisse? Was, wenn es doch deine Mutter war, die diese Wohnung angemietet hat, um sich hier mit ihrem Geliebten zu treffen?"

„Ich weigere mich, das zu glauben."

„Wäre das so schwer zu akzeptieren? Sie war ein Mensch, warum sollte sie nicht einen Liebhaber gehabt haben?" Er fasste sie an den Schultern, damit sie ihn ansah. „Sie war eine wunderschöne Frau, Beryl. Wenn sie gewollt hätte, hätte sie jeden Mann haben können!"

„Du willst eine Schlampe aus ihr machen!"

„Ich ziehe nur alle Möglichkeiten in Betracht."

„Dass sie die Queen und ihr Vaterland verkauft hat, damit ihr kleines Geheimnis unentdeckt bleibt?" Ärgerlich löste sie sich aus seinem Griff. „Tut mir Leid, Richard, aber da bin ich ganz anderer Meinung. Und wenn du sie wirklich gekannt hättest, dann würdest du ihr nie so etwas unterstellen." Sie drehte sich um und ging zur Tür.

„Ich kannte deine Mutter. Ich kannte Madeline", sagte er. „Und zwar ziemlich gut."

Sie blieb abrupt stehen und drehte sich zu ihm um. „Was willst du damit sagen?"

„Wir … bewegten uns in denselben Kreisen. Nicht im selben Team, aber wir wurden für ähnliche Aufträge eingesetzt."

„Das hast du mir nie gesagt."

„Ich wusste nicht, wie viel ich dir sagen konnte. Wie viel du wissen darfst." Er begann, langsam im Raum umherzugehen. Er wog jedes seiner Worte genau ab. „Es war mein erster Auftrag. Ich hatte gerade meine Ausbildung bei Langley beendet …"

„Beim CIA?"

Er nickte. „Ich wurde direkt nach der Uni rekrutiert. Ich hatte das eigentlich nicht vor, aber irgendwie waren sie an meine Doktorarbeit gekommen, eine Analyse der Waffenvorkommen in Libyen. Sie wussten, dass ich mehrere Sprachen fließend spreche und dass ich ziemlich viel Studentenförderung kassiert hatte. Und damit lockten sie mich – mit der Rückzahlung meines Kredits. Und mit den Auslandsreisen. Natürlich faszinierte mich auch die Vorstellung, als Analyst beim Geheimdienst zu arbeiten …"

„Und so lerntest du meine Eltern kennen?"

Er nickte. „Bei der NATO wusste man, dass es einen Maulwurf gibt, der in Paris sitzen musste. Geheime Waffeninformationen gelangten in die DDR. Ich war gerade erst in Paris angekommen, also war ich sauber. Ich bekam die Order, mit Claude Daumier vom französischen Geheimdienst zusammenzuarbeiten. Ich sollte einen Waffenbericht schreiben, der nahe genug an der Wahrheit dran war, um glaubwürdig zu sein, ihr aber nicht entsprach. Er wurde verschlüsselt und an ausgewählte Botschaftsangehörige in Paris übermittelt. Wir wollten so herausfinden, wo sich das Leck befand."

„Und was hatten meine Eltern damit zu tun?"

„Sie waren bei der britischen Botschaft. Bernard im Bereich Kommunikation, Madeline im Protokollwesen. In Wirklichkeit arbeiteten beide für den MI 6. Bernard war einer der wenigen, der Zugriff zu geheimen Akten hatte."

„Also gehörte er zu den Verdächtigen?"

Richard nickte. „Wie alle. Briten, Amerikaner, Franzosen. Bis hin zu den jeweiligen Botschaftern selbst." Wieder begann er, auf und ab zu gehen und sich seine Worte zurechtzulegen. „Die gefälschte Akte wurde an die Botschaften geschickt. Wir warteten darauf, ob sie – wie die anderen – auch in der DDR auftauchen würde. Aber das geschah nicht. Sie landete hier, in diesem Zimmer. In einer Aktentasche." Er blieb stehen und sah sie an. „Mit deinen Eltern."

„Und damit schloss sich die Akte Delphi", sagte sie. Bitter fügte sie hinzu: „Man hatte einen Sündenbock, der glücklicherweise tot war und sich nicht mehr wehren konnte."

„Ich habe es nicht geglaubt."

„Trotzdem hast du die Untersuchung nicht weitergeführt."

„Wir hatten keine andere Wahl."

„Es war dir egal, wie die Wahrheit aussieht!"

„Nein, Beryl. Wir hatten keine Wahl. Man befahl uns, die Untersuchung einzustellen."

Sie starrte ihn an. „Wer befahl das?"

„Meine Anweisungen kamen damals direkt aus Washington, Claudes Anweisungen gingen vom französischen Premierminister aus. Also wurden sämtliche Untersuchungen sofort eingestellt."

„Und meine Eltern wurden als Verräter hingestellt", sagte sie. „Wie praktisch. Akte geschlossen." Angewidert drehte sie sich um und lief aus dem Zimmer.

Er folgte ihr auf der Treppe nach unten. „Beryl! Ich habe nie daran geglaubt, dass es Bernard war!"

„Aber du hast die Schuld auf ihn abgewälzt!"

„Ich sagte doch, ich handelte auf Anweisung …"

„Und der musstest du natürlich folgen."

„Ich wurde kurz drauf nach Washington zurückgerufen. Ich konnte den Fall nicht weiter verfolgen."

Sie verließen das Gebäude und fanden sich im Chaos der Rue Myrha wieder. Ein Fußball flog an ihnen vorbei, kurz darauf folgte eine Gruppe zerlumpter Kinder. Beryl blieb auf dem Bürgersteig stehen. Das grelle Sonnenlicht blendete sie. Der Straßenlärm, das Kindergeschrei – sie war plötzlich orientierungslos. Sie drehte sich um und sah an dem Gebäude hoch, zum Fenster der Dachwohnung. Plötzlich schossen ihr Tränen in die Augen.

„Was für ein Ort, um zu sterben", flüsterte sie. „Was für ein schrecklicher Ort …"

Sie stieg in Richards Auto und zog die Tür zu. Es war eine Erleichterung, den Lärm und das Chaos der Rue Myrha auszublenden.

Richard glitt hinters Steuer. Einen Moment saßen sie schweigend da und beobachteten die schmutzigen Kinder beim Fußballspielen.

„Ich fahre dich jetzt zurück ins Hotel", sagte er.

„Ich will zu Claude Daumier."

„Warum?"

„Ich will seine Version dessen hören, was passiert ist. Ich will mich versichern, dass du mir die Wahrheit sagst."

„Das tue ich, Beryl."

Sie drehte sich zu ihm um. Sein Blick hielt ihrem stand. Einen ehrlicheren Blick gibt es nicht, dachte sie. Was nur beweist, dass ich zu leichtgläubig bin. Sie wollte ihm gern glauben, und genau das war gefährlich. Es war diese verdammte Anziehungskraft zwischen ihnen – das Feuer der Hormone, die Erinnerung an seine Küsse –, die ihr Urteilsvermögen benebelte. *Was hat dieser Mann bloß an sich? Ich sehe ihn an, atme seinen Duft ein, und schon will ich ihn am liebsten ausziehen. Und mich dazu.*

Sie schaute nach vorn und versuchte, all die unterschwelligen Botschaften zwischen ihnen zu ignorieren. „Ich will mit Daumier sprechen."

Nach einer Weile sagte er: „In Ordnung. Wenn es dazu dient, dass du mir glaubst."

Es stellte sich heraus, dass Daumier nicht in seinem Büro war, als Richard ihn anrief; er war gerade fortgegangen, um noch einmal mit Marie St. Pierre zu sprechen. Also fuhren sie zum Cochin-Krankenhaus, in dem Marie noch immer lag.

Schon vom anderen Ende des Korridors konnte man erkennen, welches Zimmer das von Marie war; ein halbes Dutzend Polizisten hielt vor ihrer Tür Wache. Daumier war noch nicht eingetroffen. Madame St. Pierre wurde informiert, dass Lord Lovats Nichte da war, und bat Beryl und Richard sofort herein.

Es stellte sich heraus, dass sie an diesem Nachmittag nicht die einzigen Besucher waren. Neben dem Krankenbett saßen Nina Sutherland und Helena Vane. Offensichtlich war eine kleine Teeparty im Gange, es gab Gebäck und

Sandwiches, die auf einem Rollwagen vor dem Fenster standen. Die Patientin nahm allerdings nichts von den Leckereien zu sich. Sie saß aufrecht im Bett und gab das Bild einer traurigen, müde aussehenden französischen Hausfrau ab, die einen zu ihrem grauen Haar passenden grauen Bademantel trug. Ihre einzigen sichtbaren Verletzungen schienen ein blauer Fleck im Gesicht und ein paar Kratzer auf den Armen zu sein. Man sah der Frau an, dass es ihre Seele war, die am schwersten verwundet war. Jeder andere Patient wäre schon längst entlassen worden; nur ihrem Status als Gattin von St. Pierre war diese Sonderbehandlung zu verdanken.

Nina goss zwei Tassen Tee ein und reichte sie Beryl und Richard. „Seit wann sind Sie in Paris?" fragte sie.

„Jordan und ich sind gestern angekommen", sagte Beryl. „Und Sie?"

„Wir sind zusammen mit Helena und Reggie zurückgeflogen." Nina lehnte sich zurück und schlug die Beine übereinander. „Ich dachte mir, ich sollte gleich heute Morgen mal bei Marie vorbeigehen und schauen, wie es ihr geht. Die Arme, ein bisschen Aufmunterung tut ihr gut."

Ein Blick in das Gesicht von Marie St. Pierre machte mehr als deutlich, dass von Aufmunterung bislang keine Rede sein konnte.

„Was ist nur los in dieser Welt?" fragte Nina und balancierte vorsichtig ihre Teetasse. „Überall nur noch Wahnsinn und Anarchie! Nicht einmal in der Upper Class bleibt man davor verschont."

„Gerade nicht in der Upper Class", sagte Helena.

„Haben die Untersuchungen schon etwas Neues ergeben?" erkundigte sich Beryl.

Marie St. Pierre seufzte. „Sie bestehen darauf, dass es ein terroristischer Anschlag war."

„Aber natürlich", sagte Nina. „Wer sonst sollte das Haus eines Politikers in die Luft jagen wollen?"

Marie senkte den Blick. Sie schaute auf ihre Hände, die knochigen Finger, die verschränkt in ihrem Schoß lagen. „Ich habe Philippe vorgeschlagen, dass wir Paris für eine Weile verlassen sollten. Vielleicht schon heute Abend, wenn ich entlassen werde. Wir könnten in die Schweiz fahren …"

„Eine ausgezeichnete Idee", murmelte Helena beipflichtend. Sie drückte Marie die Hand. „Ihr müsst mal raus, nur ihr beide."

„Aber wenn ihr die Flucht ergreift", warf Nina ein, „denken die Terroristen, sie haben gewonnen."

„Du kannst das leicht sagen", erwiderte Helena. „In deinem Haus wurde ja auch keine Bombe gelegt."

„Dann würde ich gerade in Paris bleiben", gab Nina zurück. „Keinen Zentimeter würde ich …"

„Musst du ja auch nicht."

„Was?"

Helena sah weg. „Nichts."

„Wovon sprichst du, Helena?"

„Ich denke nur", sagte Helena, „dass Marie das tun soll, was sie für richtig hält. Eine Weile aus Paris wegzugehen ist doch sinnvoll. Dazu würde jede Freundin ihr raten."

„Ich *bin* ihre Freundin."

„Ja", murmelte Helena, „natürlich."

„Hast du gerade was anderes unterstellt?"

„Nein, habe ich nicht."

„Was murmelst du dauernd vor dich hin, Helena? Das macht mich ganz verrückt. Ist es so schwer, die Dinge offen auszusprechen?"

„Bitte!" stöhnte Marie.

Ein Klopfen an der Tür unterbrach ihren Streit. Ninas Sohn Anthony kam herein. Wie immer trug er ein extravagantes Hemd, diesmal in Stahlblau, und eine Lederjacke. „Bist du fertig, Mum?" fragte er Nina.

Sofort stand Nina auf. „Mehr als das", antwortete sie in einem beleidigten Tonfall und ging in Richtung Tür. Dort blieb sie kurz stehen und sah Marie noch einmal an. „Ich spreche als Freundin", sagte sie. „Ich finde, ihr solltet in Paris bleiben." Sie nahm Anthonys Arm und rauschte ab.

„Um Himmels willen, Marie", murmelte Helena nach einer Weile. „Warum gibst du dich noch mit dieser Frau ab?"

Marie sah winzig aus in ihrem Bett. Sie zuckte die Schultern. Sie sind sich beide so gleich, dachte Beryl und verglich Marie St. Pierre und Helena. Beide sind keine Schönheiten, beide sind schon etwas älter und mit Männern verheiratet, die sich nicht mehr für sie interessieren.

„Ich finde, du bist eine Heilige, dass du diese Schlampe überhaupt reingelassen hast", sagte Helena. „Wenn es nach mir ginge …"

„Man muss ja friedlich sein", sagte Marie nur.

Sie versuchten, sich zu viert weiter zu unterhalten, aber immer wieder entstanden lange Pausen. Und über all den

Gesprächen über die Explosion und die ruinierten Möbel, über die zerstörten Kunstgegenstände und beschädigten Familienerbstücke schwebte etwas anderes, etwas Unausgesprochenes. Dass es zusätzlich zu den materiellen Verlusten noch einen Verlust gab, der schwerer wog. Man musste Marie St. Pierre nur in die Augen sehen, um zu wissen, dass ihr Leben zerstört war.

Selbst als ihr Mann Philippe auftauchte, wurde Marie nicht munterer. Vielmehr schien sie vor seinem Kuss zurückzuweichen. Sie wandte das Gesicht ab und sah zur Tür, die sich erneut öffnete.

Claude Daumier kam herein, sah Beryl und blieb überrascht stehen. „Sie sind hier?"

„Wir haben auf Sie gewartet", sagte Beryl.

Daumier sah Richard an, dann wieder Beryl. „Ich habe euch schon gesucht."

„Was ist denn los?" fragte Richard.

„Die Sache ist ... etwas delikat." Daumier bedeutete ihnen, ihm zu folgen. „Es wäre am besten", sagte er, „wenn wir das unter uns besprechen."

Sie folgten ihm hinaus auf den Gang und gingen an der Schwesternstation vorbei. In einer ruhigen Ecke blieb Daumier stehen und wandte sich Richard zu.

„Gerade hat mich die Polizei angerufen. Man hat Colette tot in ihrem Wagen gefunden. Nahe dem Place Vendôme."

„Colette?" sagte Beryl. „Die Agentin, die Jordan beschattete?"

Daumier nickte grimmig.

„Oh Gott", murmelte Beryl. „Jordie ..."

„Er ist in Sicherheit", sagte Daumier schnell. „Ich versichere Ihnen, er ist nicht in Gefahr."

„Aber wenn man sie getötet hat, könnten sie …"

„Er wurde festgenommen", klärte Daumier sie auf. Sein leicht mitleidiger Blick ruhte auf der schockierten Beryl. „Wegen Mordverdachts."

Lange nachdem alle anderen gegangen waren, saß Helena noch bei Marie im Krankenzimmer. Eine Zeit lang schwiegen sie; gute Freundinnen müssen nicht immer viele Worte machen. Aber dann hielt es Helena nicht länger aus. „Es ist unerträglich", sagte sie. „Das kannst du nicht zulassen."

Marie seufzte. „Was soll ich denn machen? Sie hat so viele Freunde, kennt so viele Leute, die sie gegen mich aufstacheln könnte. Und gegen Philippe …"

„Aber du musst etwas tun. Irgendwas. Weigere dich, mit ihr zu sprechen."

„Ich habe keine Beweise. Nie habe ich Beweise."

„Du brauchst keine Beweise. Benutz deine Augen! Sieh dir doch an, wie sie miteinander umgehen. Immer schwirrt sie um ihn herum, lächelt ihn an. Vielleicht hat er dir gesagt, dass es vorbei ist, aber man sieht, dass es nicht so ist. Wo ist er denn überhaupt? Du liegst im Krankenhaus und er besucht dich fast nie. Und wenn doch, gibt er dir einen Schmatz auf die Wange und verschwindet gleich wieder."

„Er hat so viel zu zun. Der Wirtschaftsgipfel …"

„Natürlich", schnaubte Helena verächtlich. „Männer haben immer so furchtbar wichtige Dinge zu tun!"

Marie begann zu weinen, sie schluchzte nicht, sie weinte

lautlos, bemitleidenswert. Still zu leiden – das war typisch für sie. Nie beschwerte sie sich oder protestierte, ihr Herz brach im Stillen. Für die Liebe der Männer ertragen wir diesen Schmerz, dachte Helena bitter.

Marie flüsterte: „Es ist noch schlimmer, als du denkst."

„Was kann denn noch schlimmer sein?"

Marie antwortete nicht. Sie sah ihre Schürfwunden auf dem Arm an. Es waren nur ein paar kleine Kratzer, aber in ihrem Blick spiegelte sich echte Verzweiflung.

Das ist es also, dachte Helena erschrocken. Sie glaubt, sie wollen sie umbringen. Warum wehrt sie sich nicht? Warum kämpft sie nicht?

Aber Marie hatte nicht den nötigen Willen. Das sah man schon an ihren herabhängenden Schultern.

Meine liebe, arme Freundin, dachte Helena und sah Marie mitleidig an, wie sehr wir uns ähneln. Und wie verschieden wir doch sind.

Ein Mann saß auf der Bank gegenüber von ihm und beäugte Jordans Kleidung, seine Schuhe und seine Uhr. So wie der riecht, hat der ganz schön getankt, dachte Jordan angewidert. Oder ging dieser fürchterliche Gestank nach billigem Wein und Schweiß vielleicht von dem anderen Zelleninsassen aus? Jordan sah zu dem Mann hinüber, der selig schnarchend in der anderen Ecke lag. Ja, das war wahrscheinlicher.

Der Mann auf der Bank starrte ihn immer noch an. Jordan versuchte, ihn zu ignorieren, aber der Blick des Mannes war so aufdringlich, dass Jordan irgendwann die Beherrschung verlor. „Was glotzen Sie so?"

„*C'est en or?*" fragte der Mann.

„Wie bitte?"

„*La montre. C'est en or?*" Der Mann deutete auf Jordans Uhr.

„Natürlich ist das Gold!" antwortete Jordan.

Der Mann grinste und entblößte dabei einen Mund voller verfaulter Zähne. Er stand auf und schob sich auf den Platz neben Jordan. Genau neben ihn. Dann deutete er auf Jordans Schuhe. „*C'est italienne?*"

Jordan seufzte. „Ja, italienische Schuhe."

Der Mann beugte sich rüber und befingerte die Jackentasche von Jordans Leinenjackett.

„Also gut, es reicht", sagte Jordan. „Behalten Sie Ihre Finger bei sich! *Laissez-moi tranquille!*"

Das Lächeln des Mannes wurde breiter. Er zeigte auf seine eigenen Schuhe, einer Kreation aus Plastik und Pappkarton. „Gefallen?"

„Sehr hübsch", grunzte Jordan.

Schritte näherten sich, und man hörte einen Schlüsselbund klimpern.

Der Mann, der in der Ecke schlief, wachte plötzlich auf und fing an, lauthals seine Unschuld zu beteuern. „*Je suis innocent! Je suis innocent!*"

„Monsieur Tavistock?" rief der Wachmann.

Jordan sprang auf. „Ja?"

„Mitkommen."

„Wohin gehen wir?"

„Sie haben Besuch."

Die Wache führte ihn über den Gang, vorbei an überfüllten Zellen. Ach du liebe Güte, dachte Jordan, der seine Zelle schon schlimm genug fand. Er folgte dem Wärter durch eine Tür in den Eingangsbereich. Sofort drangen alle möglichen Geräusche an sein Ohr. Überall Telefonklingeln, Stimmengewirr. Mehrere Häftlinge warteten darauf, dass sie verhört wurden, ein Frau schrie, es sei ein Fehler, alles ein Fehler. Durch das französische Stimmengewirr hindurch hörte Jordan, wie jemand seinen Namen rief.

„Beryl?" stieß er erleichtert hervor.

Sie rannte auf ihn zu und warf ihn mit ihrer stürmischen Umarmung beinahe um. „Jordie! Mein armer Jordie, alles klar?"

„Mir geht's gut."

„Wirklich?"

„Jetzt, wo du hier bist." Hinter ihr sah er Richard und Daumier stehen. Jetzt würde sich alles aufklären.

Beryl ließ ihn los und sah ihn beunruhigt an. „Du siehst schrecklich aus."

„Und riechen tu ich wahrscheinlich noch schlimmer." Er wandte sich an Daumier und sagte: „Hat man etwas über Colette herausgefunden?"

Daumier schüttelte den Kopf. „Ein einziger Schuss, neun Millimeter, in die Schläfe. Eine Hinrichtung, keine Zeugen."

„Und was ist mit der Tatwaffe?" fragte Jordan. „Wie können sie mich verdächtigen, wenn sie nicht mal die Waffe haben?"

„Sie haben sie", erwiderte Daumier. „Sie wurde im Rinnstein gefunden, in der Nähe des Wagens."

„Und keine Zeugen?" wollte Beryl wissen. „Am helllichten Tag?"

„Es ist eine Seitenstraße. Da kommen nicht viele Leute vorbei."

„Aber irgendjemand dort muss doch etwas gesehen haben. Es waren doch Menschen unterwegs."

Daumier nickte unglücklich. „Eine Frau gab zu Protokoll, sie habe einen Mann gesehen, der sich mit Gewalt Zutritt zu Colettes Wagen verschaffte. Aber das war auf dem Boulevard Saint-Germain."

Jordan stöhnte. „Na toll. Das stimmt."

Beryl runzelte die Stirn. „Du?"

„Ich überredete sie, mich zurück zum Hotel zu fahren. In ihrem Auto wimmelt es sicher von meinen Fingerabdrücken."

„Was passierte, nachdem Sie eingestiegen waren?" fragte Richard.

„Sie ließ mich beim Ritz raus. Ich ging nach oben, aber nach ein paar Minuten ging ich wieder herunter, um mit ihr zu sprechen. Da fand ich sie …" Stöhnend hielt er sich den Kopf. „Lieber Gott, das kann doch nicht wahr sein."

„Haben Sie etwas gesehen?" drängte Richard.

"Nichts. Aber …" Jordan hob langsam den Kopf. „Colette vielleicht."

„Aber Sie sind nicht sicher?"

„Als wir zum Hotel fuhren, schaute sie dauernd in den Rückspiegel. Sie sagte, sie würde schon Gespenster sehen. Ich schaute auch raus, sah allerdings nur den Verkehr." Niedergeschlagen wandte er sich an Daumier. „Ich fühle mich wirklich schuldig. Ich denke dauernd, wenn ich besser aufgepasst hätte, wenn ich nicht so sehr …"

„Sie konnte sich selbst schützen", unterbrach ihn Daumier. „Sie hätte darauf gefasst sein müssen."

„Das verstehe ich ja gerade nicht", sagte Jordan. „Es traf sie offenbar total unvorbereitet." Er sah auf die Uhr. „Es ist noch eine Weile hell. Wir könnten zurück zum Boulevard Saint-Germain gehen und jeden meiner Schritte nachvollziehen. Vielleicht erinnere ich mich an etwas."

Sein Vorschlag wurde mit betretenem Schweigen quittiert.

„Jordie", sagte Beryl sanft, „das geht nicht."

„Was meinst du damit?"

„Du kommst nicht raus."

„Aber sie müssen mich rauslassen! Ich war es nicht!" Er sah Daumier an. Bestürzt sah er, dass der Franzose bedauernd den Kopf schüttelte.

Richard sagte: „Wir tun alles, was in unserer Macht steht, Jordan. Wir kriegen Sie schon hier raus."

„Hat schon jemand Onkel Hugh angerufen?"

„Er ist nicht in Chetwynd", sagte Beryl. „Keiner weiß, wo er ist. Er ist offensichtlich gestern Abend weggefahren, ohne jemandem Bescheid zu sagen. Wir gehen gleich zu Reggie und Helena, sie haben Freunde bei der Botschaft. Vielleicht können die was erreichen."

Schockiert von den Neuigkeiten, stand Jordan im Chaos von drängelnden Häftlingen und Polizisten. Ich bin im Gefängnis und Onkel Hugh ist verschwunden, dachte er. Dieser Albtraum wird immer schlimmer.

„Und die Polizei glaubt, ich bin schuldig?" wagte er zu fragen.

„Leider", sagte Daumier.

„Und Sie, Claude? Was glauben Sie?"

„Er weiß, dass du unschuldig bist!" erklärte Beryl. „Das wissen wir alle. Gib uns nur Zeit, damit wir das aufklären können."

Jordan drehte sich um zu seiner Schwester, seiner schönen, eigensinnigen Schwester. Sie war der Mensch, der ihm am nächsten stand. Er nahm seine Uhr ab und legte sie ihr in die Hand.

Sie sah ihn fragend an. „Was soll das?"

„Sicher ist sicher. Ich bin vielleicht etwas länger hier. Ich will, dass du den nächsten Flieger nach London nimmst und nach Hause fährst. Verstehst du?"

„Ich fahre nirgendwo hin."

„Oh doch. Richard wird sich schon darum kümmern."

„Und wie will er das anstellen?" blaffte sie ihn an. „Mich an den Haaren ins Flugzeug schleifen?"

„Wenn es nötig ist."

„Du brauchst mich hier!"

„Beryl." Er nahm sie an den Schultern und sprach leise und vernünftig auf sie ein. „Eine Frau wurde ermordet. Und sie war dafür ausgebildet, sich selbst zu verteidigen."

„Das bedeutet nicht, dass ich die Nächste bin."

„Es bedeutet, dass jemand Angst hat und zurückschlagen wird. Du musst nach Hause fahren."

„Und dich hier lassen?"

„Claude ist ja hier. Und Reggie …"

„Also, ich fliege nach Hause und lasse dich hier im Knast verschimmeln?" Sie schüttelte vehement den Kopf. „Du glaubst wirklich, das würde ich tun?"

„Wenn dir an mir liegt, tust du's."

Sie schob ihr Kinn vor. „Gerade weil mir an dir liegt", sagte sie, „würde ich das nie tun." Sie umarmte ihn heftig und voller Entschiedenheit. Dann wischte sie sich die Tränen weg und drehte sich zu Richard um. „Wir gehen. Je eher wir mit Reggie sprechen, desto schneller ist die Sache geklärt."

Jordan sah seiner Schwester hinterher. Das war mal wieder typisch, dachte er, als sie sich eigensinnig ihren Weg durch die Menge aus Taschendieben und Prostituierten bahnte. „Beryl!" rief er. „Flieg nach Hause! Sei doch kein Idiot!"

Sie blieb stehen und sah ihn an. „Ich kann nichts dafür, Jordie. Liegt in der Familie." Dann drehte sie sich um und verschwand.

6. Kapitel

„*D*ein Bruder hat Recht", sagte Richard. „Du solltest nach Hause fliegen."

„Fang du nicht auch noch an", zischte sie ihn über die Schulter an.

„Ich fahr dich zurück ins Hotel, damit du packen kannst. Dann bringe ich dich zum Flughafen."

„Du und welche Armee?"

„Kannst du nicht einmal einen Ratschlag annehmen?" Richard schien ungehalten.

Sie fuhr herum und baute sich auf dem überfüllten Bürgersteig vor ihm auf. „Ratschlag ja, Anweisung nein."

„Okay, dann hör mir mal einen Moment zu. Es war schon Wahnsinn, überhaupt nach Paris zu kommen. Ich verstehe durchaus, warum du das getan hast. Du wolltest die Wahrheit über den Tod deiner Eltern herausfinden. Aber es hat sich einiges verändert, Beryl. Eine Frau wurde ermordet. Das ist eine ganz andere Liga."

„Und was soll mit Jordan passieren? Soll ich ihn einfach hier lassen?"

„Darum kümmere ich mich. Ich werde mit Reggie sprechen. Wir besorgen ihm den besten Anwalt ..."

„Und ich fahre nach Hause und tu so, als ob mich das alles nichts anginge?" Sie starrte die Uhr an, die sie in der Hand hielt. Jordans Uhr. Leise sagte sie: „Er ist meine Familie. Ist dir aufgefallen, wie schlecht er aussah? Es bringt ihn um, wenn er da bleiben muss. Wenn ich ihn jetzt allein lasse, kann ich mir das nie verzeihen."

„Aber wenn dir etwas passiert, kann Jordan sich das nie verzeihen. Und ich mir auch nicht."

„Du bist nicht für mich verantwortlich."

„Aber du musst jetzt verantwortlich handeln."

„Und wer hat das beschlossen?"

Er streckte die Hand nach ihr aus und nahm ihr Gesicht in seine Hände. „Ich", flüsterte er und küsste sie. Sie war so überrascht über diesen intensiven Kuss, dass sie so schnell gar nicht reagieren konnte; zu viele wunderbare Gefühle überwältigten sie. Sie hörte ihn lustvoll stöhnen, fühlte seine begierige Zunge in ihrem Mund. Ihr Körper reagierte, jeder Nerv vibrierte vor Begierde. Sie nahm den Straßenverkehr nicht mehr wahr und auch die Passanten nicht. Es gab nur noch sie beide, ihre Münder und Körper, die sich aneinander pressten. Den ganzen Tag hatten sie dagegen angekämpft, dachte sie. Und den ganzen Tag hatte sie gewusst, dass es sinnlos war. Sie hatte gewusst, dass es dazu kommen würde – ein Kuss in den Straßen von Paris, und sie wäre verloren.

Sanft löste er sich von ihr und sah sie an. „*Deshalb* musst du Paris verlassen", murmelte er.

„Weil du es mir befiehlst?"

„Nein, weil es sinnvoll ist."

Sie trat einen Schritt zurück, wollte eine Distanz zwischen ihnen schaffen, damit sie sich – irgendwie – wieder unter Kontrolle bekam. „Für dich vielleicht", sagte sie leise. „Aber nicht für mich." Sie drehte sich um und stieg in sein Auto.

Er setzte sich auf den Fahrersitz und schloss die Tür. Sie

schwiegen eine Weile, und doch konnte sie seine Frustration spüren.

„Was kann ich tun, damit du deine Meinung änderst?" fragte er.

„Damit ich meine Meinung ändere?" Sie sah ihn an, und es gelang ihr, ein kompromissloses Lächeln aufzusetzen. „Absolut nichts."

„Die Situation ist ziemlich verfahren", sagte Reggie Vane. „Wenn die Anklagepunkte nicht so schwerwiegend wären – vielleicht Diebstahl oder Körperverletzung – dann könnte die Botschaft eventuell etwas ausrichten. Aber bei Mord? Tut mit Leid, da können wir uns diplomatisch nicht einmischen."

Sie saßen in Reggies Arbeitszimmer zu Hause, einem männlich wirkenden, dunkel getäfelten Raum, der Hughs Arbeitszimmer in Chetwynd ähnelte. In den Bücherregalen standen englische Klassiker, an der Wand hingen Jagdszenen mit Füchsen und Hunden und Reitern. Bei dem steinernen Kamin handelte es sich, so Reggie, um eine originalgetreue Kopie des Kamins aus seinem Elternhaus in Cornwall. Selbst der Geruch von Reggies Tabak erinnerte Beryl an zu Hause. Irgendwie war es tröstlich, dass es hier, am Stadtrand von Paris, einen Ort gab, der wie ein Stück England erschien.

„Aber der Botschafter kann doch sicher etwas tun?" beharrte Beryl. „Wir reden schließlich von Jordan, nicht von irgendeinem Fußball-Hooligan. Außerdem ist er unschuldig."

„Natürlich ist er unschuldig", sagte Reggie. „Glaub mir, wenn ich irgendetwas für ihn tun könnte, müsste Jordan keinen Moment länger in dieser Zelle sitzen." Er setzte sich neben sie auf die Couch und nahm ihre Hände in seine. Dann sah er sie mit seinen gütigen blauen Augen an. „Beryl, mein Liebes, das musst du verstehen. Auch der Botschafter kann keine Wunder wirken. Ich habe mit ihm gesprochen, und er macht sich keine großen Hoffnungen."

„Also kannst du nichts tun und er auch nicht?" fragte Beryl niedergeschlagen.

„Ich werde ihm einen Anwalt besorgen – einen, mit dem die Botschaft zusammenarbeitet. Das ist ein ausgezeichneter Mann, der auf solche Fälle spezialisiert ist. Und auf englische Mandanten."

„Dann können wir nur auf einen guten Anwalt hoffen?"

Reggies Antwort war ein bedauerndes Kopfnicken.

In ihrer Enttäuschung nahm Beryl nicht wahr, dass Richard dicht hinter ihr stand und ihr jetzt schützend seine Hände auf die Schultern legte. Wie sehr ich plötzlich von ihm abhängig bin, dachte sie. Er ist ein Mann, dem ich nicht trauen sollte, und ich tue es trotzdem.

Reggie sah Richard an. „Was ist mit dem Geheimdienst?" erkundigte er sich. „Gibt's schon was Neues?"

„Der französische Geheimdienst arbeitet mit der Polizei zusammen. Sie nehmen die ballistische Untersuchung an der Waffe selbst vor. Man hat keine Fingerabdrücke darauf gefunden. Dank der Tatsache, dass er Lord Lovats Neffe ist, wird die Sache bevorzugt behandelt. Aber es ist nun mal eine Mordanklage, und das Opfer ist eine Französin. Wenn die Presse davon Wind bekommt, werden sie es so darstellen, als ob das verwöhnte junge Bürschchen aus England mit seinen Beziehungen einer Anklage entkommen will."

„Und gegen uns Briten haben sie sowieso etwas", sagte Reggie. „Nach dreißig Jahren in Frankreich weiß ich, wovon ich rede. Ich sag's euch, sobald mein Jahr bei der Bank abgelaufen ist, gehe ich zurück nach Hause." Sein Blick wanderte sehnsüchtig zu dem Gemälde über dem Kamin. Es zeigte ein Landhaus, das von blauen Glyzinienblüten umrankt war. „Helena hasste Cornwall – sie fand das Haus zu primitiv. Aber für meine Eltern reichte es, und für mich reicht es auch." Er sah Beryl an. „Es ist schrecklich, so weit weg von zu Hause Ärger zu haben. Da merkt man erst, wie verwundbar man ist. Und daran ändert weder eine gute Herkunft noch Geld etwas."

„Ich habe Beryl gesagt, sie soll nach Hause fahren", sagte Richard.

Reggie nickte. „Der Meinung bin ich auch."

„Das kann ich nicht", erwiderte Beryl. „Die Ratten verlassen das sinkende Schiff."

„Du wärst zumindest eine lebendige Ratte", entgegnete Richard.

Verärgert löste sie sich aus seinem Griff. „Aber immer noch eine Ratte."

Reggie nahm ihre Hand. „Beryl", sagte er leise, „hör zu. Ich war der älteste Freund deiner Mutter – wir sind zusammen aufgewachsen. Daher empfinde ich eine besondere Verantwortung für dich. Du glaubst nicht, wie weh es mir tut, eins von Madelines Kindern in einer so schrecklichen Klemme zu sehen. Es ist schon schlimm genug, dass Jordan in der Patsche sitzt. Ich will mir nicht auch noch Sorgen um dich machen müssen …" Er drückte ihre Hand. „Hör auf Mr. Wolf. Er ist ein feinfühliger Mensch. Du kannst ihm vertrauen."

Du kannst ihm vertrauen. Beryl spürte Richards Blick, er war so intensiv wie eine Berührung, und ihre Wirbelsäule spannte sich an. Sie konzentrierte sich auf Reggie. Der liebe Reggie, dessen frühere Freundschaft mit Madeline ihn fast zu einem Familienmitglied machte.

Sie sagte: „Ich weiß, du willst nur das Beste für mich, Reggie, aber ich kann jetzt nicht aus Paris weg."

Die beiden Männer sahen sich an und wechselten enttäuschte Blicke. Aber überrascht waren sie nicht. Schließlich hatten sie beide Madeline gekannt; von ihrer Tochter war dieselbe Sturheit zu erwarten.

Es klopfte an die Tür des Arbeitszimmers. Helena steckte den Kopf herein. „Darf ich reinkommen?"

„Natürlich", antwortete Beryl.

Helena betrat den Raum. Sie hatte ein Tablett mit Tee und Biskuits dabei, das sie auf dem Beistelltisch abstellte. „Ich frage lieber vorher", sagte sie mit einem Lächeln und goss vier Tassen ein, „bevor ich in Reggies Reich eindringe." Sie gab Beryl eine Tasse. „Sind wir denn schon weitergekommen?"

Als Antwort erntete sie Schweigen. Ihr war klar, was das bedeutete, und sie sah Beryl bedauernd an. „Oh Beryl. Es tut mir so Leid. Und du kannst *wirklich* gar nichts tun, Reggie?"

„Ich tue es bereits", sagte Reggie sichtlich genervt. Er drehte ihr den Rücken zu, nahm eine Pfeife vom Kaminsims und steckte sie sich an. Einen Moment lang war nur das Klappern der Teetassen auf den Untertellern zu hören und das sanfte Schmatzen von Reggie, der an seiner Pfeife sog.

„Reggie?" versuchte es Helena noch einmal. „Einen Anwalt anzurufen ist lediglich eine Reaktion. Wie wäre es mit einer *Aktion?*"

„Zum Beispiel?" fragte Richard.

„Na ja, das Verbrechen an sich. Wir wissen alle, dass Jordan es nicht gewesen sein kann. Wer war es dann?"

Reggie seufzte vernehmlich. „Du bist wohl kaum als Kriminalkommissar geeignet."

„Trotzdem muss diese Frage beantwortet werden. Die junge Frau wurde ermordet, während sie Jordan beschützen sollte. Das hat doch alles damit zu tun, dass Jordan überhaupt in Paris ist. Mir will nur nicht in den Kopf, warum ein zwanzig Jahre zurückliegender Mordfall heute noch jemandem gefährlich werden kann."

„Es ging um mehr als nur um Mord", gab Beryl zu bedenken. „Auch um Spionage."

„Die Sache mit dem NATO-Leck", sagte Reggie zu Helena. „Du erinnerst dich, Hugh hat uns davon erzählt."

„Oh ja. Delphi." Helena sah Richard an. „Der MI 6 hat ihn nie wirklich identifiziert, oder?"

„Sie hatten eine Vermutung", antwortete Richard.

„Ich selbst habe mich gefragt", sagte Helena und nahm sich ein Biskuit, „ob es nicht Botschafter Sutherland war.

Schließlich hat er kurz nach dem Tod von Madeline und Bernard Selbstmord begangen."

Richard nickte. „Da denken Sie und ich in dieselbe Richtung, Lady Helena."

„Obwohl er natürlich auch andere Gründe gehabt haben könnte, um von dieser Brücke zu springen. Wenn ich mit Nina verheiratet wäre, hätte ich mich auch schon lange umgebracht." Helena biss energisch in ihr Biskuit – wie um zu zeigen, dass auch unscheinbare Frauen nicht unbedingt kraftlos sein müssen.

Reggie klopfte seine Pfeife aus und sagte: „Darüber sollten wir nicht spekulieren."

„Aber man macht sich schon seine Gedanken, oder etwa nicht?"

Als Reggie seine Gäste zur Haustür brachte, war es schon lange dunkel. Für die Jahreszeit war die Nacht zu kalt und zu feucht. Selbst die hohen Mauern um das Anwesen der Vanes konnten das Gefühl der Bedrohung nicht fern halten, das an jenem Abend in der Luft lag.

„Ich verspreche dir", sagte Reggie, „dass ich alles tun werde, was in meiner Macht steht."

„Ich weiß nicht, wie ich dir danken soll", murmelte Beryl.

„Schenk mir ein Lächeln, meine Liebe. Ja, so ist es recht." Reggie zog sie an den Schultern zu sich und küsste sie auf die Stirn. „Du wirst deiner Mutter von Tag zu Tag ähnlicher. Ein größeres Kompliment kann ich dir nicht machen, finde ich." Er wandte sich an Richard. „Du kümmerst dich um sie?"

„Ich verspreche es", versicherte Richard.

„Gut. Denn sie ist alles, was wir noch haben." Traurig tätschelte er Beryls Wange. „Alles, was wir noch von Madeline haben."

„Waren die beiden schon immer so zueinander?" fragte Beryl. „Reggie und Helena?"

Richard hatte den Blick auf die Straße gerichtet. „Wie meinst du das?"

„Dass sie so lieblos miteinander umgehen. Sich gegenseitig niedermachen."

Er lachte in sich hinein. „Ich bin so daran gewöhnt, dass mir das schon gar nicht mehr auffällt. Ja, ich glaube, das war schon so, als ich sie vor zwanzig Jahren kennen gelernt habe. Ich denke, es hat was damit zu tun, dass er was gegen Helenas Geld hat. Kein Mann fühlt sich gerne ausgehalten."

„Nein", sagte sie leise und richtete den Blick nach vorn. „Ich schätze, das mag kein Mann gern." Wäre es auch bei uns beiden so, fragte sie sich. Würde er mir mein Vermögen vorhalten? Würde diese Abneigung sich über die Jahre so steigern, dass wir wie Reggie und Helena enden würden, deren gemeinsames Leben die Hölle ist?

„Außerdem kommt dazu", fuhr Richard fort, „dass Reggie Paris nie gemocht hat und auch nie gerne bei der Bank war. Helena hat ihn bequatscht, diese Stelle anzunehmen."

„Aber ihr scheint es hier doch auch nicht gerade gut zu gefallen."

„Nein. Und deshalb keifen sie sich immer an. Ich erinnere mich an Partys, auf denen sie waren und auf denen auch deine Eltern waren. Das war ein Gegensatz wie Tag und Nacht. Bernard und Madeline wirkten immer wie frisch verliebt. Andererseits musste sich jeder Mann zumindest ein bisschen in deine Mutter verlieben. Es ging gar nicht anders."

„Was war denn so besonders an ihr?" fragte Beryl. „Du hast mal gesagt, dass sie … bezaubernd war."

„Als ich sie kennen lernte, war sie schon Ende dreißig. Sie hatte hier und da ein graues Haar und ein paar Lachfältchen. Aber sie war faszinierender als jede Zwanzigjährige, die ich kannte. Es überraschte mich sehr zu hören, dass sie gar nicht von Geburt an adelig war."

„Sie stammte aus Cornwall. Spanische Vorfahren. Dad traf sie eines Sommers, als er dort Urlaub machte." Beryl lächelte. „Er sagte, dass sie ihn bei einem Wettlauf besiegte, noch dazu barfuß. Und da wusste er, dass sie die Richtige für ihn war."

„Sie passten in jeder Hinsicht gut zusammen. Ich vermute, das faszinierte mich so an den beiden – ihr Glücklichsein. Meine Eltern hatten sich scheiden lassen. Es war eine ziemlich unschöne Trennung, und seitdem habe ich keine besonders hohe Meinung von der Ehe. Aber bei deinen Eltern sah es so leicht aus." Er schüttelte den Kopf. „Ihr Tod hat mich sehr schockiert. Ich konnte einfach nicht glauben, dass Bernard …"

„Er war es nicht. Ich weiß, dass er es nicht war."

Nach einer Pause sagte Richard: „Ich auch."

Sie fuhren eine Zeit lang, ohne etwas zu sagen. Die Lichter des Gegenverkehrs erhellten immer wieder ihre Gesichter.

„Hast du deshalb nie geheiratet?" fragte sie. „Wegen der Scheidung deiner Eltern?"

„Das war ein Grund. Der andere war, dass ich nie die richtige Frau getroffen habe." Er sah sie an. „Warum bist du nicht verheiratet?"

Sie zuckte die Schultern. „Nie der richtige Mann."

„Aber es gab doch bestimmt jemanden in deinem Leben."

„Ja, gab es. Für eine ganze Weile." Sie verschränkte die Arme vor der Brust und starrte hinaus in die vorbeifliegende Dunkelheit.

„Und es hat nicht funktioniert?"

Ihr gelang ein mühseliges Lachen. „Zum Glück nicht."

„Höre ich da eine Spur von Verbitterung?"

„Eher Enttäuschung. Als wir uns kennen lernten, dachte ich, er ist was Besonderes. Er war Chirurg und kurz davor, auf eine Hilfsmission nach Nigeria zu gehen. Man trifft selten jemanden, dem die Menschheit wirklich am Herzen liegt. Ich besuchte ihn zweimal in Afrika. Da war er wirklich in seinem Element."

„Und was geschah dann?"

„Wir waren eine Weile zusammen. Und dann merkte ich langsam, wie er sich selbst sah – als toller weißer Retter. Er rauschte in ein primitives Buschkrankenhaus, rettete ein paar Menschenleben und flog dann wieder nach England, um sich dort bewundern zu lassen. Und Bewunderung konnte er nie genug bekommen, wie sich herausstellte. Eine einzige Frau, die ihn vergötterte, reichte nämlich nicht. Es musste gleich ein Dutzend sein." Leise fügte sie hinzu: „Und ich wollte die Einzige sein." Sie lehnte sich im Sitz zurück und schaute hinaus auf die funkelnden Lichter von Paris. Die Stadt des Lichts, dachte sie. Eine Stadt, die gleichzeitig voller Schatten war, voller dunkler Gassen und noch dunklerer Geheimnisse.

Zurück am Place Vendôme, blieben sie noch eine Weile im Auto sitzen. Sie sagten nichts, saßen nur nebeneinander da. Wir sind beide erschöpft, dachte sie. Und die Nacht ist noch nicht vorbei. Ich muss für Jordan ein paar Sachen packen – die Zahnbürste, Kleidung zum Wechseln –, und sie ihm ins Gefängnis bringen …

„Ich kann dich also nicht überreden abzureisen", sagte er.

Sie schaute hinaus auf den Platz und sah die Silhouette eines Liebespaars, das Arm in Arm durch die Dunkelheit spazierte. „Nein. Nicht, bevor man Jordan freigelassen hat. Nicht, bis wir diese Sache zu Ende gebracht haben."

„Ich hatte befürchtet, dass du so reagieren würdest. Aber es überrascht mich nicht. Erst neulich hast du zu mir gesagt, du hättest einen Dickkopf!"

Sie sah ihn an und erahnte im Halbdunkeln sein Lächeln. „Es ist nicht meine Dickköpfigkeit, Richard. Es ist Loyalität. Jordan gegenüber, meinen Eltern gegenüber. Wir sind Tavistocks, verstehst du, und wir halten zusammen."

„Dass du Jordan nicht im Stich lassen willst, sehe ich ein. Aber deine Eltern sind tot."

„Das ist eine Sache der Ehre."

Er schüttelte den Kopf. „Bernard und Madeline haben von dieser Art Ehrerweisung nichts mehr. Das ist ja wie im Mittelalter, als man für etwas so Abstraktes wie einen Familiennamen in die Schlacht zog."

Sie stieg aus dem Wagen. „Dein Familienname bedeutet dir offensichtlich überhaupt nichts", sagte sie kalt.

Er sprang aus dem Wagen und begleitete sie durch die Hotelhalle zum Aufzug. „Vielleicht liegt es daran, dass ich Amerikaner bin; jedenfalls ist mein Name für mich das, was *ich* daraus mache. Ich trage mein Familienwappen nicht auf der Stirn."

„Das kannst du eben nicht verstehen."

„Natürlich nicht", erwiderte er scharf, als sie aus dem Aufzug stiegen. „Ich bin ja nur ein dummer Yankee."

„Das habe ich nicht gesagt!"

Er folgte ihr in ihr Zimmer und schlug geräuschvoll die Tür hinter sich zu. „Aber es ist offensichtlich, dass ich ihrer Ladyschaft nicht gut genug bin."

Sie wirbelte herum und sah ihn wütend an. „Das hältst du mir also vor! Meinen Namen und mein Vermögen."

„Was mich stört, hat nichts damit zu tun, dass du eine Tavistock bist."

„Und was stört dich dann?"

„Dass du so unvernünftig bist!"

„Aha. Meine Dickköpfigkeit."

„Ganz genau. Und dein sinnloses Ehrgefühl. Und deine … deine …"

Sie baute sich vor ihm auf. Sie reckte ihr Kinn nach vorn und sah ihm in die Augen. „Meine was?"

Er nahm ihr Gesicht in seine Hände und küsste sie auf den Mund. Es war ein langer und heftiger Kuss, so dass sie kaum noch Luft bekam. Als er sie schließlich losließ, hatte sie weiche Knie und ihr Puls rauschte ihr in den Ohren.

„*Das* stört mich", sagte er. „Ich kann nicht klar denken, wenn du in der Nähe bist. Ich kann nicht mal mehr meine Schnürsenkel binden. Du gehst an mir vorbei, du siehst mich an, und meine Gedanken gehen in eine Richtung, die ich jetzt nicht näher erläutern will. In einer solchen Situation macht man Fehler. Und ich mache nicht gern Fehler."

„Du kannst dich nicht konzentrieren, und ich muss deshalb nach Hause fliegen?" Sie drehte sich um und ging in Richtung der Verbindungstür zu Jordans Zimmer. „Entschuldige, Richard", sagte sie, als sie am Fenster vorbeiging, „aber du musst deine männlichen Hormone vielleicht besser …"

Der Rest des Satzes wurde vom Splittern der Fensterscheibe übertönt.

Reflexartig sprang sie zur Seite. Im nächsten Moment war Richard bei ihr und riss sie zu Boden.

Eine zweite Kugel schwirrte durchs Fenster und schlug mit dumpfem Klatschen in der Wand gegenüber ein.

„Licht aus!" rief Richard. „Wir müssen das Licht ausmachen!" Er kroch zur Nachttischlampe. Er hatte es noch nicht ganz geschafft, da zersplitterte das zweite Fenster. Glassplitter rieselten auf ihn herab.

„Richard!" schrie Beryl.

„Bleib unten!" Er holte tief Luft und rollte sich über den Boden. Dann riss er die Lampenschnur aus der Steckdose.

Im nächsten Moment war das Zimmer in Dunkelheit getaucht. Der einzige Lichtschein kam durch die Fenster herein, von den Laternen auf dem Place Vendôme. Eine beängstigende Stille legte sich über den Raum. Nur ihr Herz hörte Beryl laut klopfen.

Langsam richtete sie sich auf.

„Nicht bewegen!" warnte Richard sie.

„Er kann uns nicht sehen."

„Vielleicht hat er ein Infrarotgewehr. Bleib unten!"

Beryl ließ sich wieder fallen. Glassplitter bohrten sich durch ihren Ärmel in ihre Haut. „Von wo kam das?"

„Vermutlich von einem der Gebäude auf der anderen Seite des Platzes. Präzisionsgewehr."

„Und was machen wir jetzt?"

„Wir bitten um Verstärkung." Sie hörte ihn in der Dunkelheit herumkriechen, dann fiel das Telefon zu Boden. Einen Moment später hörte sie ihn fluchen. „Die Leitung ist tot. Jemand hat das Kabel durchtrennt."

Wieder stieg Panik in Beryl auf. „Du meinst, sie waren hier im Zimmer?"

„Das bedeutet …" Er verstummte plötzlich.

„Richard?"

„Psst. Sei mal still."

Obwohl ihr Herz so laut klopfte, hörte sie das leise Surren des Hotelfahrstuhls, der in diesem Moment auf ihrer Etage hielt.

„Ich glaube, wir haben ein Problem", sagte Richard.

7. Kapitel

„*E*r kann nicht rein", sagte Beryl. „Die Tür ist abgeschlossen."

„Sicher haben sie einen Nachschlüssel. Wenn sie vorher schon mal hier waren …"

„Was machen wir jetzt?"

„Jordans Zimmer. Beeil dich!"

Sie kroch sofort zur Verbindungstür. Erst als sie sie erreicht hatte, bemerkte sie, dass Richard ihr nicht gefolgt war.

„Komm!" flüsterte sie.

„Geh vor. Ich halte sie auf."

Sie starrte ihn ungläubig an. „Was?"

„Sie checken sicher dieses Zimmer zuerst, um herauszufinden, ob sie uns getroffen haben. Ich halte sie auf, und du kannst durch Jordans Zimmer verschwinden. Nimm das Treppenhaus, und bleib nicht stehen!"

Beryl hockte bewegungslos vor der Verbindungstür. *Das ist Selbstmord. Er hat keine Pistole, er hat überhaupt keine Waffe bei sich.* Doch schon schlüpfte er durch das Halbdunkel. Sie sah, wie er sich neben die Tür stellte, um auf den Angriff zu warten. Ihr Herz raste bei dem Gedanken, dass ihm etwas zustoßen könnte.

Es klopfte. Panik stieg in ihr auf. „Mademoiselle Tavistock?" hörte sie eine männliche Stimme. Beryl gab keine Antwort; sie traute sich nicht. „Mademoiselle?" erklang die Stimme noch einmal.

Richard gestikulierte hektisch in der Dunkelheit. *Verschwinde jetzt!*

Ich kann ihn nicht hier lassen, dachte sie. Ich kann ihm das nicht allein überlassen.

Ein Schlüssel drehte sich im Schloss.

Es war keine Zeit mehr, über die Risiken nachzudenken. Beryl schnappte sich die Nachttischlampe, krabbelte hinüber zu Richard und postierte sich neben ihm.

„Was machst du da, verdammt?" flüsterte er.

„Sei still", zischte sie ihm zu.

Die beiden drückten sich flach an die Wand, als die Tür sich öffnete. Ein paar Sekunden lang passierte nichts, dann hörten sie Schritte. Langsam fiel die Tür ins Schloss, und die Umrisse der Eindringlinge waren auszumachen – zwei Männer, die jetzt im Dunkeln standen. Beryl spürte, wie Richard neben ihr die Muskeln anspannte. Beinahe hörte sie sein stummes „eins-zwei-drei". Plötzlich sprang er auf den Mann zu, der am nächsten bei ihnen stand; die Wucht seines Angriffs riss die beiden Männer zu Boden.

Beryl hob die Lampe und ließ sie auf den Kopf des zweiten Eindringlings krachen. Er sackte vor ihr in sich zusammen, fiel auf die Knie, Gesicht nach unten, und stöhnte. Sie hockte sich neben ihn und durchsuchte ihn nach Waffen. Durch seine Jacke fühlte sie einen harten Gegenstand unter seinem Arm. Ein Pistolenhalfter? Sie rollte ihn auf den Rücken. Ein Lichtschein fiel durch den Türspalt auf sein Gesicht. Da erkannte sie ihren Fehler.

„Oh Gott", sagte sie. Sie sah Richard an, der gerade seinen Gegner beim Kragen gepackt hatte und ihn gegen die Wand drängte. „Richard, nicht!" schrie sie. „Tu ihm nicht weh!"

Er ließ von ihm ab, hielt den Mann aber weiter am Kragen gepackt. „Warum nicht, verdammt noch mal?" rief er.

„Weil es die falschen sind!" Sie ging zum Schalter an der Wand und schaltete das Licht ein.

Richard blinzelte, das helle Licht blendete ihn. Er starrte den Hotelmanager an, der sich in seinem Griff wand. Dann drehte er sich um und sah zu dem Mann herüber, der stöhnend an der Tür lag. Es war Claude Daumier.

Sofort ließ Richard den Hotelmanager los, der völlig verängstigt zurückwich. „Entschuldigung", sagte Richard. „Ich habe mich geirrt."

„Wenn ich gewusst hätte, dass Sie es sind", sagte Beryl und presste einen Eisbeutel auf Daumiers Kopf, „hätte ich nicht so hart zugeschlagen."

„Wenn Sie gewusst hätten, dass ich es bin", brummte Daumier, „hätten Sie hoffentlich überhaupt nicht zugeschlagen." Er setzte sich auf und griff dabei nach dem Eisbeutel, so dass er nicht runterrutschen konnte. „*Zut alors,* was haben Sie da benutzt, *chérie?* Einen Backstein?"

„Eine Lampe. Keine besonders große übrigens." Sie musterte Richard und den Hotelmanager. Beide waren schlimm zugerichtet – vor allem der Manager. Ein blaues Auge zeugte deutlich von Richards Faust. Jetzt, da der Tumult vorbei war, sie in Sicherheit waren und im Büro des Hotelmanagers saßen, fand Beryl die Situation eigentlich sehr komisch: Ein erfahrener Agent des französischen Geheimdiensts war durch eine Lampe außer Gefecht gesetzt worden. Richard rieb sich noch immer seine schmerzenden

Fingerknöchel. Und der arme Hotelmanager hielt geflissentlich Abstand zu diesen Knöcheln. Sie hätte sich kaputtlachen können – wenn nicht alles so beängstigend gewesen wäre.

Es klopfte. Automatisch verkrampfte sich Beryl, entspannte sich aber sofort wieder, als ein Polizist hereinkam. Mein Adrenalinspiegel ist immer noch hoch, dachte sie, als Daumier und der Polizist sich auf Französisch unterhielten. Ich rechne immer noch mit dem Schlimmsten.

Der Polizist entfernte sich wieder und zog die Tür hinter sich zu.

„Was hat er gesagt?" fragte Beryl.

„Die Schüsse wurden von einem Gebäude von der gegenüberliegenden Seite des Platzes abgefeuert", sagte Daumier. „Auf dem Dach wurden die Patronenhülsen gefunden."

„Und der Schütze?" fragte Richard.

Daumier schüttelte bedauernd den Kopf. „Ist verschwunden."

„Dann ist er also noch irgendwo unterwegs", stellte Richard fest. „Und wir wissen nicht, wann er wieder zuschlagen wird." Er wandte sich an den Manager. „Was ist mit der Telefonleitung? Wer könnte sie durchtrennt haben?"

Der Mann wich einen Schritt zurück, als ob er einen weiteren Schlag erwartete. „Ich weiß es nicht, Monsieur! Eines der Zimmermädchen sagte, sie habe heute für ein paar Stunden ihren Hauptschlüssel vermisst."

„Also hätte jeder reinkommen können."

„Aber es war niemand von unserem Personal! Wir haben

viele wichtige Gäste, da können wir uns ungeprüfte Angestellte nicht leisten."

„Ich möchte, dass alle noch mal überprüft werden."

Der Manager nickte kleinlaut, dann verließ er das Büro.

Richard ging im Raum auf und ab, dabei lockerte er seine Krawatte. „Wir haben es mit einem Eindringling zu tun, der die Telefonleitung durchtrennt hat. Mit einem Schützen auf der anderen Seite des Platzes. Mit einem Präzisionsgewehr, das auf Beryls Zimmer gerichtet ist. Claude, es wird immer schlimmer."

„Warum will man mich töten?" fragte Beryl. „Was habe ich getan?"

„Du hast zu viele Fragen gestellt." Richard wandte sich Daumier zu. „Du hattest Recht, Claude. Die Sache ist noch lange nicht erledigt."

„Wir waren beide im Zimmer", wandte Beryl ein. „Woher willst du wissen, dass ich gemeint war?"

„Weil nicht ich am Fenster vorbeigegangen bin."

„Aber du bist beim CIA."

„Die korrekte Bezeichnung lautet: Du *warst* beim CIA. Ich bin für niemanden eine Bedrohung."

„Aber ich etwa?"

„Ja. Schon wegen deines Namens – von deiner Neugier mal ganz abgesehen." Er sah Daumier an. „Wir brauchen eine sichere Unterkunft, Claude. Kannst du dich darum kümmern?"

„Wir haben in Passy ein Apartment für Zeugen, die beschützt werden müssen. Das könnt ihr benutzen."

„Wer weiß davon?"

„Meine Leute. Und ein paar Beamte aus dem Ministerium."

„Das sind zu viele."

„Was anderes kann ich euch nicht anbieten. Die Wohnung ist mit einer Alarmanlage ausgestattet, und ich kann Wachen abstellen."

Richard überlegte kurz und wog die Risiken gegeneinander ab. Schließlich nickte er. „Für heute Nacht wird das reichen. Morgen müssen wir uns etwas anderes überlegen. Vielleicht ein Flugticket." Er sah Beryl an.

Diesmal protestierte sie nicht. Sie spürte, wie das Adrenalin sich langsam abbaute. Gerade eben hatte sie noch völlig unter Strom gestanden; jetzt erschien ihr ein Flugzeug nach Hause wie eine vernünftige Alternative. Ein kurzer Flug über den Ärmelkanal, und schon wäre sie sicher in Chetwynd. Die Versuchung war groß – es klang alles so einfach.

Und sie war so unheimlich müde.

Abwesend hörte Beryl zu, wie Daumier die nötigen Anrufe erledigte. Schließlich legte er auf und sagte: „Ich habe einen Wagen und Begleitschutz geordert. Beryls Sachen werden später in die Wohnung gebracht. Oh, und Richard: Das wirst du sicher gern mitnehmen." Er griff in die Innentasche seines Jacketts und brachte eine halbautomatische Pistole zum Vorschein. Er reichte sie Richard. „Ich leihe sie dir. Ganz unter uns, natürlich."

„Du bist sicher, dass du ohne sie auskommst?"

„Ich habe noch eine." Daumier löste sein Schulterhalfter und gab es ebenfalls Richard. „Du kannst noch damit umgehen?"

Richard überprüfte den Magazinhalter und nickte grimmig. „Ich denke schon."

Ein Polizist klopfte. Der Wagen war da.

Richard nahm Beryls Arm und half ihr beim Aufstehen. „Zeit, für eine Weile abzutauchen. Bist du bereit?"

Sie schaute die Pistole an, die er in der Hand hielt, bemerkte, wie routiniert er damit umging, wie gekonnt er sie in das Halfter schob. Ein Profi, dachte sie. Wie gut kenne ich dich eigentlich, Richard Wolf?

Aber im Moment war diese Frage irrelevant. Er war der Einzige, auf den sie zählen konnte, er war derjenige, dem sie vertrauen musste.

Sie verließ das Zimmer und folgte ihm.

„Hier sollten wir sicher sein. Zumindest für heute Nacht." Richard verriegelte die Tür zweimal und drehte sich zu ihr um.

Sie stand mitten im Wohnzimmer, mit verschränkten Armen, und war wie betäubt. Das war nicht die selbstbewusste, eigensinnige Beryl, die er kannte. Das war eine Frau, die gerade die Hölle erlebt hatte und wusste, dass es noch nicht vorbei war. Er wollte zu ihr gehen, sie in den Arm nehmen und ihr versprechen, dass sie in seiner Gegenwart sicher war. Aber sie beide wussten, dass er dieses Versprechen eventuell nicht würde halten können. Schweigend ging er durch die Wohnung, überprüfte, ob alle Fenster verriegelt waren und die Vorhänge geschlossen. Ein Blick nach draußen verriet ihm, dass zwei Männer das Gebäude bewachten, einer am vorderen und einer am hinteren Eingang. Unsere Absicherung, dachte er. Falls meine Aufmerksamkeit nicht ausreicht. Und sie *würde* nicht ausreichen. Denn früher oder später würde auch er schlafen müssen.

Nachdem er sich überzeugt hatte, dass alle Fenster und Türen versperrt waren, ging er zurück ins Wohnzimmer. Beryl saß auf der Couch und war sehr schweigsam, ganz still. Sie wirkte beinahe ... besiegt.

„Alles in Ordnung?" fragte er.

Sie zuckte mit den Schultern, als ob diese Frage keine Rolle spielte – als ob sie sich auf wichtigere Dinge konzentrieren sollten.

Er zog seine Jacke aus und warf sie über einen Sessel. „Du hast noch nichts gegessen. In der Küche steht was."

Ihr Blick ruhte auf seinem Schulterhalfter. „Warum hast du Schluss gemacht?" fragte sie.

„Du meinst, mit der Firma?"

Sie nickte. „Als ich sah, wie du die Waffe hältst, ist mir plötzlich wieder eingefallen, was du früher gemacht hast."

Er setzte sich neben sie. „Ich habe nie jemanden umgebracht, falls du das meinst."

„Aber du wurdest dafür ausgebildet."

„Zur Selbstverteidigung. Das ist nicht dasselbe wie Mord."

Sie nickte bedächtig, als ob es ihr schwer falle, ihm zuzustimmen.

Er nahm die Glock aus dem Halfter und hielt sie ihr hin. Sie betrachtete sie mit unverhohlenem Abscheu.

„Ich weiß, was du denkst", sagte er. „Das ist eine halbautomatische Waffe. Neun-Millimeter-Geschosse, sechzehn

Patronen pro Magazin. Für manche Leute ist diese Pistole ein Kunstwerk. Für mich ist sie so was wie die letzte Möglichkeit. Etwas, was ich hoffentlich nie benutzen muss." Er legte die Pistole auf den Couchtisch. Sie verstärkte noch den Eindruck der Bedrohung. „Nimm sie mal in die Hand, wenn du willst. Sie ist nicht schwer."

„Lieber nicht." Beryl erschauderte und sah in die andere Richtung. „Ich habe keine Angst vor Waffen. Ich meine, ich hatte schon ein Gewehr in der Hand. Ich bin früher mit Onkel Hugh schießen gegangen – Tontauben schießen."

„Das ist nicht ganz dasselbe."

„Nein. Nicht ganz."

„Du hast mich gefragt, warum ich aufgehört habe." Er zeigte auf die Glock. „Das war ein Grund. Ich habe nie jemanden getötet, und ich will auch nie in die Situation kommen. Für mich war der Geheimdienst wie ein Spiel. Eine Herausforderung. Das Feindbild war klar – die Sowjets und die DDR. Aber heute …" Er nahm die Pistole und hielt sie nachdenklich in der Hand. „Die Welt hat sich verändert. Heute weiß man nicht mehr, wer der Feind ist. Und ich wusste, dass ich eines Tages die Grenze erreicht haben würde. Ich war schon kurz davor."

„Die Grenze?"

„Mein Alter, weißt du. Mit vierzig reagiert man nicht mehr wie mit zweiundzwanzig. Ich rede mir ein, dass ich dafür wenigstens klüger geworden bin, aber in Wirklichkeit bin ich nur vorsichtiger. Und ich riskiere viel weniger." Er sah sie an. „Egal, um wen es geht."

Ihr Blick traf seinen. Als sie sich so ansahen, hatte er das

Gefühl, dass er am liebsten draufloserzählen würde. Dass er am allerwenigsten ihr Leben riskieren wollte. Wann war aus dieser Sache mehr als nur ein Babysitterjob geworden, fragte er sich. Wann war es zu etwas ganz anderem geworden? Zu einer Mission, einer Obsession.

„Du machst mir Angst, Richard", sagte sie.

„Du meinst die Pistole."

„Nein, dich. Weil ich so wenig über dich weiß. Weil du mir so viel verheimlichst."

„Ich verspreche dir, dass ich ab jetzt ganz ehrlich zu dir bin."

„Und dabei kommen dann wieder solche Halbwahrheiten heraus. Wie zum Beispiel, dass du meine Eltern nicht kennst. Oder nicht weißt, wie sie starben. Verstehst du, ich erlebe hier gerade meine Kindheit wieder! Onkel Hugh und seine Heimlichtuerei." Sie stieß einen frustrierten Seufzer aus und wandte den Blick ab. „Und dann sehe ich dich … mit diesem Ding."

Er streichelte ihr Gesicht und drehte es zärtlich in seine Richtung. „Das ist nur ein böser Moment", murmelte er. „Bald ist alles vorbei." Sie sah ihn an, ihre Augen waren klar und feucht, das Haar fiel über ihre Schultern. Sie will mir vertrauen, dachte er. Aber sie hat Angst.

Er konnte nicht anders. Er küsste sie. Einmal. Zweimal. Beim zweiten Mal spürte er, wie ihre Lippen nachgaben, wie ihr ganzer Körper weich wurde. Er küsste sie ein drittes Mal und ließ seine Finger durch ihr seidiges Haar gleiten. Sie seufzte, sie ergab sich, sie lud ihn ein, sie sank auf die Couch.

Und plötzlich beugte er sich über sie. Ihre Lippen trafen

sich. Sie waren wie elektrisiert. Sie legte die Arme um seinen Hals und zog ihn an sich – und erschrak. Schon wieder diese verdammte Pistole! Das Halfter hatte sich in ihre Brust gedrückt und sie damit an all die unschönen Dinge erinnert, die heute geschehen waren. Und an all die Gefahren, die noch auf sie lauerten.

Er betrachtete sie, ihr Haar, das auf den Kissen ausgebreitet war, und in ihren Augen sah er eine Mischung aus Furcht und Begehren. Nicht jetzt, dachte er. Nicht so.

Langsam rückte er von ihr ab und sie setzten sich wieder auf. Einen Moment lang saßen sie stumm nebeneinander auf der Couch und berührten sich nicht.

Sie sagte: „Ich bin noch nicht soweit. Ich vertraue dir mein Leben an, Richard. Aber mein Herz, das ist was anderes."

„Ich verstehe."

„Dann verstehst du sicher auch, dass ich kein Fan von James Bond bin oder von Typen, die auch nur entfernt so sind wie er. Waffen beeindrucken mich nicht und genauso wenig die Männer, die sie benutzen." Sie stand auf und entfernte sich von der Couch. Ging gezielt auf Abstand zu ihm.

„Und was beeindruckt dich?" fragte er. „Wenn nicht die Waffe eines Mannes?"

Sie drehte sich zu ihm um, und er bemerkte, dass sie amüsiert war. Die alte Beryl, dachte er. Gott sei Dank ist sie noch da!

„Aufrichtigkeit", sagte sie, „das ist es, was mich beeindruckt."

„Dann sollst du das auch bekommen. Das verspreche ich dir."

Sie drehte sich um und ging in Richtung Schlafzimmer. „Das werden wir ja sehen."

Jordan war nicht gerade beeindruckt von seinem Anwalt, nein, er war überhaupt nicht beeindruckt.

Der Mann hatte fettige Haare und einen fettigen kleinen Schnurrbart, und er sprach Englisch mit dem aufgesetzten Akzent eines zweitklassigen Schauspielers, der den typischen Franzosen mimte. All diese lang gezogenen „e" und „Mon Dieus"! Aber immerhin, dachte Jordan, hat Beryl ihn angeheuert, er muss also einer der besten Anwälte in Paris sein.

Vielleicht ist er es aber doch nicht, dachte Jordan und sah über den Tisch hinweg den schmeichlerischen Monsieur Jarre an.

„Keine Sorge", sagte der Mann. „Ich werde mich um alles kümmern. Ich sehe mir jetzt die Akten an, und ich bin sicher, dass wir schnell einen Weg finden, um Sie freizubekommen."

„Was ist mit der Untersuchung?" fragte Jordan. „Hat sich schon etwas Neues ergeben?"

„Es geht nur sehr langsam voran. Sie wissen doch, wie das ist, Monsieur Tavistock. In einer großen Stadt wie Paris ist die Polizei überlastet. Sie müssen Geduld haben."

„Und mein Onkel? Konnten Sie ihn inzwischen erreichen?"

„Er ist mit meiner Vorgehensweise völlig einverstanden."

„Dann kommt er nach Paris?"

„Er ist aufgehalten worden. Die Geschäfte lassen nicht zu, dass er wegfährt. Es tut mir Leid."

„Er ist zu Hause? Aber ich dachte …" Jordan verstummte. Hatte nicht Beryl gesagt, dass Onkel Hugh gar nicht in Chetwynd war?

Monsieur Jarre erhob sich. „Seien Sie versichert, dass alles für Sie getan wird. Ich habe bei der Polizei erreicht, dass sie in eine komfortablere Zelle verlegt werden."

„Vielen Dank", sagte Jordan, der noch immer über die Bemerkung über Onkel Hugh rätselte. Als der Anwalt gerade den Raum verlassen wollte, rief Jordan: „Monsieur Jarre? Hat mein Onkel zufällig erwähnt, wie die … Verhandlungen in London gelaufen sind?"

Der Anwalt sah ihn an. „So wie ich ihn verstanden habe, sind sie noch im Gange. Aber ich bin mir sicher, das wird er Ihnen selbst sagen." Er nickte ihm zum Abschied zu. „Guten Abend, Monsieur Tavistock. Ich hoffe, Ihre neue Zelle sagt Ihnen etwas mehr zu." Und damit ging er.

Was zum Teufel geht hier vor? überlegte Jordan. Darüber dachte er den ganzen Weg zu seiner Zelle nach – zu seiner neuen Zelle. Ein Blick auf die dunklen Gestalten, die ihn dort erwarteten, verstärkten sein Misstrauen Monsieur Jarre gegenüber zusätzlich. *Diese* Zelle sollte ihm mehr zusagen?

Widerwillig trat Jordan ein. Er zuckte zusammen, als die Tür hinter ihm zuschlug. Der Schließer ging davon, seine Schritte hallten über den Flur.

Die beiden Zellenbewohner starrten auf seine italienischen Schuhe, die in krassem Gegensatz zu der regulären Gefängniskleidung standen, die er trug.

„Hallo", sagte Jordan, weil er das Gefühl hatte, etwas sagen zu müssen.

„*Anglais?*" erkundigte sich einer der beiden Männer nach seiner Herkunft.

Jordan schluckte. „*Oui. Anglais.*"

Der Mann grunzte und deutete auf eine leere Pritsche. „Deine."

Jordan ging zu der Pritsche, setzte das Bündel mit seiner Kleidung am Fußende ab und streckte sich auf der Matratze aus. Die beiden anderen schwatzten auf Französisch weiter, während Jordan sich immer noch Gedanken über den schmierigen Anwalt machte und warum ihn dieser über seinen Onkel belogen hatte. Wenn er nur mit Beryl Kontakt aufnehmen und sie fragen könnte, was los ist ...

Er setzte sich auf, als sich Schritte der Zelle näherten. Es war die Wache, die einen neuen Häftling brachte – einen Mann mit schütterem Haar, rundem Gesicht und Watschelgang. Er sah eigentlich ganz nett aus, ein Typ Mann, den man eher hinter einem Verkaufstresen im Laden um die Ecke vermuten würde. Nicht gerade der typische Verbrecher, dachte Jordan. Aber das bin ich schließlich auch nicht.

Der Mann betrat die Zelle, und man wies ihm die vierte und letzte Pritsche zu. Er setzte sich und sah aus, als sei er überrascht über die Umstände, in denen er sich befand. Sein Name war François, und nach dem, was Jordan mit seinen dürftigen Französischkenntnissen verstehen konnte, schien er ein Verbrechen begangen zu haben, das mit dem schwachen Geschlecht zu tun hatte. Vielleicht hatte er eine Prostituierte angesprochen? François schien nicht besonders erpicht darauf, es zu erzählen. Er saß ganz einfach auf seinem Bett und starrte den Fußboden an. Wir sind beide Neulinge hier, dachte Jordan.

Die anderen beiden Insassen beobachteten Jordan immer noch. Es waren mürrische junge Männer, beide ganz offensichtlich Soziopathen. Auf die würde er ein Auge haben müssen.

Das Abendessen kam – ein grauenhaftes Gulasch mit französischem Weißbrot. Jordan starrte die braune Masse an und dachte sehnsüchtig an das Dinner vom Vorabend – pochierten Lachs und gebratenes Stubenküken. Aber na gut. Man musste eben essen, was es gab. Schade, dass zum Essen kein Wein gereicht wurde. Ein schöner Beaujolais vielleicht oder ein schlichter Burgunder. Er aß einen Bissen Gulasch und kam zu dem Schluss, dass er sich sogar über einen schlechten Wein freuen würde – Hauptsache, er würde diesen faden Geschmack des Essens überdecken. Jordan zwang sich, das Gulasch zu essen, und gelobte im Stillen, dass er als Erstes, wenn er hier rauskäme – *falls* er hier rauskäme –, in ein gutes Restaurant gehen würde.

Um Mitternacht wurde das Licht ausgeschaltet. Jordan streckte sich auf der Decke aus und versuchte zu schlafen, aber es gelang ihm nicht. Zum einen, weil seine Zellengenossen so laut schnarchten, als wollten sie Tote aufwecken. Zum anderen, weil die Ereignisse des Tages ihm durch den Kopf gingen. Die Fahrt mit Colette über den Boulevard Saint-Germain. Wie sie in den Rückspiegel geschaut hatte. Wenn er nur genauer darauf geachtet hätte, wer ihnen zum Hotel gefolgt sein könnte. Und dann erinnerte er sich wider

Willen daran, wie er sie im Auto gefunden hatte, wie ihr Blut an seinen Händen geklebt hatte.

In ihm stieg Wut auf – eine ohnmächtige Wut über ihren Tod. Es ist meine Schuld, dachte er. Wenn sie ihn nur nicht hätte bewachen müssen!

Doch das konnte nicht der Grund sein, warum man sie umgebracht hatte, überlegte er weiter. Er war ja gar nicht in der Nähe, als der Mord geschah. Warum wurde sie dann getötet? Hatte sie vielleicht etwas gewusst, irgendetwas gesehen …?

… oder jemanden?

Seine Gedanken rasten in eine neue Richtung. Colette musste im Rückspiegel jemanden erkannt haben, jemanden in einem Auto, das ihnen folgte. Nachdem sie Jordan beim Ritz abgesetzt hatte, hatte sie diesen Jemand vielleicht noch einmal gesehen. Oder der Jemand hatte sie gesehen und wusste, dass sie ihn identifizieren konnte.

Also musste der Killer jemand sein, den Colette gekannt hatte. Jemand, den sie erkannt hatte.

Er war so mit seinem Gedankenpuzzle beschäftigt, dass er den quietschenden Bettfedern von einem der Nachbarbetten keine Aufmerksamkeit schenkte. Erst als er eine leise Bewegung wahrnahm, machte er sich klar, dass einer seiner Zelleninsassen auf sein Bett zukam.

Es war dunkel; er konnte die Gestalt nur schemenhaft erkennen. Einer der beiden jungen Ganoven, dachte er, der sich seine Jacke holen wollte.

Jordan lag absolut bewegungslos da und zwang sich, ruhig und gleichmäßig zu atmen. *Lass den Feigling in dem*

Glauben, dass ich schlafe. Wenn er nahe genug dran ist, habe ich eine Überraschung für ihn.

Der Schatten huschte lautlos durch die Dunkelheit. Jetzt war er noch zwei Meter entfernt, jetzt noch eineinhalb. Jordans Herz hämmerte, er spannte seine Muskeln an. *Noch ein bisschen näher. Noch ein bisschen. Gleich streckt er die Hand nach meiner Jacke am Fußende aus …*

Aber der Mann bewegte sich auf das Kopfende des Bettes zu. Jordan machte im Dunkeln eine Bewegung aus – einen Arm, der zum Schlag ausholte. Jordans Hand schoss in dem Moment nach vorn, als sein Angreifer zuschlug.

Er bekam den anderen Mann am Handgelenk zu fassen und hörte ihn einen Laut der Überraschung ausstoßen. Jetzt versuchte sein Angreifer, ihn mit der freien Hand zu erwischen. Jordan wehrte den Schlag ab und sprang aus dem Bett. Das Handgelenk seines Angreifers noch immer umklammert, drehte er ihm den Arm um. Schmerzensschreie folgten. Der Mann strampelte, um sich loszumachen, doch Jordan hielt ihn fest. Er würde ihn nicht davonkommen lassen. Nicht, ohne ihm eine Lektion zu erteilen. Er schubste den Mann rückwärts und hörte zu seiner Befriedigung, wie er gegen die Wand schlug. Der Mann stöhnte und versuchte, sich aus seinem Griff zu winden. Wieder gab Jordan ihm einen Schubs. Diesmal stolperten sie beide und fielen auf das Bett eines ihrer schlafenden Mithäftlinge. Der Mann, den Jordan festhielt, fing an, sich wild hin und her zu werfen. Jordan bemerkte plötzlich, dass dieser Mann nicht mehr nur versuchte, sich zu befreien. Dieser Mann schien einen Krampf zu haben.

Er hörte Schritte, dann ging das Licht in der Zelle an. Eine Wache schrie ihn auf Französisch an.

Jordan ließ seinen Angreifer los und schreckte überrascht zurück. Es war der mondgesichtige François. Der Mann lag mit zuckenden Gliedern und rollenden Augen auf dem Bett. Der junge Ganove, auf dem François gelandet war, rollte sich panisch von seinem Körper weg und beobachtete schockiert die Szenerie.

François gab ein letztes schmerzvolles Grunzen von sich und blieb dann still liegen.

Sekundenlang starrten alle ihn an und erwarteten, dass er sich wieder bewegen würde. Er bewegte sich nicht mehr.

Die Wache rief nach Unterstützung. Eine zweite Wache kam angerannt. Er schrie die Häftlinge an, zurückzutreten, dann kamen sie zu zweit in die Zelle und untersuchten den leblosen François. Langsam richteten sie sich auf und sahen Jordan an.

„*Est mort*", murmelte einer der beiden.

„Das … das ist unmöglich!" sagte Jordan. „Wie kann er tot sein? Ich habe nicht so fest zugeschlagen!"

Die Wachen beachteten ihn kaum. Die anderen beiden Häftlinge hatten plötzlich neuen Respekt vor Jordan und wichen in die andere Ecke der Zelle zurück.

„Ich will ihn mir ansehen!" forderte Jordan. Er schob sich an den Wärtern vorbei und kniete sich neben François. Ein Blick genügte, und er wusste, dass sie Recht hatten. François war tot.

Jordan schüttelte den Kopf. „Das verstehe ich nicht …"

„Monsieur, Sie kommen mit", sagte eine der Wachen.

„Ich kann ihn nicht getötet haben!"

„Aber Sie sehen doch, er ist tot."

Jordan bemerkte plötzlich ein kleines Rinnsal aus Blut, das François' Wange herunterlief. Er beugte sich über ihn. Jetzt erst entdeckte er den winzigkleinen Pfeil, der im Schädel des Mannes steckte.

„Verdammt, was ist das?" murmelte Jordan. Er suchte mit den Augen den Boden nach einer Spritze ab, nach einer Dart-Pistole – nach irgendwas, womit diese Nadel abgeschossen worden sein könnte. Auf dem Boden und auf dem Bett konnte er nichts entdecken. Dann sah er die Hand des Toten. In seiner linken Faust hielt er etwas umklammert. Jordan öffnete die verkrampften Finger, das Ding fiel heraus und landete auf dem Bettzeug.

Ein Kugelschreiber.

Sofort riss man ihn hoch und schob ihn Richtung Zellentür. „Los", befahl der Wärter. „Raus hier!"

„Wohin?"

„Dahin, wo du keinem was antun kannst." Die Wache dirigierte Jordan hinaus auf den Flur und schloss die Zellentür ab. Jordan erhaschte einen letzten Blick auf seine Zellengenossen, die ihn ängstlich ansahen, und dann wurde er den Gang hinunter in eine Einzelzelle gebracht, die offensichtlich für sehr gefährliche Insassen vorgesehen war. Doppelt mit Stäben gesichert, kein Fenster, kein Mobiliar, nur eine Betonplatte als Bett. Und eine Glühbirne, die unbarmherzig hell von der Decke leuchtete.

Jordan sank auf das Betonbett und wartete. Worauf,

fragte er sich. Auf den nächsten Angriff? Auf die nächste Krise? Konnte dieser Albtraum überhaupt noch schlimmer werden?

Eine Stunde verging. Er konnte nicht schlafen, weil das Licht so grell war. Dann kündigten Schritte und Schlüsselgerassel einen Besucher an. Er sah einen Wachmann und einen gut gekleideten Gentleman mit einer Aktentasche.

„Monsieur Tavistock?" sagte der Gentleman.

„Da außer mir niemand hier ist", murmelte Jordan, während er aufstand, „muss es sich dabei offensichtlich um mich handeln."

Die Tür wurde aufgeschlossen, und der Mann mit der Aktentasche trat ein. Er sah sich mit einem Ausdruck von Entsetzen in der spartanischen Zelle um. „Diese Bedingungen sind ja unerhört", sagte er.

„Ja. Und ich verdanke sie meinem wunderbaren Anwalt", erklärte Jordan.

„Aber *ich* bin Ihr Anwalt." Der Mann streckte ihm zur Begrüßung die Hand entgegen. „Henri Laurent. Ich wäre gern früher gekommen, aber ich war in der Oper. Ich habe Monsieur Vanes Nachricht erst vor einer Stunde erhalten. Er sagte, es sei ein Notfall."

Jordan schüttelte verwirrt den Kopf. „Vane? Reggie Vane hat sie geschickt?"

„Ja. Ihre Schwester bat um meine Dienste. Und Monsieur Vane …"

„Beryl hat Sie engagiert? Wer um Himmels willen war dann …" Jordan verstummte. Plötzlich ergaben die bizarren Ereignisse einen Sinn. Einen entsetzlichen Sinn. „Monsieur

Laurent", sagte Jordan. „Vor ein paar Stunden war schon mal ein Anwalt bei mir. Ein Monsieur Jarre."

Laurent runzelte die Stirn. „Man hat mir nichts von einem anderen Anwalt gesagt."

„Er behauptete, meine Schwester hätte ihn engagiert."

„Aber ich habe mit Monsieur Vane gesprochen. Er sagte mir ausdrücklich, Mademoiselle Tavistock wünsche *meinen* Rechtsbeistand. Wie sagten Sie, soll der Kollege heißen?"

„Jarre."

Laurent schüttelte den Kopf. „Ein Strafverteidiger dieses Namens ist mir nicht bekannt."

Jordan saß eine Weile stumm da und versuchte, die Ereignisse zu durchschauen. Langsam hob er den Kopf und sah Laurent an. „Ich denke, Sie rufen am besten sofort Reggie Vane an."

„Warum?"

„Heute Nacht hat man versucht, mich umzubringen." Jordan schüttelte den Kopf. „Wenn das so weitergeht, Monsieur Laurent, bin ich morgen früh tot."

8. Kapitel

Sie verfolgten sie wieder. Die schwarzen Hunde. Sie hörte sie im Unterholz rascheln und wusste, dass sie näher kamen.

Sie packte Froggie am Zaumzeug und versuchte, sie zu beruhigen, aber die Stute hatte Angst. Plötzlich riss sich Froggie los und bäumte sich auf.

Die Hunde griffen an.

Sie stürzten sich mit einem Mal auf den Hals des Pferdes und rissen ihn mit ihren rasiermesserscharfen Zähnen auf. Froggie schrie vor Angst, sie klang wie ein Mensch. Ich muss sie retten, dachte Beryl. Ich muss die Hunde in die Flucht schlagen. Aber sie war wie gelähmt. Sie konnte nur dastehen und voller Horror beobachten, wie ihr Pferd in die Knie ging und auf den Waldboden stürzte.

Die Hunde mit ihren blutverschmierten Schnauzen drehten sich um und nahmen Beryl ins Visier.

Sie wachte auf, ihr Atem ging schnell, ihre Hände verkrampften sich in der Dunkelheit. Erst als ihre Panik nachließ, hörte sie, wie Richard ihren Namen rief.

Sie drehte sich um und sah ihn in der Tür stehen. Im Zimmer hinter ihm brannte Licht, das seine nackten Schultern in der Dunkelheit schimmern ließ.

„Beryl?" sprach er sie erneut an.

Sie atmete tief durch und versuchte, den Albtraum endgültig abzuschütteln. „Ich bin wach", sagte sie.

„Du musst aufstehen."

„Wie viel Uhr ist es?"

„Vier Uhr morgens. Claude hat gerade angerufen."

„Warum?"

„Wir sollen ihn auf der Polizeistation treffen. Und zwar so schnell wie möglich."

„Auf der Polizeistation?" Sie setzte sich plötzlich auf. „Geht es um Jordan? Ist was passiert?"

Im Halbdunkel sah sie Richard nicken. „Man hat versucht, ihn umzubringen."

„Geniale Methode", sagte Claude Daumier, als er den Kugelschreiber behutsam auf den Tisch legte. „Eine Subkutannadel und eine Druckspritze. Ein kleiner Einstich und die Substanz wird dem Opfer injiziert."

„Welche Substanz?" fragte Beryl.

„Das wird noch untersucht. Morgen früh ist der Autopsietermin. Aber es scheint klar, dass diese Substanz den Tod herbeigeführt hat. Das Opfer hat keine Verletzungen, die auf etwas anderes schließen lassen."

„Dann wird man Jordan nicht für diesen Mord verantwortlich machen können?" fragte Beryl erleichtert.

„Kaum. Er kommt in Isolationshaft, keine Mithäftlinge, zwei Wachen vor der Tür. Es sollte keine weiteren Vorkommnisse geben."

Die Tür des Konferenzzimmers öffnete sich. Jordan kam herein, von zwei Wärtern begleitet. Du lieber Gott, er sieht furchtbar aus, dachte Beryl, während sie aufstand und auf ihn zuging, um ihn zu umarmen. Noch nie hatte sie ihren Bruder so ungepflegt gesehen. Am Kinn sprossen ihm dichte blonde Bartstoppeln und seine Häftlingskleidung war total zerknittert. Doch als sie sich wieder losließen, erkannte sie in seinen Augen immer noch den alten Jordan, den gut gelaunten und ironischen Jordan.

„Und dir ist nichts passiert?" fragte sie.

„Ich habe nicht mal einen Kratzer", sagte er. „Na gut, vielleicht doch", räumte er mit einem Blick auf seine mit blauen Flecken verzierte Faust ein. „Das ist der Tod meiner Maniküre."

„Jordan, ich habe nie einen Anwalt namens Jarre angeheuert. Der Mann war ein Betrüger."

„Das habe ich mir schon gedacht."

„Ich habe einen Monsieur Laurent engagiert, von dem Reggie sagt, dass er der Beste überhaupt ist. Er sollte so schnell wie möglich zu dir kommen."

„Bedauerlicherweise wird mich aber selbst der Beste nicht so schnell hier rausholen können", merkte Jordan niedergeschlagen an. „Ich scheine mich zu einem Langzeitbewohner dieser netten Einrichtung zu entwickeln. Falls mich das Essen nicht vorher umbringt."

„Kannst du nicht einmal ernst sein?"

„Du hast eben das Gulasch hier nicht probiert."

Erschöpft wandte sich Beryl an Daumier. „Was ist mit dem Toten? Wer war er?"

„Laut Unterlagen der Haftanstalt", sagte Daumier, „handelt es sich um François Parmentier, einen Hausmeister. Er saß wegen ordnungswidrigen Verhaltens ein."

„Und wie kam er in Jordans Zelle?" erkundigte sich Richard.

„Es scheint so, dass sein Anwalt, Monsieur Jarre, den

Antrag stellte, seine beiden Mandanten in eine Zelle zu verlegen."

„Nicht nur den Antrag", fügte Richard hinzu. „Es war wohl Bestechung. Jarre und der tote Mann bildeten ein Team."

„Und in wessen Auftrag?" fragte Jordan.

„Im Auftrag derselben Leute, die versucht haben, Beryl umzubringen", erwiderte Richard.

„*Was?*"

„Vor ein paar Stunden wurde mit einem Präzisionsgewehr auf sie geschossen."

„Und du bist immer noch in Paris?" Jordan wandte sich an seine Schwester. „Jetzt reicht's. Du fliegst nach Hause, Beryl. Und zwar sofort."

„Ich habe auch schon versucht, ihr das begreiflich zu machen", sagte Richard. „Aber sie will nicht hören."

„Natürlich nicht. Das tut meine liebe kleine Schwester nie."

„Stimmt, Jordie", sagte Beryl. „Ich habe keine andere Wahl. Deshalb bleibe ich hier."

„Du könntest getötet werden."

„Du auch."

Sie standen sich gegenüber, keiner bereit nachzugeben. Wir sind an einem toten Punkt angelangt, dachte Beryl. Er macht sich meinetwegen Sorgen und ich mir seinetwegen. Und weil wir beide Tavistocks sind, wird sich keiner von uns geschlagen geben.

Aber ich habe die Oberhand. Er ist im Gefängnis und ich nicht.

Jordan drehte sich um und ließ sich auf einen Stuhl fallen. „Verdammt noch mal, überzeugen Sie sie, Wolf!" murmelte er.

„Das versuche ich ja", sagte Richard. „Dabei haben wir übrigens die grundlegende Frage noch gar nicht geklärt – wer will, dass ihr getötet werdet?"

Sie verfielen in Schweigen. Völlig erschöpft sah Beryl ihren Bruder an. Er war doch der Schlaumeier in der Familie! Wenn er keine Antwort darauf wusste, wer dann?

„Der Schlüssel zu allem", überlegte Jordan, „ist François, der Tote." Er sah Daumier an. „Was weiß man sonst über ihn? Hat er Freunde, Familie?"

„Eine Schwester", antwortete Daumier, „die in Paris lebt."

„Haben Ihre Leute schon mit ihr gesprochen?"

„Das ist überflüssig."

„Wieso?"

„Sie ist, wie sagt man …?" Daumier tippte sich an die Stirn. *„Retardataire.* Sie lebt im Pflegeheim Sacre Cœur. Die Nonnen sagen, sie kann nicht sprechen und befindet sich in einem sehr schlechten Gesundheitszustand."

„Und was ist mit seiner Arbeit?" fragte Richard. „Er war Hausmeister?"

„In der Galerie Annika, einer Kunstgalerie in Auteuil. Das ist eine renommierte Galerie, bekannt für ihre Sammlung zeitgenössischer Kunst."

„Und was hält man in der Galerie von ihm?"

„Ich habe nur kurz mit Annika gesprochen. Sie sagt, dass er ein stiller, verlässlicher Mensch war. Sie kommt später, um unsere Fragen zu beantworten." Er sah auf die Uhr. „In der Zwischenzeit sollten wir alle versuchen, etwas zu schlafen. Wenigstens ein paar Stunden."

„Und was wird aus Jordan?" fragte Beryl. „Woher soll ich wissen, dass er hier sicher ist?"

„Wie gesagt, er wird in eine Einzelzelle verlegt. Strikt isoliert …"

„Das könnte eine falsche Entscheidung sein", gab Richard zu bedenken. „Dann gibt es keine Zeugen."

Wenn ihm irgendwas passiert … Beryl sah ihren Bruder an und erschauderte.

Jordan nickte. „Wolf hat Recht. Ich würde mich sicherer fühlen, wenn noch jemand mit mir in der Zelle wäre."

„Aber sie könnten dich wieder zusammen mit einem angeheuerten Killer einsperren", wandte Beryl ein.

„Ich weiß, mit wem ich die Zelle teilen möchte", sagte Jordan. „Zwei harmlose Jungs. Hoffe ich."

Daumier nickte. „Ich werde es veranlassen."

Es versetzte Beryl einen Stich, als Jordan ging. In der Tür blieb er noch einmal stehen und winkte ihr zum Abschied zu. Sie spürte, dass ihr alles viel näher ging als ihm. Aber das ist typisch Jordie, versuchte sie sich aufzumuntern. Nie verliert er seine gute Laune.

Draußen dämmerte es gerade, und der morgendliche Verkehrslärm schwoll an. Beryl, Richard und Daumier standen auf dem Bürgersteig, jeder von ihnen kurz vor dem Zusammenbruch.

„Jordan ist jetzt sicher", sagte Daumier. „Dafür sorge ich."

„Ich möchte, dass er mehr als sicher ist", entgegnete Beryl. „Ich möchte, dass er da rauskommt."

„Dafür müssen wir seine Unschuld beweisen."

„Dann tun wir das eben", sagte sie.

Daumier sah sie an, er hatte Ringe unter den Augen. Der freundliche Franzose, in dessen Gesicht die Jahre ihre Spuren hinterlassen hatten, wirkte plötzlich viel älter. Er sagte: „Was Sie tun müssen, *chérie,* ist, auf der Hut sein. Und unsichtbar bleiben." Er ging zu seinem Wagen. „Heute Abend reden wir weiter."

Als Beryl und Richard in der Wohnung in Passy ankamen, war Beryl kurz vorm Einnicken. Das letzte bisschen Anspannung war gewichen, sie hatte keinerlei Energie mehr. Glücklicherweise schien wenigstens Richard noch voll da zu sein, dachte sie, als sie aus dem Wagen stieg. Wenn sie jetzt umkippte, könnte er sie die Treppen hochtragen.

Und das tat er im Prinzip auch. Er legte den Arm um sie und führte sie durch die Tür und den Flur entlang ins Schlafzimmer. Dort setzte er sich zu ihr aufs Bett.

„Schlaf", sagte er, „so lange du willst."

„Eine Woche sollte reichen", murmelte sie.

Er lächelte. Und obwohl die Müdigkeit ihr Wahrnehmungsempfinden beeinträchtigte, fühlte sie wieder das Knistern zwischen ihnen. Trotz ihrer Erschöpfung spürte sie Verlangen in sich aufsteigen. Sie erinnerte sich daran, wie er ohne Hemd in der Tür zu ihrem Schlafzimmer gestanden hatte. Sie dachte, es wäre sehr leicht, ihn jetzt in ihr Bett einzuladen, eine Umarmung, ein Kuss. Und dann viel, viel mehr. *Mein Verstand ist schon ganz vernebelt, ich konzen-*

triere mich nicht mehr auf die wirklich wichtigen Dinge. Ich sehe ihn an, rieche ihn und schon kann ich nichts anderes mehr denken, als dass ich ihn will.

Er küsste sie sacht auf die Stirn. „Ich bin direkt nebenan", sagte er und verließ das Zimmer.

Sie war zu müde, um sich auszuziehen, und lag völlig bekleidet auf dem Bett. Draußen war es jetzt schon hell, und Verkehrslärm drang in ihr Zimmer. Sobald dieser Albtraum vorbei war, dachte sie, musste sie eine Weile auf Distanz zu ihm gehen. Um wieder sie selbst zu werden. Ja, das würde sie tun. Sie würde sich in Chetwynd verstecken und darauf warten, dass diese wahnsinnige Anziehungskraft zwischen ihnen beiden verschwand.

Doch als sie die Augen schloss, kehrten die Bilder zurück, lebendiger und verführerischer als je zuvor. Sie folgten ihr in ihre Träume.

Richard schlief fünf Stunden und stand kurz vor Mittag auf. Er duschte, machte sich Eier und Toast und fühlte sich wieder fit. Der Tag war zu kurz für die vielen Dinge, die zu erledigen waren; der Schlaf würde warten müssen.

Er schaute zu Beryl rein und sah, dass sie noch schlief. Gut. Wenn sie aufwachen würde, sollte er von seiner Runde zurück sein. Und für den Fall, dass er noch nicht wieder da wäre, hinterließ er ihr eine Nachricht auf dem Nachttisch. „Bin kurz weggegangen, aber um drei wieder da. R." Dann legte er kurzerhand die Pistole daneben. Für den Fall, dass sie sie braucht, dachte er.

Nachdem er sich versichert hatte, dass die beiden Wachen noch da waren, verließ er die Wohnung und schloss die Tür hinter sich ab.

Sein erster Stopp war die Rue Myrha, Hausnummer 66, das Gebäude, in dem Madeline und Bernard gestorben waren.

Er hatte sich den Bericht der Pariser Polizei noch einmal vorgenommen und wieder und wieder die Aussage des Vermieters durchgelesen. Monsieur Rideau hatte behauptet, er habe die beiden Leichen am Nachmittag des 15. Juli 1973 gefunden und sofort die Polizei benachrichtigt. Bei der Befragung hatte er angegeben, dass die Dachwohnung an eine gewisse Mademoiselle Scarlatti vermietet war, die die Wohnung in unregelmäßigen Abständen nutzte und die Miete immer in bar bezahlte. Von Zeit zu Zeit hatte er aus der Wohnung Stöhnen und Wimmern und eine männliche Stimme gehört. Aber die einzige Person, die er jemals zu Gesicht bekam, war Mademoiselle Scarlatti, die er nicht genau beschreiben konnte, weil sie stets Kopftuch und Sonnenbrille trug. Trotzdem war Monsieur Rideau sicher, dass die tote Frau in der Wohnung die wollüstige Scarlatti war. Und der tote Mann? Der Vermieter hatte ihn noch nie gesehen.

Drei Monate nach seiner Zeugenaussage verkaufte Monsieur Rideau das Haus und verließ mit seiner Familie das Land.

Dieses letzte Detail war in dem Polizeibericht nur in einer Fußnote vermerkt: „Vermieter steht nicht länger für Zeugenaussagen zur Verfügung. Hat Frankreich verlassen."

In Richard keimte der leise Verdacht auf, dass der Wegzug des Vermieters ihre wichtigste Spur sein könnte. Wenn er Rideaus momentanen Aufenthaltsort ausfindig machen und ihn nach den Begebenheiten von vor zwanzig Jahren fragen könnte …

Er klopfte an jeder Wohnung, aber es ergaben sich keine Spuren. Zwanzig Jahre waren eine lange Zeit; Leute waren ein- und wieder ausgezogen. Niemand erinnerte sich an Monsieur Rideau.

Richard ging nach draußen und blieb kurz auf dem Bürgersteig stehen. Ein Ball flog an ihm vorbei, dem eine Horde zerlumpter Kinder hinterherlief. Das endlose Fußballspiel, dachte er belustigt, als er das Gewirr aus schmuddeligen Armen und Beinen betrachtete.

Über die Köpfe der Kinder hinweg entdeckte er eine alte Frau, die auf ihrer Veranda saß. Er schätzte sie auf mindestens siebzig. Vielleicht lebte sie schon so lange hier, dass sie die ehemaligen Bewohner der Straße noch kannte.

Er ging hinüber zu der Frau und sprach sie auf Französisch an. „Guten Tag."

Sie erwiderte seinen Gruß mit einem freundlichen, zahnlosen Grinsen.

„Ich versuche jemanden zu finden, der sich an Monsieur Jacques Rideau erinnert. Ihm gehörte das Haus da drüben." Er deutete auf die Nummer 66.

Sie antwortete ebenfalls auf Französisch: „Er ist weggezogen."

„Kannten Sie ihn?"

„Sein Sohn war oft bei uns."

„Ich habe gehört, die Familie hat Frankreich verlassen."

Sie nickte. „Sie gingen nach Griechenland. Ich frage

mich, wie sie das gemacht haben. Er mit seinem alten Auto! Und was die Kinder für Kleider anhatten! Aber plötzlich ziehen sie in eine Villa." Sie seufzte. „Und ich bin immer noch hier. Und hier werde ich auch bleiben."

Richard schaute sie fragend an. „Villa?"

„Es hieß damals, sie hätten eine Villa am Meer. Natürlich kann es sein, dass das nicht stimmt – der Junge hat ja immer Geschichten erfunden. Warum sollte er plötzlich die Wahrheit sagen? Jedenfalls hat er behauptet, es wäre eine Villa, an der Blumen hochrankten." Sie lachte. „Inzwischen sind sie bestimmt eingegangen."

„Die Familie?"

„Die Blumen. Hier haben sie noch nicht mal ihre Geranien gegossen."

„Wissen Sie genauer, wohin sie gezogen sind?"

Die Frau zuckte die Schultern. „Irgendwohin ans Meer. Aber ist in Griechenland nicht alles am Meer?"

„Wissen Sie den Namen des Ortes?"

„Warum sollte ich mich an so was erinnern? Er war ja nicht *mein* Freund."

Richard wollte gerade frustriert weggehen, da wurde ihm bewusst, was die Frau gerade gesagt hatte. „Sie meinen, der Sohn des Vermieters war der Freund Ihres Kindes?"

„Meiner Enkelin."

„Hat er sie mal angerufen? Oder Briefe geschrieben?"

„Ein paar. Dann nicht mehr." Sie schüttelte den Kopf. „So sind die jungen Leute. Nichts ist für die Dauer."

„Hat sie die Briefe aufgehoben?"

Die Frau lachte. „Alle. Um ihrem Mann zu beweisen,

dass sie schon als Mädchen begehrt war und er einen tollen Fang gemacht hat."

Es brauchte einige Überredungskunst von Seiten Richards, bis die alte Frau ihn hineinbat. Sie gingen durch einen schmalen Gang in die Küche. Ihre Wohnung war dunkel und klein. Zwei kleine Kinder saßen am Tisch und kauten an Brotscheiben. Eine andere Frau – schätzungsweise Mitte dreißig, aber ihre Augen sahen älter aus – saß daneben und fütterte einen Säugling.

„Er will deine Briefe sehen, die von Gerard", sagte die Großmutter.

Die junge Frau sah Richard misstrauisch an.

„Es ist wichtig, dass ich mit seinem Vater spreche", erklärte Richard.

„Sein Vater will nicht gefunden werden", sagte sie und fütterte weiter das Baby.

„Warum nicht?"

„Woher soll ich das wissen? Das hat Gerard mir nicht gesagt."

„Hat es was mit dem Mord an den beiden Engländern zu tun?

Sie hielt in der Bewegung inne. „Sind Sie auch Engländer?"

„Nein, Amerikaner." Er nahm ihr gegenüber Platz. „Erinnern Sie sich an die Morde?"

„Das ist lange her." Sie wischte dem Baby das Gesicht ab. „Ich war damals erst fünfzehn."

„Gerard schrieb Ihnen eine Weile und dann plötzlich nicht mehr. Wieso nicht?"

Die Frau lachte verbittert. „Er hatte kein Interesse mehr. Typisch Mann."

„Oder ihm ist etwas zugestoßen. Vielleicht konnte er Ihnen nicht mehr schreiben, obwohl er gern gewollt hätte."

Wieder zögerte sie.

„Wenn ich nach Griechenland fahre, kann ich das für Sie herausfinden. Ich muss nur wissen, wie der Ort heißt."

Sie saß einen Moment nachdenklich da. Dann wischte sie dem Baby das Kinn ab. Sie sah ihre beiden anderen Kinder an, denen die Nase lief und die quengelten. Sie würde am liebsten fliehen, dachte Gerard. Sie wünscht, ihr Leben wäre anders verlaufen. Egal wie, aber anders. Und sie denkt an ihren Freund aus vergangenen Tagen und daran, wie es wohl für sie beide geworden wäre in der Villa am Meer …

Sie stand auf und ging in ein anderes Zimmer. Kurz darauf kam sie zurück und legte einen kleinen Stapel Briefe auf den Tisch.

Es waren nur vier – nicht gerade ein besonders starker Liebesbeweis. Alle steckten noch in den Umschlägen. Richard überflog ihren Inhalt und bemerkte die teenagerhafte Sehnsucht, mit der sie geschrieben waren. „Ich komme zu dir zurück. Ich werde dich immer lieben. Vergiss mich nicht …" Doch im vierten Brief war die Leidenschaft deutlich abgekühlt.

Es gab keine Absenderadresse, weder in den Briefen noch auf den Unschlägen. Offensichtlich hatte man versucht, den Aufenthaltsort der Familie geheim zu halten. Aber auf einem der Umschläge war ganz deutlich der Poststempel zu lesen: Paros, Griechenland.

Richard gab der Frau die Briefe zurück. Sie hielt sie einen Moment umklammert, als ob sie ihre Erinnerungen festhielte. *Es ist so lange her, fast ein Leben lang, und was ist aus mir geworden …*

„Wenn Sie Gerard finden … Wenn er noch lebt", sagte sie, „fragen Sie ihn …"

„Ja?" sagte Richard sanft.

Sie seufzte. „Fragen Sie ihn, ob er sich an mich erinnert."

„Das mache ich."

Sie hielt die Briefe immer noch fest. Dann legte sie sie seufzend zur Seite und begann erneut, das Baby zu füttern.

Er hatte noch eine Sache zu erledigen, bevor er in die Wohnung zurückkehrte: das Pflegeheim Sacre Cœur.

Es war eine sichtbar schlechtere Einrichtung als die, die Richard am Tag zuvor besucht hatte. Hier gab es keine Einzelzimmer, keine sanftmütigen Nonnen, die durch die Flure liefen. Das hier war nur unwesentlich besser als ein Gefängnis, ein überfülltes noch dazu. Pro Zimmer gab es drei oder vier Patienten, von denen nicht wenige ans Bett gefesselt waren. Julee Parmentier, François' zurückgebliebene Schwester, bewohnte eines der schlimmsten Zimmer. Halb bekleidet lag sie auf einer Matratze mit Plastiküberzug. Sie trug schützende Fausthandschuhe; um ihre Hüfte war ein Gürtel geschlungen, der auf beiden Seiten des Betts befestigt war und ihr gerade genug Spielraum bot, dass sie sich umdrehen konnte. Aufsetzen konnte sie sich nicht. Sie schien Richards Anwesenheit kaum zu registrieren; stattdessen stöhnte sie und starrte unablässig an die Decke.

„So ist sie seit vielen Jahren", erklärte die Schwester. „Sie hatte mit zwölf Jahren einen Unfall. Sie fiel vom Baum und prallte mit dem Kopf auf Steine."

„Kann sie gar nicht sprechen? Gar nicht kommunizieren?"

„Wenn ihr Bruder François da war, lächelte sie, sagte er. Er bestand darauf, sie lächeln gesehen zu haben. Aber …" Die Schwester zuckte die Achseln. „Ich habe nie was bemerkt."

„Hat er sie oft besucht?"

„Jeden Tag. Immer um die gleiche Uhrzeit, um neun Uhr morgens. Er blieb bis zum Mittagessen, dann ging er zur Arbeit in die Galerie."

„Jeden Tag?"

„Ja. Und sonntags blieb er länger – bis vier Uhr."

Richard sah die Frau im Bett an und versuchte sich vorzustellen, wie es für François gewesen sein musste, stundenlang in diesem Raum zu sitzen, mit diesen Geräuschen und diesem Geruch. Er hatte jede freie Minute bei seiner Schwester verbracht, ohne dass sie ihn auch nur erkannt hätte.

„Es ist eine Tragödie", sagte die Schwester. „François war ein guter Mensch."

Sie verließen das Zimmer und ließen die Mitleid erregende Gestalt auf ihrem Plastiklaken allein.

„Was wird jetzt aus ihr?" fragte Richard. „Wird sich jetzt noch jemand um sie kümmern?"

„Das spielt kaum noch eine Rolle."

„Warum sagen Sie das?"

„Ihre Nieren versagen." Die Schwester sah den Flur entlang, zu Julee Parmentiers Zimmer, und schüttelte traurig den Kopf. „In ein, zwei Monaten ist sie tot."

„Aber Sie müssen doch wissen, wohin er gegangen ist", beharrte Beryl.

Der französische Agent zuckte kaum merklich mit den Schultern. „Er hat es nicht gesagt, Mademoiselle. Er hat mir nur aufgetragen, die Wohnung zu bewachen. Damit Ihnen nichts passiert."

„Mehr hat er nicht gesagt? Er ist dann einfach weggefahren?"

Der Mann nickte.

Frustriert drehte Beryl sich um und ging zurück in die Wohnung. Sie las noch einmal Richards Nachricht: „Bin kurz weggegangen, aber um drei wieder da." Keine Erklärung, keine Entschuldigung. Sie zerknüllte den Zettel und warf ihn in den Mülleimer. Und was sollte sie machen? Den ganzen Tag darauf warten, bis er zurückkäme? Und was war mit Jordan? Was war mit der Untersuchung?

Und was war mit Mittagessen?

Ihr Magenknurren ließ sich nicht mehr ignorieren. Sie ging in die Küche und öffnete den Kühlschrank. Ungläubig starrte sie auf den Inhalt: ein Karton Eier, ein Laib Brot und ein verschrumpeltes Würstchen. Kein Obst, kein Gemüse, nicht mal eine mickrige Karotte. Zweifelsohne hatte ein Mann den Einkauf erledigt.

Ich denke nicht daran, das da zu essen, sagte sie sich und schloss die Kühlschranktür. Aber ich denke auch nicht daran zu verhungern. Ich will was Richtiges essen – mit ihm oder ohne ihn.

Daumiers Männer hatten am Abend zuvor ihre Sachen in die Wohnung gebracht. Sie holte ihr unauffälligstes schwarzes Kleid aus dem Schrank, versteckte ihr Haar unter einem breitkrempigen Hut und setzte eine dunkle Sonnenbrille auf. Gar nicht schlecht, fand sie, als sie sich im Spiegel betrachtete.

Dann verließ sie die Wohnung.

Der Wachmann vor der Tür kam sofort auf sie zu. „Mademoiselle, Sie dürfen die Wohnung nicht verlassen."

„Aber *er* durfte gehen", konterte sie.

„Mr. Wolf hat uns extra angewiesen …"

„Ich habe Hunger", sagte sie. „Ich werde übellaunig, wenn ich Hunger habe, und ich habe keine Lust auf Eier und Toastbrot. Wenn Sie mir bitte sagen würden, wo die nächste Métro-Station ist …"

„Sie wollen *alleine* gehen?" fragte er erschrocken.

„Wenn Sie mich nicht begleiten."

Der Mann blickte voller Unbehagen die Straße hinunter. „Diesbezüglich habe ich keine Anweisung."

„Dann gehe ich jetzt eben", erwiderte sie und schritt eilig davon.

„Kommen Sie zurück!"

Sie ging weiter.

„Mademoiselle!" rief er. „Ich hole das Auto!"

Sie drehte sich um und schenkte ihm ein strahlendes Lächeln.

„Mit Vergnügen."

Ihre beiden Bewacher begleiteten sie in ein Restaurant in Auteuil, gleich um die Ecke. Sie vermutete, dass sie dieses Restaurant nicht wegen des guten Essens ausgewählt hatten, sondern wegen des kleinen Gastraums und der leicht im Blick zu behaltenden Eingangstür. Das Essen war kaum mehr als mittelmäßig: eine fade Vichysoisse und ein Stück Lamm, das auch als Leder durchgegangen wäre. Aber Beryl war so hungrig, dass sie alles aufaß und anschließend noch Appetit auf *tarte aux pommes* hatte.

Nach dem Essen waren ihre beiden Begleiter bester Stimmung. Vielleicht war diese Leibwächter-Nummer gar nicht so schlecht, wenn die Lady jeden Tag ein Essen springen ließ. Sie ließen Beryl sogar gewähren, als sie auf der Rückfahrt zur Wohnung darum bat, kurz anzuhalten. Es dauere nicht lang, sagte sie, sie wolle sich nur eine neue Kunstausstellung ansehen. Sie könne ja etwas entdecken, was ihr gefalle.

Also begleiteten die Männer sie in die Galerie Annika.

Die Galerie entpuppte sich als riesiger, hoher Ausstellungsraum – die drei Stockwerke waren durch offene Gänge und Wendeltreppen miteinander verbunden. Die Sonne schien durch eine Kuppel herein und beleuchtete eine Sammlung von Bronzeskulpturen, die im ersten Stock aufgestellt war.

Eine junge Frau mit auffälliger roter Igelfrisur eilte auf sie zu und begrüßte sie. Ob Mademoiselle etwas Bestimmtes zu sehen wünsche?

„Darf ich mich einfach etwas umsehen?" fragte Beryl. „Oder vielleicht könnten Sie mir ein paar Gemälde zeigen.

Nichts zu Modernes allerdings – ich präferiere klassische Künstler."

„Selbstverständlich", sagte die Frau und geleitete Beryl und ihre Begleiter auf der Wendeltreppe nach oben.

Die meisten Bilder, die hier hingen, waren schrecklich. Landschaften, die von deformierten Tieren bevölkert wurden. Vögel mit Hundeköpfen. Stadtszenen mit überdeutlich kubistischen Gebäuden. Die junge Frau blieb vor einem Gemälde stehen und sagte: „Vielleicht gefällt Ihnen so etwas?"

Beryl warf einen Blick auf die nackte Jägerin, die ein totes Kaninchen hochhielt, und sagte: „Ich glaube nicht." Sie ging weiter und schaute sich die exzentrische Ansammlung von Gemälden, Stoffbildern und Tonmasken an. „Wer sucht die Werke aus, die hier ausgestellt werden?" fragte sie.

„Annika, die Besitzerin der Galerie."

Beryl blieb vor einer besonders grotesken Maske stehen – einem Mann mit einer gespaltenen Zunge. „Sie hat … ein einzigartiges Gespür für Kunst."

„Sehr gewagt, finden Sie nicht? Sie bevorzugt Künstler, die gern Risiken eingehen."

„Ist sie hier? Ich würde sie gerne kenne lernen."

„Im Moment nicht." Die Frau schüttelte traurig den Kopf. „Einer unserer Angestellten starb letzte Nacht. Annika muss mit der Polizei sprechen."

„Oh, das tut mir Leid."

„Es war unser Hausmeister." Die Frau seufzte. „Es kam sehr unerwartet."

Sie kehrten ins erste Stockwerk zurück. Da entdeckte Beryl ein Kunstwerk, das sie vielleicht kaufen könnte. Es war eine der Bronzestatuen, eine Variation des Madonna-mit-Kind-Themas. Doch als sie die Skulptur von nahem betrachtete, sah sie, dass es kein Kind war, das da an der Mutterbrust lag, sondern ein Schakal.

„Faszinierend, nicht wahr?"

Beryl erschauderte und sah die junge Frau an. „Welcher brillante Geist hat sich das ausgedacht?"

„Ein neuer Künstler. Ein junger Mann, der gerade versucht, sich in Paris einen Namen zu machen. Wir geben heute Abend ihm zu Ehren einen Empfang. Vielleicht haben Sie Lust zu kommen?"

„Wenn ich es möglich machen kann."

Die Frau griff in ein Körbchen und holte eine elegante Einladung hervor. Sie gab sie Beryl. „Wenn Sie heute Abend Zeit haben, kommen Sie doch bitte vorbei."

Beryl wollte die Karte gerade in ihre Handtasche gleiten lassen, als ihr der Name des Künstlers ins Auge fiel. Sie kannte ihn.

Galerie Annika presente:
Les sculptures de Anthony Sutherland
17 juillet 7-9 du soir.

9. Kapitel

„*D*as ist Wahnsinn", sagte Richard. „Ein nicht hinnehmbares Risiko."

Zu seiner Verärgerung stapfte Beryl hinüber zum Kleiderschrank und begutachtete ihre Garderobe. „Was ist für heute Abend wohl angemessen? Klassisch oder leger?"

„Du wirst ein prima Ziel abgeben", warnte Richard sie. „Eine Vernissage! Öffentlicher geht es wohl nicht! Das kommt überhaupt nicht in Frage!"

Beryl nahm ein enges schwarzes Seidenkleid aus dem Schrank, stellte sich vor den Spiegel und hielt es sich an. „An einem öffentlichen Ort ist man am sichersten", bemerkte sie.

„Du solltest hier bleiben! Stattdessen läufst du durch die Stadt …"

„Du auch."

„Ich hatte etwas zu erledigen."

Sie drehte sich um und ging ins Schlafzimmer. „Ich ebenfalls", rief sie ihm fröhlich zu.

Er ging ihr nach, blieb dann aber in der Tür stehen, als er sah, dass sie sich auszog. Er drehte sich um und lehnte sich mit dem Rücken an den Türpfosten. „Lust auf ein Drei-Sterne-Menü zählt nicht als Notwendigkeit", rief er ihr zu.

„Es war kein Drei-Sterne-Menü. Nicht mal ein halber Stern. Aber immer noch besser als Eier und vergammeltes Brot."

„Du bist echt ein verwöhntes Kätzchen! Du würdest vermutlich eher verhungern, als das zu essen, was die anderen Katzen bekommen."

„Stimmt. Ich bin eine verwöhnte Perserkatze und will meine Sahne und meine Hühnerleber."

„Ich hätte dir was zu essen mitgebracht. Inklusive Katzenminze."

„Du warst nicht da."

Und das war ein Fehler gewesen, wie ihm jetzt klar wurde. Diese Frau konnte man keine Sekunde allein lassen. Sie war so verdammt unberechenbar.

Nein, eigentlich *war* sie berechenbar. Sie tat alles, was sie *nicht* tun sollte.

Und er wollte nicht, dass sie heute Abend die Wohnung verließ.

Er hörte, wie sie in das schwarze Kleid stieg, die Seide raschelte, der Reißverschluss wurde zugezogen. Er kämpfte gegen die Bilder an, die nun in seinem Kopf auftauchten – ihre langen Beine, ihre kurvigen Hüften … Er merkte, dass er vor Enttäuschung die Zähne aufeinander biss. Er war enttäuscht von ihr, von sich selbst, von den Ereignissen, die er nicht unter Kontrolle hatte.

„Kannst du mir helfen?" bat sie.

Er drehte sich um und sah sie mit dem Rücken vor ihm stehen. Ihr Nacken war sozusagen in Kussweite.

„Der Verschluss", sagte sie und warf ihre Haare über die Schulter. Er roch das blumige Aroma ihres Shampoos. „Ich bekomme ihn nicht zu."

Er hakte den Verschluss in die Öse und ließ seinen Blick

über ihre nackten Schultern wandern. „Wo hast du das Kleid her?" fragte er.

„Ich habe es aus Chetwynd mitgebracht." Sie ging hinüber zur Frisierkommode und legte Ohrringe an. Das Seidenkleid schmiegte sich perfekt an ihren Körper. „Warum fragst du?"

„Es ist von Madeline, oder nicht?"

Sie drehte sich um und sah ihn an. „Ja, das stimmt", sagte sie leise. „Stört dich das?"

„Es ist nur …" Er atmete laut aus. „Es passt dir so gut. Kurve für Kurve."

„Und du denkst, du hast ein Gespenst vor dir."

„Ich erinnere mich, dass sie das Kleid mal bei einem Empfang in der Botschaft trug." Er hielt inne. „Es ist irgendwie gruselig, aber das Kleid scheint wie für dich gemacht."

Sie ging langsam auf ihn zu und sah ihn dabei an. „Ich bin nicht sie, Richard."

„Ich weiß."

„Egal, wie sehr du dir auch wünschst, dass sie zurückkommt …"

„Sie?" Er nahm ihre Handgelenke und zog sie an sich heran. „Wenn ich dich ansehe, sehe ich nur Beryl. Natürlich sehe ich die Ähnlichkeit. Die Haare, die Augen. Aber *du* bist die, die ich ansehe. Und du bist die, die ich will." Er beugte sich zu ihr und drückte ihr sanft einen Kuss auf die Lippen. „Deshalb möchte ich, dass du heute Abend hier bleibst."

„Als deine Gefangene?" fragte sie.

„Wenn's sein muss." Wieder küsste er sie und hörte sie zufrieden schnurren. Sie warf den Kopf zurück, und seine Lippen glitten ihren weichen Hals hinab, der so verführerisch nach Parfum duftete.

„Dann wirst du mich wohl fesseln müssen …", flüsterte sie.

„Alles, was du willst."

„… denn anders wirst du es nicht schaffen, mich hier zu behalten." Mit einem provozierenden Lachen machte sie sich los und verschwand im Bad.

Richard unterdrückte ein frustriertes Stöhnen. Vom Flur aus beobachtete er, wie sie ihr Haar hochsteckte. „Was erwartest du eigentlich genau von dieser Veranstaltung?" wollte er wissen.

„Das weiß man nie. Das ist doch gerade das Spannende, wenn sich Geheimdienstleute treffen. Man hält Augen und Ohren offen. Mal sehen, was sich ergibt. Ich finde, wir haben schon eine Menge über François herausgefunden. Wir wissen, dass er eine kranke Schwester hat. Das bedeutet, dass er Geld brauchte. Mit seiner Arbeit als Hausmeister in der Kunstgalerie wird er schwerlich die Kosten für ihre Betreuung aufgebracht haben. Vielleicht war er verzweifelt und hätte alles getan, um an Geld zu kommen. Sogar jemanden umbringen."

„Deine Logik ist unwiderlegbar."

„Danke."

„Aber trotzdem ist dein Plan Wahnsinn. Du musst dich nicht dem Risiko aussetzen …"

„Mach ich aber." Sie drehte sich zu ihm um, ihr Haar

war jetzt zu einem Knoten hochgesteckt. „Jemand will Jordan und mich umbringen. Also werde ich heute Abend da sein. Die perfekte Zielscheibe."

Sie ist ein wunderbares Wesen, dachte er. Es liegt an ihrem Stammbaum, an den Genen von Bernard und Madeline. Sie hält sich für unbesiegbar.

„Das ist also dein Plan, ja?" sagte er. „Den Killer dazu zu bewegen, dass er einen Zug macht."

„Wenn ich damit Jordan retten kann."

„Und was hält den Killer davon ab, seinen Job auszuführen?"

„Meine zwei Leibwächter. Und du."

„Ich bin nicht unfehlbar, Beryl."

„Aber nah dran."

„Ich könnte einen Fehler machen, nicht aufmerksam genug sein."

„Ich vertraue auf dich."

„Aber ich vertraue nicht auf mich!" Er begann, aufgeregt im Schlafzimmer auf und ab zu gehen. „Ich bin seit Jahren nicht mehr in dem Geschäft. Ich bin aus der Übung, ich habe keine Kondition mehr. Ich bin zweiundvierzig, Beryl, und meine Reflexe sind nicht mehr so wie früher."

„Gestern schienen sie mir noch gut genug zu sein."

„Wenn du diese Wohnung verlässt, Beryl, kann ich nicht mehr für deine Sicherheit garantieren."

Sie kam auf ihn zu und sah ihn kühl an. „Tatsache ist, Richard, dass du nirgends für meine Sicherheit garantieren kannst. Nicht hier drin, nicht auf der Straße, nicht auf dieser Vernissage. Wenn ich noch länger in dieser Wohnung bleibe, wenn ich noch länger diese Wände anstarren muss und mir vorstelle, was alles passieren könnte, werde ich wahnsinnig. Es ist besser für mich, wenn ich *nicht* hier bin, wenn ich etwas unternehme. Jordan kann gerade nicht, also muss ich das übernehmen."

„Du musst den Köder spielen?"

„Unsere einzige Spur ist der tote François. Irgendjemand hat ihn engagiert, Richard. Irgendjemand, der vielleicht Verbindungen zur Galerie Annika hat."

Einen Moment lang sah Richard sie an und dachte: Sie hat natürlich Recht. Zu demselben Schluss bin ich auch gekommen. Sie ist clever genug, um zu wissen, was getan werden muss. Und rücksichtslos genug.

Er ging zum Nachttisch und nahm die Glock. Eineinhalb Pfund Stahl und Plastik, mehr hatte er nicht, um sie zu beschützen. Es schien ihm minderwertig und nutzlos angesichts der Gefahren, die vor der Haustür lauerten.

„Du kommst also mit?" fragte sie.

Er drehte sich um und sah sie an. „Meinst du, ich lasse dich allein gehen?"

Sie lächelte so selbstbewusst, dass ihm angst und bange wurde. Madeline hatte dasselbe Lächeln gehabt. Madeline, die genauso selbstsicher gewesen war.

Er ließ die Glock in das Schulterhalfter gleiten. „Ich bin bei dir, Beryl", sagte er, „auf Schritt und Tritt."

Anthony Sutherland stand wie ein kleiner Kaiser neben seiner Bronzefigur der Madonna mit Schakal. Er trug ein Piratenhemd aus schwarzer Seide, eine schwarze Lederhose und

Stiefel aus Schlangenleder. Die Blitzlichter der Fotografen schienen ihn kein bisschen nervös zu machen. Die Kunstkritiker waren angesichts der Ausstellung in Aufruhr. „Aufwühlend." „Erschreckend." „Bilder, die jegliche Konvention sprengen." Das waren nur ein paar der Kommentare, die Beryl aufschnappte, als sie durch die Galerie wanderte.

Sie und Richard blieben stehen, um sich eine weitere Bronzeplastik von Anthony anzusehen. Auf den ersten Blick hielt man es für zwei nackte Figuren, die sich liebevoll umarmen. Doch bei näherem Hinsehen erkannte man, dass sie sich gegenseitig bei lebendigem Leibe verschlangen.

„Ist das nicht eine Allegorie auf die Ehe?" hörten sie eine bekannte Stimme sagen. Es war Reggie Vane, der in der einen Hand ein Glas Champagner und in der anderen zwei Tellerchen mit leckeren Kanapees balancierte.

Er beugte sich vor und küsste Beryl liebevoll auf die Wange. „Du siehst heute Abend einfach wunderbar aus, mein Liebes. Deine Mutter wäre stolz auf dich."

„Reggie, ich hatte keine Ahnung, dass du dich für moderne Kunst interessierst", sagte Beryl.

„Tu ich auch nicht. Helena hat mich hergeschleppt." Er blickte angewidert in die Runde. „Mein Gott, ich hasse solche Veranstaltungen. Aber die St. Pierres sind da, und Marie besteht immer darauf, dass Helena auch kommt, um ihr Gesellschaft zu leisten." Er stellte sein Champagnerglas auf dem Kopf der Plastik ab und lachte über den skurrilen Effekt. „Sieht doch gleich viel besser aus, oder? Wenn sich die beiden schon gegenseitig auffressen, kann etwas Blubberwasser zum Herunterspülen nicht schaden."

Eine elegant gekleidete Dame stürmte heran und schnappte sich das Glas. „Bitte zeigen Sie doch etwas mehr Respekt vor der Kunst, Mr. Vane!" schimpfte sie.

„Ich wollte nicht respektlos sein, Annika", beschwichtigte Reggie die Galeristin. „Ich fand nur, etwas Humor könnte dem Werk nicht schaden."

„Es ist absolut perfekt, so wie es ist." Annika wischte mit ihrer Serviette kurz über die Bronzeköpfe und trat einen Schritt zurück, um die ineinander verschlungenen Figuren zu betrachten. „Skurrilität würde seine Botschaft zerstören."

„Und wie lautet die Botschaft?" erkundigte sich Richard.

Die Frau mit dem jungenhaft kurz geschnittenen Haar drehte sich zu ihm um und zeigte deutliches Interesse. „Die Botschaft", sagte sie und sah Richard dabei intensiv an, „ist, dass Monogamie eine zerstörerische Einrichtung ist."

„Das ist die Ehe, das stimmt", brummte Reggie.

„Aber die freie Liebe", führte die Frau weiter aus, „kennt keine Beschränkungen und steht allen Vergnügungen offen gegenüber – sie ist eine positive Kraft."

„Ist das Anthonys Interpretation des Werks?" fragte Beryl.

„Das ist *meine* Interpretation." Annika ließ ihren Blick zu Beryl wandern. „Sind Sie eine Freundin von Anthony?"

„Eine Bekannte. Ich kenne seine Mutter, Nina."

„Wo ist Nina eigentlich?" wunderte sich Reggie. „Man würde doch erwarten, dass sie bei dieser *ruhmvollen* Veranstaltung für ihren *Darling* Anthony ganz vorne mit dabei ist."

Beryl musste über Reggies Nachahmung von Nina lachen. Ja, wenn Queen Nina Publikum wollte, musste sie nur eine dieser edlen Veranstaltungen organisieren, und schon hätte sie ihr Publikum. Selbst die bedauernswerte Marie St. Pierre, eben erst aus dem Krankenhaus entlassen, durfte nicht fehlen. Marie stand mit Helena Vane zusammen, die beiden Frauen wirkten wie zwei Spatzen inmitten von lauter Pfauen. Es war klar zu erkennen, warum die beiden so gut befreundet waren; beide waren völlig unscheinbar, und beide waren unglücklich verheiratet. Dass es in den Ehen der beiden nicht gut lief, war heute Abend deutlich zu bemerken. Die Vanes gingen einander aus dem Weg: Helena stand in einer Ecke und feuerte mit ihren Blicken Giftpfeile durch den Raum, und Reggie hielt sich möglichst fern von ihr. Marie St. Pierres Mann war nicht einmal anwesend.

„Also das Werk rühmt die freie Liebe?" sagte Reggie und betrachtete die Plastik nun mit viel mehr Sympathie.

„So sehe ich es jedenfalls", entgegnete Annika. „So sollten Mann und Frau sich lieben."

„Damit bin ich einverstanden", stimmte Reggie sofort zu. „Man sollte die Ehe verbieten."

Die Galeristin sah Richard provozierend an. „Und was meinen Sie dazu, Mr. ...?"

„Wolf", sagte Richard. „Es tut mir Leid, ich sehe das nicht so." Er nahm Beryls Arm. „Sie entschuldigen uns. Wir wollen uns noch den Rest der Ausstellung anschauen."

Als er Beryl zur Wendeltreppe führte, flüsterte sie: „Oben ist nichts."

„Ich will die oberen Stockwerke überprüfen."

„Anthonys Werk ist nur im ersten Stock."

„Ich habe gesehen, wie Nina vor ein paar Minuten nach oben schlüpfte. Ich will wissen, was sie da macht."

Sie erklommen die Stufen zum zweiten Stockwerk der Galerie. Von der Brüstung blickten sie hinunter auf die Menge im ersten Stock. Es war eine Schickimicki-Veranstaltung, überall hervorragend sitzende Frisuren und Seidengarderobe. Annika stand jetzt neben Anthony im Rampenlicht, und das Blitzlichtgewitter ging erneut los. Sie umarmten und küssten sich, während die Menge applaudierte.

„Ach, die freie Liebe", seufzte Beryl. „Damit scheint Annika sich ja auszukennen."

„Das würde ich auch so sehen."

Beryl lächelte ihn hintergründig an. „Armer Richard. Er hat heute Abend Dienst und kann sich gar nicht amüsieren."

„Leider nicht. Sie würde mich bei lebendigem Leib verspeisen. Wie bei der Statue."

„Bist du denn nicht ein bisschen in Versuchung geraten?"

Er sah sie amüsiert an. „Was hast du vor, Beryl?"

„Nichts."

„Ich weiß genau, was du willst. Du willst mich testen. Du willst sichergehen, dass ich nicht so bin wie dein Chirurg. Der, wie du mir erzählt hast, an die freie Liebe glaubte."

Beryls Lächeln verschwand augenblicklich. „Tue ich das?" fragte sie leise.

„Das ist dein Recht." Er drückte ihre Hand und sah wieder hinunter auf die Menge. Er ist immer wachsam, passt immer auf mich auf, dachte sie. Ich würde ihm mein Leben anvertrauen. Aber mein Herz? Ich weiß immer noch nicht …

In der unteren Galerie begann eine Zwei-Mann-Band zu spielen. Als die sanften Klänge von Flöte und Gitarre den Raum füllten, spürte Beryl, wie jemand sie beobachtete. Sie sah hinunter auf die Bronzestatuen und entdeckte Anthony Sutherland, der neben seiner Madonna mit Schakal stand. Er starrte sie an. Und der Ausdruck in seinen Augen war kalte Berechnung.

Instinktiv zog sie sich von der Brüstung zurück.

„Was ist?" fragte Richard.

„Anthony. Er sieht mich so komisch an."

Aber da hatte sich Anthony schon abgewandt und schüttelte gerade Reggie Vane die Hand. Ein merkwürdiger junger Mann, dachte Beryl. Was für ein kranker Geist denkt sich solche Albtraum-Visionen aus? Frauen, die Schakale säugen. Paare, die einander verspeisen. Ob es so schrecklich gewesen war, als Sohn von Nina Sutherland aufzuwachsen?

Sie wanderte mit Richard durch den zweiten Stock der Galerie, doch Nina war nirgends zu sehen.

„Warum willst du sie unbedingt sprechen?" fragte Beryl.

„Will ich gar nicht. Aber sie schlich so klammheimlich nach oben, als ob sie nicht entdeckt werden wollte."

„Und du hast sie entdeckt."

„Es war ihr Kleid. Ihr Markenzeichen – das Kleid mit den Glasperlen."

Sie beendeten den Rundgang durch den zweiten Stock und machten sich auf den Weg in den dritten. Auch hier keine Spur von Nina. Als sie weiterschlenderten, hörten die

Musiker im untersten Stock plötzlich auf zu spielen. In der Pause, die darauf folgte, hörte Beryl Ninas Stimme – ein paar laute Silben – und dann plötzlich Flüstern. Eine andere Stimme antwortete ihr, die Stimme eines Mannes.

Die Stimmen kamen aus einer Nische direkt vor ihnen.

„Es ist ja nicht so, dass ich keine Geduld gehabt hätte", sagte Nina. „Oder nicht versucht hätte, Verständnis zu haben."

„Ich weiß. Ich weiß …"

„Weißt du, wie das für *mich* ist? Für Anthony? Machst du dir überhaupt eine Vorstellung davon? Seit Jahren warten wir darauf, dass du eine Entscheidung triffst."

„Euch hat es doch nie an etwas gefehlt."

„Oh, da dürfen wir uns aber glücklich schätzen! Meine Güte, wie großzügig von dir!"

„Der Junge hat das Beste vom Besten bekommen – alles, was er wollte. Jetzt ist er 21. Ich stehe nicht mehr in der Verantwortung für ihn."

„Deine Verantwortung", sagte Nina, „fängt jetzt erst an."

Richard schob Beryl um die Ecke, gerade als Nina aus der Nische auftauchte. Sie stürmte an ihnen vorbei, zu verärgert, um sie beide zu bemerken. Sie hörten ihre hohen Absätze auf den Stufen nach unten.

Einen Moment später trat eine zweite Gestalt aus der Nische. Sie bewegte sich wie ein alter Mann.

Es war Philippe St. Pierre.

Er ging zur Brüstung und schaute hinunter auf die Menge. Fast schien es, als wollte er sich aus dem dritten Stock in die Tiefe stürzen. Dann seufzte er tief und folgte Nina die Stufen hinab.

Im untersten Stockwerk zerstreute sich die Menge allmählich. Anthony war bereits gegangen; die Vanes auch. Aber Marie St. Pierre stand noch immer in ihrer Ecke, die verlassene Frau, die darauf wartet, dass man sie abholt. Am anderen Ende des Raums stand ihr Ehemann Philippe mit einem Glas Champagner in der Hand. Zwischen den beiden befand sich die makabre Skulptur, der Mann und die Frau aus Bronze, die einander bei lebendigem Leib verspeisten.

Beryl dachte, dass Anthony mit seinem Kunstwerk vielleicht ins Schwarze getroffen hatte. Wenn die Menschen nicht aufpassten, konnte die Liebe sie vereinnahmen, sie zerstören. Wie sie Marie zerstört hatte.

Das Bild von Marie St. Pierre, allein und verloren in der Ecke, beschäftigte Beryl noch auf dem Weg zurück zur Wohnung. Sie dachte, es müsste schwer sein, die Frau eines Politikers zu spielen – immer souverän, immer freundlich, immer für ihn da, bloß keine Xanthippe sein. Selbst wenn man wusste, dass der eigene Mann in eine andere Frau verliebt war.

„Sie muss es schon seit Jahren wissen", sagte Beryl leise.

Richard hielt den Blick auf die Straße gerichtet, als er sie zurück nach Passy chauffierte. „Wer?" fragte er.

„Marie St. Pierre. Sie muss von ihrem Mann und Nina gewusst haben. Jedes Mal, wenn sie Anthony ansieht, erkennt sie die Ähnlichkeit. Und das muss wehtun. Und trotzdem hat sie ihn die ganze Zeit ertragen."

„Und Nina", ergänzte Richard.

Beryl lehnte sich zurück. Sie war verwirrt. *Ja, sie erträgt Nina. Und das verstehe ich nicht. Wie kann sie so nett zu der Geliebten ihres Mannes sein, so höflich? Und zu seinem Bastard von Sohn ...*

„Hältst du Philippe für Anthonys Vater?"

„Natürlich, davon sprach Nina doch. Dieses Gerede von Philippes Verantwortung. Sie meinte damit: für Anthony." Sie hielt inne. „Die Kunstschule muss sehr teuer sein."

„Und Philippe wird über die Jahre ein nettes Sümmchen zur Unterstützung des Jungen hingelegt haben. Ganz abgesehen von Ninas Ansprüchen, ihrem extravaganten Geschmack, um es mal so zu nennen. Ihre Witwenrente hätte niemals ausgereicht, um ..."

„Was meinst du?" fragte Beryl.

„Ich muss gerade an ihren Mann, Stephen Sutherland, denken. Er brachte sich einen Monat nach dem Tod deiner Eltern um – er sprang von einer Brücke."

„Ja, das hast du mir erzählt."

„Ich habe all die Jahre geglaubt, sein Tod hinge mit der Delphi-Sache zusammen. Ich hielt ihn für den Maulwurf und dachte, er hätte sich umgebracht, weil er kurz vor der Enttarnung stand. Aber was, wenn die Gründe für seinen Selbstmord rein persönlicher Natur waren?"

„Seine Ehe."

„Und der kleine Anthony. Vielleicht hatte Stephen herausgefunden, dass er gar nicht sein Sohn war."

„Aber wenn Stephen Sutherland nicht Delphi war ..."

„Dann müssen wir wieder von vorn anfangen. Eine unbekannte Person. Oder mehrere."

Oder mehrere. Von denen vielleicht noch jemand am Leben war. Und Angst vor Entdeckung hatte.

Instinktiv drehte sie sich um, um zu kontrollieren, ob sie verfolgt würden. Hinter ihnen war der Peugeot mit den beiden französischen Agenten; dahinter konnte sie nur eine Reihe Lichter erkennen. Richard hat Recht gehabt, dachte sie. Sie hätte in der Wohnung bleiben sollen. Sie hätte sich bedeckt halten sollen, sich unsichtbar machen sollen. Heute Nachmittag konnte jemand sie gesehen haben. Oder sie wurde jetzt gerade verfolgt und jemand beobachtete sie aus dieser Lichterflut heraus.

Plötzlich wünschte sie sich zurück in die Wohnung, in die Sicherheit dieser vier Wände. Die Fahrt nach Passy kam ihr endlos vor, eine Fahrt durch die Dunkelheit, die voller Gefahren steckte.

Als sie endlich vor dem Gebäude ankamen, hatte sie es eilig, ins Haus zu kommen. Sie setzte schon einen Fuß auf den Bordstein, als Richard sie zurück in den Wagen zog.

„Steig noch nicht aus", sagte er. „Lass erst die Männer nachsehen."

„Du glaubst doch nicht wirklich …"

„Es ist eine Vorsichtsmaßnahme. Standardprozedur."

Beryl beobachtete, wie die beiden französischen Agenten die Treppe hochstiegen und die Haustür aufschlossen. Während der eine auf der Treppe Wache hielt, verschwand der andere im Haus.

„Wie könnte jemand von der Wohnung wissen?" fragte sie.

„Bestechung. Undichte Stellen."

„Du glaubst doch nicht, dass Claude Daumier …"

„Ich will dir keine Angst machen, Beryl. Ich denke nur, dass wir vorsichtig sein sollten."

Sie sah, wie in der Wohnung das Licht anging. Erst im Wohnzimmer, dann im Schlafzimmer. Schließlich gab der Mann auf der Treppe ihnen ein Zeichen, dass alles in Ordnung war.

„Okay, alles scheint sauber zu sein", sagte Richard und stieg aus. „Los jetzt."

Beryl stieg aus. Sie wandte sich dem Gebäude zu und machte einen Schritt auf dem Bürgersteig – und wurde rücklings gegen den Wagen geschleudert, als eine Explosion die Umgebung erschütterte. Glassplitter regneten vom Haus auf die Straße. Sekunden später war der Himmel hell erleuchtet, Flammen loderten aus den Fensterscheiben. Beryl sank zu Boden, in ihren Ohren hallte noch die Explosion nach. Sie starrte wie betäubt auf die züngelnden Flammen.

Sie hörte nicht, wie Richard nach ihr rief, bemerkte nicht, dass er neben sie gekrochen war, bis sie schließlich seine Hände auf ihrem Gesicht spürte. „Bist du in Ordnung?" rief er. „Beryl, sieh mich an!"

Sie nickte kraftlos. Dann ließ sie ihren Blick zum Eingang schweifen, wo der Körper des französischen Agenten ausgestreckt auf dem Boden lag.

„Bleib hier!" befahl Richard, als er zu dem Mann sprintete. Er kniete sich neben ihn und fühlte seinen Puls. Im nächsten Moment war er wieder bei Beryl. „Steig ins Auto", sagte er.

„Was ist mit den Männern?"

„Der hier ist tot. Und der andere hatte sowieso keine Chance."

„Das kannst du nicht wissen!"

„Steig einfach ein!" forderte Richard sie auf. Er öffnete die Tür und schob sie regelrecht hinein. Dann lief er hinüber zur Fahrerseite und setzte sich hinters Steuer.

„Wir können sie nicht hier liegen lassen!" heulte Beryl.

„Müssen wir aber." Er ließ den Motor an und fuhr mit quietschenden Reifen davon.

Beryl starrte auf die vorbeifliegenden Straßen. Richard fuhr wie ein Wahnsinniger, doch sie war zu überrascht, um Angst zu haben, zu verwirrt, um sich auf etwas anderes zu konzentrieren als auf die vielen Rücklichter vor ihnen.

„Jordan", flüsterte sie. „Was ist mit Jordan?"

„Im Moment müssen wir an dich denken."

„Sie haben die Wohnung ausfindig gemacht. Dann können sie auch ihn erwischen!"

„Darum kümmere ich mich später. Erst bringen wir dich in Sicherheit."

„Wo?"

Er zog über zwei Spuren in eine Haltebucht. „Mir fällt schon was ein. Irgendwo."

Irgendwo. Sie starrte hinaus auf die Lichter von Paris. Eine Stadt von ungeheurer Ausdehnung, ein Lichtermeer. Eine Million Orte, an denen man sich verstecken konnte.

An denen man sterben konnte.

Sie erschauderte und sank tief in den Sitz. „Und dann was?" flüsterte sie. „Was passiert als Nächstes?"

Er sah sie an. „Wir verlassen Paris. Und das Land."

„Du meinst – wir fahren nach Hause?"

„Nein. In England ist es auch nicht sicher." Er richtete den Blick wieder auf die Straße. Das Auto raste durch die Dunkelheit. „Wir fliegen nach Griechenland."

Daumier nahm nach dem zweiten Klingeln ab. „*Allo?*"

Eine ihm bekannte Stimme fragte ihn ungehalten: „Was zum Teufel ist los?"

„Richard?" sagte Daumier. „Wo bist du?"

„An einem sicheren Ort. Du wirst verstehen, dass ich ihn dir nicht nenne."

„Und Beryl?"

„Ihr ist nichts passiert. Obwohl ich das über deine beiden Männer leider nicht sagen kann. Wer wusste von der Wohnung, Claude?"

„Nur meine Leute."

„Wer sonst noch?"

„Ich habe niemandem davon erzählt. Ich hielt sie für einen sicheren Ort."

„Offensichtlich hast du dich getäuscht. Jemand hat uns gefunden."

„Ihr habt heute Morgen beide die Wohnung verlassen. Vielleicht hat man einen von euch verfolgt."

„Mich jedenfalls nicht."

„Dann Beryl. Du hättest ihr nicht erlauben sollen, das Haus zu verlassen. Vielleicht wurde sie am Nachmittag in der Galerie Annika gesehen und ab dann verfolgt. Warum seid ihr nicht in der Wohnung geblieben?"

„Es war mein Fehler, du hast Recht. Ich hätte sie nicht allein lassen sollen. Ich kann es mir nicht erlauben, noch mehr Fehler zu machen."

Daumier seufzte. „Du und ich, Richard, wir kennen uns so lange. Es ist jetzt nicht der richtige Zeitpunkt, um einander das Vertrauen zu kündigen."

Einen Moment lang blieb es am anderen Ende der Leitung stumm. Dann sagte Richard: „Es tut mir Leid, aber ich habe keine andere Wahl, Claude. Wir tauchen unter."

„Dann werde ich euch nicht mehr helfen können."

„Da müssen wir allein durch. Ohne deine Hilfe."

„Richard, warte …"

Aber Richard hatte schon aufgelegt. Daumier starrte den Hörer an, dann legte er ihn langsam auf die Gabel. Es hatte keinen Zweck zu versuchen, den Anruf zurückverfolgen zu lassen; Richard hatte mit Sicherheit aus einer Telefonzelle angerufen – und sicher aus einer anderen Gegend als der, in der sie wohnten. Der Mann war mal Profi gewesen; er kannte die Tricks.

Vielleicht – aber nur vielleicht – würden die beiden deshalb überleben.

„Viel Glück, mein Freund", murmelte Daumier. „Ich fürchte, du wirst es brauchen."

Richard riskierte einen weiteren Anruf von der Telefonzelle, diesmal nach Washington, D.C.

Sein Geschäftspartner nahm den Anruf in seiner üblichen uncharmanten Art entgegen. „Hier Sakaroff."

„Niki, ich bin's."

„Richard? Ist es schön in Paris? Lässt du's dir gut gehen?"

„Es ist beschissen. Pass auf, ich kann nicht lange reden. Es gibt Schwierigkeiten."

Niki seufzte. „Warum überrascht mich das nicht?"

„Es geht um den alten Delphi-Fall. Erinnerst du dich? Paris, 1973. Das Leck bei der NATO."

„Ach ja."

„Delphi ist wieder zum Leben erwacht. Ich brauche deine Hilfe, um ihn zu identifizieren."

„Ich war beim KGB, Richard, nicht bei der Stasi."

„Aber du hattest Kontakte in die DDR."

„Nicht direkt. Ich hatte nicht viel mit den Stasi-Agenten zu tun. Die DDR-Leute, weißt du … die agierten lieber eigenständig."

„Wer *hat* denn dann Ahnung von Delphi? Es muss doch einen alten Kontakt geben, an den du dich wegen Informationen wenden kannst."

Es folgte eine kurze Pause. „Vielleicht …"

„Ja?"

„Heinrich Leitner", sagte Sakaroff. „Er kann dir möglicherweise weiterhelfen. Er hat die Stasi-Operationen in Paris betreut. Aber er war kein Feldspieler – er hat Ostberlin nie verlassen. Vielleicht weiß er dennoch, worum es bei Delphi ging."

„Okay, mit diesem Mann muss ich reden. Wie komme ich an ihn ran?"

„Das ist das Schwierige. Er ist in Berlin …"

„Kein Problem. Da fahren wir hin."

„… in einem Hochsicherheitsgefängnis."

Richard stöhnte. „Das *ist* ein Problem." Frustriert drehte

er sich um und schaute aus der Telefonzelle auf die U-Bahn-Station. „Ich muss ihn treffen, Niki."

„Du brauchst eine offizielle Erlaubnis. Das dauert Tage. Papiere, Unterschriften …"

„Das muss ich eben in Kauf nehmen. Wenn du ein paar Anrufe erledigen könntest, würde das die Sache sicher beschleunigen."

„Dafür kann ich nicht garantieren."

„Ich habe verstanden. Ach, und eins noch", sagte Richard. „Wir suchen einen Hugh Tavistock. Er scheint verschwunden zu sein. Hast du was davon gehört?"

„Nein, aber ich werde mal bei meinen Quellen nachhören. Noch was?"

„Das sag ich dir dann."

Sakaroff grunzte. „Ich habe befürchtet, dass du das sagst."

Richard hängte auf. Als er die Telefonzelle verließ, sah er sich in der U-Bahn-Station um. Ihm fiel nichts Verdächtiges auf, nur die üblichen Nachtschwärmer – Händchen haltende Paare, Studenten mit Rucksäcken.

Die Bahn nach Creteil-Préfecture rollte ein. Richard stieg ein, fuhr drei Stationen und stieg wieder aus. Er wartete ein paar Minuten auf dem nächsten Bahnsteig und betrachtete die Leute. Niemand kam ihm bekannt vor. Er war erleichtert, dass er nicht verfolgt wurde, und stieg in die Bahn nach Bobigny-Picasso. An der Haltestelle Gare de l'Est stieg er aus, verließ die U-Bahn-Station und machte sich eilig auf den Weg zur Pension.

Beryl war noch wach und saß in einem Sessel am Fenster.

Sie hatte das Licht ausgeschaltet, und in der Dunkelheit war sie nicht mehr als eine Silhouette vor dem nächtlichen Himmel. Er schloss die Tür und verriegelte sie. „Beryl", begrüßte er sie. „Alles in Ordnung?"

Er dachte, dass er sie nicken sah. Oder zitterte nur ihr Kinn, als sie tief Luft holte und ein leises Seufzen von sich gab?

„Hier sind wir sicher", sagte er. „Zumindest für heute Nacht."

„Und morgen?" kam ihre gemurmelte Antwort.

„Darüber machen wir uns Gedanken, wenn es so weit ist."

Sie lehnte sich in den Sesselkissen zurück und starrte vor sich hin. „War es so, Richard? Als du noch beim Geheimdienst warst? Ein Leben von Tag zu Tag, ohne dass man es wagt, an Morgen zu denken?"

Er ging langsam zu ihrem Sessel. „Manchmal war es so. Manchmal wusste ich nicht, ob es ein Morgen für mich geben würde."

„Vermisst du dieses Leben?" Sie sah ihn an. Er konnte ihr Gesicht nicht sehen, aber er spürte, dass sie ihn betrachtete.

„Dieses Leben habe ich hinter mir gelassen."

„Aber vermisst du es? Die Aufregung? Die Gefahren?"

„Beryl. Beryl, bitte." Er nahm ihre Hand; sie fühlte sich an wie ein Klumpen Eis.

„Hat es dir denn kein bisschen Spaß gemacht?"

„Nein." Er zögerte. Dann verbesserte er sich: „Doch. Eine kurze Zeit lang. Als ich sehr jung war. Bevor es alles zu real wurde."

„So wie heute Abend. Heute Abend war es real für mich. Als ich den jungen Mann da liegen sah …" Sie schluckte. „Heute Mittag haben wir zusammen gegessen, verstehst du, zu dritt. Sie aßen Kalb. Dazu eine Flasche Wein und hinterher Eis. Und ich habe sie zum Lachen gebracht …" Sie sah zur Seite.

„Am Anfang kommt es einem vor wie ein Spiel", sagte Richard. „Ein Fantasiekrieg. Doch dann merkt man irgendwann, dass die Kugeln echt sind. Und die Menschen auch." Er hielt ihre Hand in seiner und wünschte sich, er könnte sie wärmen. Ihre Hand und sie selbst. „Genau das ist mir passiert. Plötzlich war alles so echt. Und da war eine Frau …"

Sie saß ganz still, wartete ab, hörte zu. „Hast du sie geliebt?" fragte sie leise.

„Nein, ich habe sie nicht geliebt. Aber ich mochte sie, sehr sogar. Es war in Berlin, vor dem Fall der Mauer. Wir versuchten, einen Überläufer in den Westen zu schmuggeln. Und meine Partnerin ist in eine Falle geraten. Der Wachtposten eröffnete sofort das Feuer." Er hob Beryls Hand an seine Lippen und küsste sie, hielt sie fest.

„Hat sie es … nicht geschafft?"

Er schüttelte den Kopf. „Und plötzlich war das Ganze kein Spiel mehr. Ich sah ihren Körper da im Niemandsland liegen. Und ich konnte nicht zu ihr. Ich musste sie dort liegen lassen, für die anderen …" Er ließ ihre Hand los. Er ging zum Fenster und sah hinaus auf die Lichter von Paris. „Danach hörte ich auf. Ich wollte nicht noch einen Tod auf mein Gewissen laden. Ich wollte nicht länger … verantwortlich sein." Er drehte sich zu ihr um. Im schwachen Licht der

Stadt sah ihr Gesicht blass aus, beinahe durchscheinend. „Deshalb fällt mir das hier so schwer, Beryl. Weil ich weiß, was passieren kann, wenn ich einen Fehler mache. Weil ich weiß, dass dein Leben davon abhängt, was ich als Nächstes tun werde."

Eine Weile saß Beryl nur still da und beobachtete ihn. Sie spürte seinen Blick in der Dunkelheit. Wie immer knisterte es zwischen ihnen. Aber heute Nacht war da mehr als sonst, mehr als nur das Begehren.

Sie erhob sich aus dem Sessel. Obwohl er sich nicht bewegte, spürte sie seinen Blick über ihren Körper gleiten, und als sie langsam auf ihn zuging, konnte sie seinen Atem hören. Sie streckte die Hand aus und berührte sein unrasiertes Gesicht. „Richard", flüsterte sie, „ich will dich."

Dann warf sie sich in seine Arme. Keine Umarmung, kein Kuss hatten ihr je so die Sinne geraubt wie der Kuss, der jetzt folgte. Wir sind wie das Bronze-Paar, dachte sie. Ausgehungert. Wollen einander am liebsten auffressen.

Aber bei ihnen ging es um Liebe, nicht um Zerstörung.

Sie stöhnte und ließ den Kopf nach hinten fallen, als sein Mund ihren Hals entlangglitt. Sie fühlte jede Bewegung seiner Hände durch den seidigen Stoff ihres Kleides. Lieber Gott, wenn sie schon solche Empfindungen hatte, solange sie noch angezogen war, welche süßen Qualen würde sie erst erleben, wenn er ihre nackte Haut berührte? Ihre Brüste erbebten unter seiner Berührung, und ihre Brustspitzen wurden hart.

Er zog den Reißverschluss ihres Kleids auf und ließ es von ihren Schultern rutschen.

Es glitt an ihren Hüften herunter und verwandelte sich in ein Häufchen Seide auf dem Fußboden. Dann zeichnete er langsam die Konturen ihres Körpers nach. Mit seinen Lippen berührte er ihren Hals, ihre Brüste, ihren Bauch. Sie erschauderte vor Lust, packte seine Haare und stöhnte: „Das kannst du nicht machen …"

„Alles ist erlaubt", murmelte er, als er ihr die Strumpfhose auszog. „In der Liebe und im Krieg …"

Als er sie ganz ausgezogen und sich auch seiner Kleider entledigt hatte, konnte sie nichts mehr sagen, nicht mehr protestieren. Sie hatte plötzlich kein Gefühl mehr für Zeit und Raum; es gab nur noch die Dunkelheit, die Wärme seiner Berührung und die Lust, die in ihr bebte. Sie bekam kaum mit, wie sie aufs Bett fielen. Sie sank erwartungsvoll auf die Matratze und hörte ihrer beider schnellen Atem. Dann presste sie sich an ihn, drängte ihn an sich und in sich.

Ausgehungert, dachte sie, als seine Lippen ihren Mund erforschten.

Und sie stürzten sich aufeinander wie zwei Verhungernde sich auf ein Festmahl stürzen.

Er fasste nach ihrer Hand, und ihre Finger umklammerten einander immer fester und fester, als ihre Körper sich vereinigten, sich aneinander rieben, gemeinsam jubilierten. Selbst als die letzten Schauer der Begierde verklungen waren, hielt er noch immer ihre Hand.

Jetzt ließ er sie langsam los und umfasste ihr Gesicht. Er küsste sie sanft auf die Lippen, auf die Lider. „Nächstes Mal", flüsterte er, „lassen wir es langsamer angehen. Dann werde ich es nicht so eilig haben, das verspreche ich."

Sie lächelte ihn an. „Keine Beschwerden."

„Nein?"

„Nein. Aber beim nächsten Mal …"

„Ja?"

Sie drehte sich unter ihm, und sie rollten über die Laken, bis sie schließlich auf ihm saß. „Nächstes Mal", murmelte sie und näherte ihre Lippen seiner Brust, „bin ich diejenige, die die Zügel in der Hand hält."

Er stöhnte, als ihr heißer Mund seinen Bauch berührte und sich langsam nach unten bewegte.

„Du hast doch gesagt, alles ist erlaubt …"

„… in der Liebe und im Krieg." Er lachte. Und vergrub seine Hände in ihrem Haar.

Sie trafen sich am selben Ort wie immer, im Lagerhaus hinter der Galerie Annika. An den Wänden stapelten sich Dutzende von Kisten mit Bildern und Skulpturen von Möchtegern-Künstlern, von denen die meisten zweifellos untalentierte Amateure waren, die auf einen Platz in der Galerie hofften. Aber wer kann ernsthaft beurteilen, was Kunst ist und was Schrott? dachte Amiel Foch, der sich in diesem Raum voll eingesperrter Träume umsah. *Für mich ist das alles das Gleiche. Farbe und Leinwand.*

Foch drehte sich um, als die Tür des Lagerhauses geöffnet wurde. „Die Bombe ist hochgegangen wie geplant", sagte er. „Der Job ist erledigt."

„Der Job ist *nicht* erledigt", war die Antwort. Anthony Sutherland tauchte aus der Nacht auf und betrat das Lagerhaus. Die Tür schlug hinter ihm zu. Das Echo hallte über den Betonboden. „Die Frau sollte verschwinden. Aber sie ist noch am Leben. Und Richard Wolf auch."

Foch starrte Anthony an. „Es war ein verzögerter Zünder, der zwei Minuten nach Betreten der Wohnung die Explosion auslöst! Er kann nicht von alleine losgegangen sein."

„Jedenfalls sind sie noch am Leben. Bisher ist Ihre Erfolgsquote katastrophal. Sie konnten noch nicht mal diese dumme Marie St. Pierre erledigen …"

„Um Madame St. Pierre kümmere ich mich noch …"

„Vergessen Sie sie! Jetzt geht es um die Tavistocks. Sie sollen sterben! Meine Güte, die sind wie Katzen! Sie haben sieben verdammte Leben!"

„Jordan Tavistock ist immer noch in Polizeigewahrsam. Ich kann arrangieren …"

„Jordan können wir eine Weile vernachlässigen. Da, wo er ist, bedeutet er keine Gefahr. Aber um Beryl müssen wir uns so schnell wie möglich kümmern. Ich vermute, dass sie und Wolf Paris verlassen werden. Sie müssen sie finden."

„Wie?"

„Der Profi sind Sie."

„Richard Wolf ist ebenfalls ein Profi", sagte Foch. „Es wird schwierig sein, ihn zu finden. Ich kann auch keine Wunder vollbringen."

Minutenlang schwiegen die beiden Männer. Foch beobachtete seinen Auftraggeber, wie er zwischen den Kisten auf und ab ging, und dachte: Dieser Junge hat nichts von seiner Mutter. Sie ist kaltschnäuzig genug, um die Sache durchzuziehen. Und hat die Nerven, nicht vor den Konsequenzen zurückzuschrecken.

„Ich kann nicht blind auf die Suche gehen", sagte Foch. „Ich brauche eine Spur. Vielleicht wollen sie nach England?"

„Nein, nicht nach England." Anthony blieb unvermittelt stehen. „Nach Griechenland. Auf die Insel Paros."

„Sie meinen ... zu den Rideaus?"

„Wolf wird versuchen, mit Rideau Kontakt aufzunehmen, da bin ich mir sicher." Anthony schnaubte verächtlich. „Meine Mutter hätte sich schon vor Jahren um diesen Rideau kümmern sollen. Na ja, es ist immer noch genug Zeit."

Foch nickte. „Ich fahre nach Paros."

Nachdem Foch gegangen war, stand Anthony Sutherland allein im Lagerhaus und sah sich die Kisten an. Hier drin sind so viele Hoffnungen und Träume, dachte er. Aber nicht meine. Meine sind ausgestellt. Jeder kann sie sehen und bewundern. Die Werke dieser armen Looser verschimmeln hier für immer in den Kisten. Aber ich bin der neue Star von Paris.

Man brauchte mehr als nur Talent und Glück. Man brauchte Philippe St. Pierres Geld. Geld, das immer sofort da war, wenn seine Mutter keines mehr hatte.

Mein Vater Philippe, dachte Anthony und lachte. Nach all den Jahren hat er immer noch keine Ahnung. Das muss ich meiner wunderbaren Mutter hoch anrechnen – sie weiß, wie sie ihn immer wieder rumkriegt.

Aber weibliche Tricks halfen auch nicht immer.

Wenn Nina diese Sache doch nur vor Jahren geklärt hätte! Stattdessen hatte sie einen Zeugen übrig gelassen, den Mann sogar bezahlt, damit er das Land verließ. Und solange dieser Zeuge am Leben war, war er eine Zeitbombe, die auf einer einsamen griechischen Insel vor sich hintickte.

Anthony verließ das Lagerhaus, ging die Straße hinunter und stieg in seinen Wagen. Es war Zeit, nach Hause zu fahren. Er wollte seiner Mutter keinen Anlass zur Sorge bereiten. Schließlich war sie der einzige Mensch auf der Welt, der ihn wirklich liebte. Und der ihn verstand.

Wir sind uns unglaublich ähnlich, Mutter und ich, dachte er und lächelte. Er ließ den Wagen an und verschwand in der Nacht.

Um neun Uhr morgens kamen sie, um ihn aus seiner Zelle zu holen. Es gab keine Erklärungen, nur die Schlüssel klickten im Schloss, gefolgt von einem schroffen Befehl auf Französisch.

Und jetzt? fragte sich Jordan, als er der Wache durch den Flur zum Besucherzimmer folgte. Er ging hinein, blinzelte im grellen Licht der Neonröhren.

Reggie Vane wartete auf ihn. Er winkte Jordan zu einem Stuhl. „Setz dich. Du siehst furchtbar aus, mein Junge. Wie geht es dir?"

„Ich fühle mich auch furchtbar", gab Jordan zu und sank auf den Stuhl.

Reggie nahm ebenfalls Platz. Er beugte sich vor und flüsterte verschwörerisch: „Ich habe dir das mitgebracht, worum du gebeten hattest. Um die Ecke ist eine nette kleine *charcuterie.* Da gibt es eine wunderbare Ententerrine. Und ein paar Baguettes." Er schob ihm unter dem Tisch eine Papiertüte hin. *„Bon appétit."*

Jordan schaute in die Tüte und seufzte erfreut. „Reggie, alter Kumpel, du bist ein Heiliger."

„Ich hatte auch noch ein paar Lauchtörtchen besorgt, aber der Polizist am Eingang bestand darauf, dass ihm auch etwas zusteht."

„Und was ist mit Wein? Hast du ein oder zwei anständige Flaschen beschaffen können?"

Reggie schob ihm unter dem Tisch eine zweite Tüte zu, in der es klirrte. „Natürlich. Einen Beaujolais und einen ganz ordentlichen Pinot noir. Leider beide mit Schraubverschluss – Korkenzieher sind hier nicht erlaubt. Und du musst ihnen die Flaschen geben, sobald sie leer sind. Wegen des Glases, du weißt schon."

Jordan schaute zufrieden auf den Beaujolais. „Wie hast du denn das geschafft, Reggie?"

„Eine Hand wäscht halt die andere. Ach ja, die Bücher, um die du gebeten hattest – Helena bringt sie dir am Nachmittag vorbei."

„Hervorragend!" Jordan lächelte. „So kann man selbst im Gefängnis noch ein zivilisiertes Leben führen." Er sah Reggie an. „Und was gibt's Neues? Seit gestern habe ich nichts mehr von Beryl gehört."

Reggie seufzte. „Diese Frage habe ich befürchtet."

„Was ist passiert?"

„Ich glaube, sie und Wolf haben Paris verlassen. Nach der Explosion gestern Abend …"

„*Was?*"

„Ich habe es heute Morgen von Daumier gehört. In der Wohnung, in der Beryl untergebracht war, ging gestern

Abend eine Bombe hoch. Zwei französische Agenten kamen ums Leben. Wolf und deiner Schwester geht es gut, aber sie wollen eine Weile untertauchen und verlassen das Land."

Jordan stieß einen Seufzer der Erleichterung aus. Gott sei Dank war Beryl nicht mehr in Paris. Eine Sache weniger, um die man sich sorgen musste.

„Was hat es mit der Bombe auf sich?" fragte er. „Was meint Daumier?"

„Seine Leute glauben, dass es Parallelen gibt."

„Wozu?"

„Zu dem Anschlag bei den St. Pierres."

Jordan starrte ihn an. „Aber das war doch ein terroristischer Anschlag. Diese ‚Kosmische Solidarität' oder irgend so eine Organisation …"

„Offensichtlich hinterlassen Bomben so etwas Ähnliches wie Fingerabdrücke. An ihrer Machart kann man ihren Schöpfer erkennen. Und beide Bomben haben denselben Zündmechanismus. Oder so was."

Jordan schüttelte den Kopf. „Warum sollten Terroristen einen Anschlag auf Beryl verüben? Oder auf mich? Wir sind Zivilisten."

„Vielleicht denken sie da anders."

„Oder es waren überhaupt keine Terroristen", sagte Jordan und sprang auf. Er ging im Zimmer auf und ab, um frisches Blut in seine Beine, in sein Gehirn zu pumpen. Nach den vielen Stunden in der Zelle war sein Körper total schlaff; er würde gerne einen flotten Spaziergang machen, mal an die frische Luft gehen. „Was ist", sinnierte er, „wenn der Anschlag auf das Haus der St. Pierres gar nicht von Terroristen verübt wurde? Was, wenn dieser Unsinn von der ‚Kosmischen Solidarität' nur ein Ablenkungsmanöver war, um vom eigentlichen Motiv abzulenken?"

„Du meinst, es war kein politisch motivierter Anschlag?"

„Genau."

„Und wer sollte Philippe St. Pierre umbringen wollen?"

Jordan blieb abrupt stehen, denn ihm fiel etwas ein. „Nicht Philippe", sagte er leise. „Seine Frau, Marie."

„*Marie* soll die Bombe gelegt haben?"

„Nein! Marie war das *Ziel!* Sie war doch allein zu Hause, als die Bombe explodierte. Alle dachten, dass das ein Fehler war, falsches Timing. Aber der Bombenleger wusste genau, was er tat. Er wollte Marie umbringen, nicht ihren Mann." Jordan sah Reggie alarmiert an. „Du musst Wolf erreichen. Und ihm sagen, was mir gerade aufgegangen ist."

„Ich weiß nicht, wo er ist."

„Dann frag Daumier."

„Er weiß es auch nicht."

„Dann finde heraus, wohin mein Onkel verschwunden ist. Wenn ich jemals meine Familie gebraucht habe, dann jetzt."

Nachdem Reggie gegangen war, begleitete der Wärter Jordan zurück zu seiner Zelle. Als er eintrat, nahm er wieder die vertrauten Gerüche wahr – den Geruch von saurem Wein und ungewaschenen Körpern. Wieder zu Hause, dachte er, und sah die beiden Franzosen an, die in ihren Betten schnarchten, dieselben Männer, mit denen er die

Zelle in seiner ersten Nacht im Gefängnis geteilt hatte. Ein Betrunkener, ein Dieb und er. Sie gaben ein nettes kleines Trio ab. Er ging zu seiner Pritsche und setzte die beiden Papiertüten mit dem Essen und dem Wein ab. Wenigstens musste er nicht noch mehr von diesem Gulasch herunterwürgen.

Er legte sich hin und starrte die Spinnweben in den Ecken an. Es gab so viele Spuren, denen man folgen, die man überprüfen musste. *Der Killer läuft frei herum, und ich bin hier drin, hinter Gittern und nutzlos. Ich kann meine Theorien nicht bestätigen. Wenn mir nur jemand helfen könnte, dem ich vertrauen kann, der ohne jeden Zweifel auf meiner Seite steht … Wo zum Teufel ist Beryl?*

Der Besitzer der griechischen Taverne stellte zwei Gläser Retsina auf den Tisch. „Im Sommer haben wir so viele Touristen", sagte er mit einem Schulterzucken. „Ich kann nicht jeden Ausländer im Auge behalten."

„Aber dieser Rideau ist kein Tourist", entgegnete Richard. „Er lebt seit zwanzig Jahren auf der Insel. Ein Franzose."

Der Besitzer der Taverne lachte. „Franzosen, Holländer, das ist doch alles das Gleiche", brummte er und schlurfte zurück in die Küche.

„Schon wieder eine Sackgasse", murmelte Beryl. Sie nahm einen Schluck Retsina und verzog das Gesicht. „Wie kann jemand dieses Zeug trinken?"

„Manche mögen es sogar gern", sagte Richard. „Man gewöhnt sich daran."

„Dann gewöhne ich mich vielleicht beim nächsten Mal dran." Sie schob ihr Glas weg und sah sich in dem schummrigen Gastraum um. Es war Mittagszeit, und die Passagiere des letzten Kreuzfahrtschiffes flohen vor der Hitze in die Taverne. In ihren Einkaufstüten hatten sie die typischen Mitbringsel: griechische Krüge, Fischermützen, Bauerntrachten. Angesichts des Gewirrs aus einem halben Dutzend Sprachen verstand Beryl, warum die Einheimischen einen Franzosen nicht von einem anderen Ausländer unterscheiden konnten. Die Ausländer kamen her, gaben ihr Geld aus und verschwanden wieder. Was lohnte es sich groß, mehr über sie zu wissen?

Der Wirt kam wieder aus der Küche. Er trug ein Tablett mit Calamari, das er auf dem Tisch absetzte, an dem eine deutsche Familie saß. Bevor er erneut verschwand, fragte Richard ihn: „Wer könnte diesen Franzosen denn kennen?"

„Sie verschwenden Ihre Zeit", sagte der Wirt. „Ich sage Ihnen, auf dieser Insel gibt es keinen Rideau."

„Er kam mit seiner Familie her", erklärte Richard. „Mit seiner Frau und seinem Sohn. Der Junge müsste jetzt um die dreißig sein. Er heißt Gerard."

Plötzlich fiel hinter dem Tresen mit lautem Geklapper ein Teller zu Boden. Die dunkeläugige Frau am Zapfhahn sah Richard fragend an. „Gerard?" sagte sie.

„Gerard Rideau", sagte Richard. „Kennen Sie ihn?"

„Sie weiß gar nichts", insistierte der Wirt und bedeutete der jungen Frau, in die Küche zu gehen.

„Da habe ich aber einen anderen Eindruck", erwiderte Richard.

Die Frau sah ihn an, als ob sie nicht wüsste, was sie tun sollte, was sie sagen sollte.

„Wir kommen aus Paris", sagte Beryl. „Es ist sehr wichtig, dass wir mit Gerards Vater sprechen."

„Sie sind keine Franzosen", stellte die Frau fest.

„Nein, ich bin Engländerin." Beryl wies mit dem Kopf in Richards Richtung. „Und er ist Amerikaner."

„Er sagte ... Er sagte, vor einem Franzosen sollte ich mich in Acht nehmen."

„Wer?"

„Gerard."

„Er hat Recht, er muss vorsichtig sein", bestätigte Richard. „Aber er sollte wissen, dass es noch gefährlicher für ihn geworden ist. Es könnten mehr Leute nach Paros kommen und nach seiner Familie fragen. Er muss *jetzt* mit uns sprechen." Er deutete auf den Wirt. „Er ist Ihr Zeuge. Falls irgendwas schief geht."

Die Frau zögerte, dann ging sie in die Küche. Kurz darauf war sie wieder da. „Er geht nicht ans Telefon", sagte sie. „Ich fahre Sie hin."

Es war eine lange Fahrt über eine einsame, schlaglochreiche Straße zum Strand von Logaras. Staubwolken wehten durchs offene Fenster hinein und bedeckten das schwarze Haar der Fahrerin. Sie hieß Sofia und war auf der Insel geboren. Ihr Vater war der Manager des Hotels am Hafen; jetzt kümmerten sich ihre drei Brüder um das Geschäft. Sie würde es besser machen, dachte sie, aber natürlich war die Meinung einer Frau nichts wert, also arbeitete sie in Theos Taverne, grillte Calamari und rollte Weinblätter. Sie sprach vier Sprachen; das musste man, erklärte sie, wenn man in der Tourismusbranche überleben wollte.

„Woher kennen Sie Gerard?" fragte Beryl.

„Wir sind befreundet", lautete die Antwort.

Ein Liebespaar, vermutete Beryl, als die Frau rot wurde.

„Seine Familie ist aus Frankreich", sagte Sofia. „Seine Mutter starb vor fünf Jahren, aber sein Vater lebt noch. Allerdings heißen sie nicht Rideau. Vielleicht …" – sie sah sie hoffnungsvoll an – „suchen Sie nach einer anderen Familie?"

„Vermutlich haben sie ihren Namen geändert", sagte Beryl.

Sie parkten in der Nähe des Strands und gingen hinunter zum Wasser. „Da", sagte Sofia und deutete auf ein Surfbrett, das in einiger Entfernung durchs Wasser glitt. „Das ist Gerard." Sie winkte und rief ihm etwas auf Griechisch zu.

Sofort wendete das Surfbrett, das bunte Segel flatterte im Wind. Mit Rückenwind segelte Gerard auf den Strand zu. Er sah aus wie ein braungebrannter Adonis und zog das Brett auf den Sand.

„Gerard", sagte Sofia, „diese Herrschaften suchen einen Mann namens Rideau. Ist das dein Vater?"

Sofort ließ Gerard das Surfbrett fallen. „Wir heißen nicht Rideau", antwortete er kurz. Dann drehte er sich um und ging davon.

„Gerard?" rief Sofia.

„Lassen Sie mich mit ihm reden", sagte Richard, und er folgte dem Mann am Strand entlang.

Beryl stand neben Sofia und beobachtete, wie sich die

beiden Männer unterhielten. Gerard schüttelte den Kopf und behauptete, er wisse nichts von einer Familie Rideau. Durch den Wind hörte Beryl Richards Stimme und die Worte „Bombe" und „Mord". Sie sah, wie Gerard sich nervös umdrehte. Er hatte Angst, das merkte sie.

„Ich hoffe, ich habe das Richtige getan", sagte Sofia. „Er macht sich Sorgen."

„Das sollte er auch."

„Was hat sein Vater getan?"

„Sein Vater hat nichts getan. Aber er weiß etwas."

Am anderen Ende des Strands wurde Gerard immer aufgebrachter. Schließlich drehte er sich abrupt um und steuerte auf Sofia zu. Richard war gleich hinter ihm.

„Was ist los?" fragte Sofia.

„Wir fahren sofort los", zischte Gerard ihr zu. „Zu meinem Vater."

Diesmal fuhren sie an der Küste entlang, knorrige Olivenhaine zu ihrer Linken und das graugrüne Ägäische Meer zur Rechten. Der Geruch von Gerards Sonnenmilch erfüllte den Wagen. Wie trocken und karg das Land war, stellte Beryl fest, als sie den Blick über das Grasgebüsch schweifen ließ. Aber einem Mann aus einem Pariser Armenviertel musste diese Gegend wie das Paradies vorkommen.

„Mein Vater", erzählte Gerard beim Fahren, „spricht kein Englisch. Ich werde ihm erklären müssen, was Sie ihn fragen wollen. Vielleicht erinnert er sich nicht."

„Ich bin mir sicher, dass er sich erinnert", sagte Richard. „Es war der Grund, warum Sie damals Paris verließen."

„Das war vor zwanzig Jahren. Es ist lange her."

„Erinnern *Sie* sich denn?" fragte Beryl vom Rücksitz. „Sie waren damals wie alt? Fünfzehn, sechzehn?"

„Fünfzehn", antwortete Gerard.

„Dann müssen Sie sich an die Rue Myrha 66 erinnern. Das Haus, in dem Sie gewohnt haben."

Gerard hielt das Steuer fest, als sie auf eine ungeteerte Straße abbogen. „Ich weiß noch, dass die Polizei kam und sich die Dachgeschosswohnung ansehen wollte. Sie befragten meinen Vater. Eine Woche lang, jeden Tag."

„Und die Frau, die die Wohnung gemietet hatte?" erkundigte sich Richard. „Ihr Name war Scarlatti. Erinnern Sie sich an sie?"

„Ja. Sie hatte einen Mann", sagte Gerard. „Ich habe sie immer durch die Tür belauscht. Jeden Mittwoch. Die Geräusche, die sie machten!" Gerard schüttelte amüsiert den Kopf. „Das war sehr aufregend für einen Jungen in meinem Alter."

„Also benutzte diese Mademoiselle Scarlatti die Wohnung als Liebesnest?" fragte Beryl.

„Sie war immer nur da, wenn sie Sex hatte."

„Wie sahen die beiden aus?"

„Der Mann war groß – an mehr erinnere ich mich nicht. Die Frau hatte dunkle Haare. Sie trug immer ein Kopftuch und eine Sonnenbrille. Ich kann mich nicht genau an ihr Gesicht erinnern, aber ich weiß noch, dass sie ziemlich schön war."

Wie meine Mutter, dachte Beryl. Irrte sie sich nicht vielleicht doch? War es tatsächlich ihre Mutter gewesen, die ihren Liebhaber in dieser heruntergekommenen Wohnung am Pigalle empfangen hatte?

Leise fragte sie: „War die Frau Engländerin?"

Gerard überlegte. „Könnte sein."

„Aber Sie sind sich nicht sicher."

„Ich war noch jung. Ich dachte, dass sie eine Ausländerin sei, aber ich hatte keine Vermutung, woher sie stammen könnte. Nach den Morden hieß es dann, sie sei Engländerin gewesen."

„Haben Sie die Leichen gesehen?"

Gerard schüttelte den Kopf. „Mein Vater hat es verboten."

„Also war ihr Vater der Erste, der sie gesehen hat?" fragte Richard.

„Nein, das war der Mann."

Richard sah Gerard überrascht an. „Welcher Mann?"

„Mademoiselle Scarlattis Liebhaber. Wir sahen, wie er die Stufen zum Dachgeschoss hinaufstieg. Dann kam er in Panik wieder heruntergerannt. Da ahnten wir, dass etwas nicht stimmte, und riefen die Polizei."

„Was passierte mit dem Mann?"

„Er fuhr weg. Ich habe ihn nie wieder gesehen. Ich vermutete, er hatte Angst, dass man ihn beschuldigen könnte. Und dass er uns deshalb das Geld schickte."

„Bestechungsgeld", sagte Richard. „Das hatte ich vermutet."

„Weil sie schweigen sollten?" fragte Beryl.

„Oder damit sie falsch aussagten." Er fragte Gerard: „Wie bekamen Sie das Geld?"

„Ein Mann mit einer Aktentasche kam ein paar Stunden, nachdem man die Leichen entdeckt hatte, zu uns. Ich hatte ihn noch nie gesehen – ein kleiner, eher stämmiger Franzose. Er verschwand mit meinem Vater in einem Hinterzimmer. Ich habe nicht gehört, worüber sie geredet haben. Dann ging der kleine Mann wieder."

„Und Ihr Vater hat nie mit Ihnen darüber gesprochen?"

„Nein. Und er schärfte uns ein, dass wir der Polizei nichts davon sagen dürften."

„Und Sie sind sicher, dass in der Aktentasche Geld war?"

„Was denn sonst?"

„Woher wollen Sie das wissen?"

„Weil wir auf einmal Sachen hatten. Neue Kleider, einen Fernseher. Und nicht viel später gingen wir dann nach Griechenland und kauften das Haus hier. Da, sehen Sie?" Er deutete auf eine ausgedehnte Villa mit rotem Dach, die in einiger Entfernung zu sehen war. Als sie näher kamen, sah Beryl die Bougainvillea, die an den weißgewaschenen Wänden emporrankte und über die überdachte Veranda kroch. Gleich unterhalb des Hauses schlugen die Wellen auf den einsamen Strand.

Sie parkten neben einem staubbedeckten Citroën und stiegen aus. Der Wind pfiff von der See her und trieb ihnen Sand ins Gesicht. Es war kein anderes Haus in Sichtweite, die Villa stand allein inmitten der Felsen auf einem kargen Hügel.

„Papa?" rief Gerard und erklomm die steinernen Stufen. Mit Schwung öffnete er das schmiedeeiserne Tor. „Papa?"

Keine Antwort.

Gerard öffnete die Eingangstür und betrat das Haus, Beryl und Richard folgten ihm. Ihre Schritte hallten in den stillen Räumen wider.

„Ich habe aus der Taverne hier angerufen", sagte Sofia. „Es ging keiner ans Telefon."

„Sein Wagen steht draußen", sagte Gerard. „Er muss hier sein."

Er ging durchs Wohnzimmer in Richtung Esszimmer. „Papa?" sagte er und blieb auf der Türschwelle stehen. Seiner Kehle entwich ein unterdrückter Schrei. Er machte einen Schritt nach vorn und schien auf die Knie zu fallen. Über seine Schulter hinweg erhaschte Beryl einen Blick auf das Esszimmer.

Ein Holztisch erstreckte sich über die Länge des Raums. Am einen Ende des Tisches saß ein grauhaariger Mann, dessen Kopf in den Teller gefallen war. Kichererbsen und Reis waren über den Tisch verteilt.

Richard schob sich an Gerard vorbei und lief zu dem Mann. Vorsichtig hob er den Kopf an.

In der Stirn des Mannes war ein Einschussloch.

10. Kapitel

Amiel Foch saß an einem Tisch in einem Straßencafé, schlürfte einen Espresso und beobachtete die vorbeischlendernden Touristen. Nicht gerade eines der typischen Exemplare mit Zahnprothese und dicker Brille, stellte er fest, als eine gut gebaute Rothaarige an ihm vorüberging. Es schien die Zeit der Flitterwöchner zu sein. Mittlerweile war es fünf Uhr nachmittags, und die letzte Fähre nach Piräus würde in einer halben Stunde ablegen. Wenn die junge Tavistock die Insel heute Abend noch verlassen wollte, würde sie diese Fähre nehmen müssen. Darum behielt er den Landungssteg im Auge.

Er verspeiste den letzten Rest seiner gefüllten Weinblätter und widmete sich dem Nachtisch, einem Walnusstörtchen in Sirup. Komisch, jedes Mal, wenn er einen Job erledigt hatte, überfiel ihn ein unbändiger Appetit. Bei anderen Männern mochte Gewalt die Libido steigern, eine starke Begierde nach wildem, hemmungslosem Sex auslösen. Amiel Foch dagegen bekam Essensgelüste; kein Wunder, dass er Gewichtsprobleme hatte.

Es war ihm ein Leichtes gewesen, den alten Franzosen Rideau zu erledigen; Wolf und die Frau umzubringen, würde hingegen nicht ganz so einfach werden. Vorhin hatte er kurz in Erwägung gezogen, sie in einen Hinterhalt zu locken, aber Rideaus Haus befand sich an einem einsamen Küstenstreifen. Den einzigen Zugang bildete die acht Kilometer lange Schotterstraße, und er konnte seinen Wagen nirgendwo abstellen, ohne entdeckt zu werden. Für Foch gab es eine goldene Regel, an die er sich unter allen Umständen hielt: immer einen Fluchtweg offen halten. Das Haus von Rideau, das mitten in der kargen Landschaft thronte, bot keinerlei Rückzugsmöglichkeiten. Außerdem war Richard Wolf bewaffnet und würde nach Zeichen von Gefahr Ausschau halten.

Amiel Foch war kein Feigling. Aber er war auch kein Dummkopf.

Es war weitaus vernünftiger, auf die nächste Gelegenheit zu warten – vielleicht würde sie sich in Piräus ergeben, in den überfüllten Straßen und dem Verkehrschaos. Dort kamen immer wieder Fußgänger ums Leben. Ein Unfall, zwei tote Touristen – das würde niemanden groß interessieren.

Fochs Blick wurde konzentrierter, als die Nachmittagsfähre in den Hafen einfuhr. Es stiegen nur wenige Passagiere aus; die Insel Paros lag schließlich nicht auf der üblichen Touristenroute Mykonos-Rhodos-Kreta. Am Ende des Landungsstegs standen bereits ein paar Dutzend Personen, die darauf warteten, an Bord gehen zu können. Schnell verschaffte sich Foch einen Überblick über die wartende Menge. Konsterniert nahm er zur Kenntnis, dass weder Beryl Tavistock noch Wolf dabei war. Er wusste, dass sie heute auf der Insel gewesen waren: Sein Kontaktmann hatte die beiden am Morgen in einer Taverne gesehen. Ob sie die Insel auf einem anderen Weg schon wieder verlassen hatten?

Da bemerkte er einen Mann mit ausgewaschener Windjacke und Fischermütze. Obwohl er die Schultern einzog, sah man, dass er groß war – mindestens eins fünfundachtzig – und von athletischer Gestalt. Der Mann drehte sich zur Seite, und Foch konnte einen Blick auf sein Gesicht erhaschen und den dunklen Schatten eines Dreitagebarts erkennen. Das war tatsächlich Richard Wolf. Er schien allerdings allein unterwegs zu sein. Wo war die Frau?

Foch zahlte die Rechnung und wanderte hinüber zum Landungssteg. Er mischte sich unter die übrigen Passagiere und studierte ihre Gesichter. Es waren einige Frauen darunter, sonnengebräunte Touristinnen, griechische Hausfrauen, schlicht in Schwarz gekleidet, und ein paar Hippies in Blue Jeans. Aber Beryl Tavistock war nicht dabei.

Er verspürte eine leichte Panik. Hatten sich Wolf und die Frau getrennt? Wenn ja, würde er sie nie finden. Sollte er auf der Insel bleiben und sie suchen?

Die Masse der Passagiere auf dem Landungssteg geriet in Bewegung.

Er wog seine Chancen ab und entschloss sich, Wolf zu folgen. Es war besser, bei der sichtbaren Beute zu bleiben. Früher oder später würde Wolf sich wieder mit der Frau treffen. Dann würde Foch den rechten Moment abpassen, sich bis dahin aber ruhig verhalten.

Der Mann mit der Fischermütze ging über den Landungssteg und verschwand im Passagierraum. Kurz darauf folgte ihm Foch und setzte sich auf einen Platz zwei Reihen hinter ihm, neben einen alten Mann, der eine Kiste mit gesalzenem Fisch dabeihatte. Nicht viel später wurden die Maschinen gestartet, und die Fähre entfernte sich langsam vom Anleger.

Foch lehnte sich zurück und behielt Wolf fest im Blick. Der Geruch nach Benzin und getrocknetem Fisch war übelkeiterregend. Noch dazu schlingerte die Fähre über die Wellen, so dass Foch fürchtete, dass ihm sein Essen samt Espresso wieder hochkommen würde. Er stand auf und wankte nach draußen. Dann stellte er sich an die Reling und holte ein paarmal tief Luft, damit die Übelkeit vorüberging. Als es ihm besser ging, machte er sich auf den Weg zurück in den Passagierraum. Er kam den Gang entlang, passierte Wolf –

Oder besser den Mann, den er für Wolf gehalten hatte.

Er trug den gleichen schäbigen Anorak und die gleiche Fischermütze. Aber dieser Mann war frisch rasiert und jünger. Es war definitiv ein anderer Mann!

Foch sah sich im Passagierraum um. Kein Wolf zu sehen. Er lief nach draußen. Kein Wolf zu sehen. Er stieg die Stufen zum Oberdeck hoch. Auch hier kein Wolf.

Er drehte sich um, sah die Insel Paros hinter sich verschwinden und unterdrückte ein Fluchen. Er war einer Finte aufgesessen! Sie waren immer noch auf der Insel – so musste es sein.

Und ich sitze auf dem Schiff nach Piräus fest.

Foch schlug mit der Hand auf die Reling und verfluchte seine eigene Dummheit. Wolf hatte ihn überlistet – wieder einmal. Der alte Profi und seine Trickkiste. Es hatte keinen Zweck, den Mann im Passagierraum zu befragen; er war wahrscheinlich nur irgendein Einheimischer, den Wolf angeheuert hatte, um mit ihm den Platz auf der Fähre zu tauschen.

Er sah auf die Uhr und überschlug, wie lange es dauern würde, bis er mit einem gecharterten Boot wieder auf die Insel käme. Mit viel Glück könnte er sie heute Abend noch finden. Wenn sie dann noch da waren. Er schwor sich, dass er sie finden würde. Wolf mochte ein Profi sein, aber das war er schließlich auch.

Aus einem Café beobachtete Richard, wie die Fähre ablegte und den Hafen verließ. Er seufzte erleichtert. Der alte Verwechslungstrick hatte funktioniert; keiner war ihm gefolgt, als er die Fähre wieder verlassen hatte. Ihm war ein bestimmter Mann verdächtig vorgekommen – ein kahl werdender Typ im unauffälligen Touristenlook. Richard hatte bemerkt, wie der Mann die einsteigenden Passagiere beobachtet und wie sein Blick kurz auf seinem Gesicht innegehalten hatte.

Ja, das war er. Für ihn legte er den Köder aus.

Die Verwechslungsnummer war ein Kinderspiel.

Kaum hatte er den Passagierraum betreten, hatte er den Anorak und die Mütze auf einen Sitz geworfen, war den Gang entlanggegangen und hatte das Schiff über den anderen Ausgang wieder verlassen. Vorher hatte er mit Sofias Bruder – eins fünfundachtzig groß und schwarzhaarig – vereinbart, dass dieser auf seinen Sitzplatz schlüpfen, sich Anorak und Mütze anziehen und das Gesicht auf die Arme legen würde, wie um zu schlafen.

Richard hatte an Deck hinter ein paar Kisten gewartet, bis alle Passagiere an Bord gegangen waren. Dann war er wieder von der Fähre geklettert.

Keiner war ihm gefolgt.

Er verließ das Café und stieg in Sofias Wagen.

Bis zu der Bucht waren es knapp zehn Kilometer. Sofia und ihre Brüder hatten das Boot der Familie, die *Melina,* klar gemacht, der Motor lief, der Anker war gelichtet, zum Ablegen bereit. Richard kletterte aus dem Ruderboot und kletterte über eine Strickleiter an Deck der *Melina.*

Dort wartete Beryl auf ihn. Er nahm sie in den Arm und küsste sie. „Es ist alles in Ordnung", murmelte er. „Ich habe ihn abgehängt."

„Ich hatte Angst, dass du *mich* abhängst."

„Keine Chance." Er ließ sie los und lächelte sie an. Ihr schwarzes Haar flatterte im Wind, ihre Augen waren so kristallgrün wie die Ägäis, und sie erinnerte ihn an eine griechische Göttin. Circe, Aphrodite. Eine Frau, die einen Mann für immer in ihrem Bann halten konnte.

Der Anker wurde gelichtet. Sofias Brüder lenkten die *Melina* hinaus auf die offene See.

Anfangs war es eine anstrengende Fahrt, der Sommerwind blies kräftig und konstant, und sie hatten mit einem recht starken Seegang zu kämpfen. Aber als die Sonne unterging und sich der Himmel zu einem wunderschönen Rot verfärbte, ebbte der Wind plötzlich ab und das Wasser wurde ganz ruhig und spiegelglatt. Beryl und Richard standen an Deck und betrachteten die dunkler werdenden Umrisse der Inseln.

Sofia sagte: „Wir werden heute Abend sehr spät ankommen."

„In Piräus?" erkundigte sich Richard.

„Nein, da ist zu viel los. Wir legen in Monemvassia an, da sieht uns keiner."

„Und dann?"

„Dann geht jeder seine eigenen Wege. Das ist für uns alle sicherer." Sofia sah hinüber zum Ruder, wo ihre beiden Brüder standen. Sie lachten und schlugen einander auf den Rücken. „Seht sie euch an! Sie halten das Ganze für ein nettes kleines Abenteuer! Wenn sie Gerards Vater gesehen hätten …"

„Sind Sie in Ordnung?" fragte Beryl.

Sofia sah sie an. „Ich mache mir Sorgen um Gerard. Vielleicht suchen sie nach ihm."

„Das glaube ich nicht", sagte Richard. „Er war noch ein Junge, als sie Paris verließen. Seine Zeugenaussage stellt für sie keine Gefahr da."

„Er hat sich an genügend Dinge erinnert, die er *Ihnen* sagen konnte", erwiderte Sofia.

Richard schüttelte den Kopf. „Aber ich weiß nicht, wie das alles zusammenpasst."

„Vielleicht weiß es der Mörder. Und darum sucht er womöglich als Nächstes nach Gerard." Sofia sah wieder zum Ruder, hinüber zur Insel. Hinüber zu Gerard, der sich geweigert hatte zu fliehen. „Er ist so eigensinnig. Das wird ihn eines Tages noch umbringen", murmelte sie und ging in die Kabine.

„Was glaubst du, was er meinte?" fragte Beryl. „Was war das für ein Geschäft mit dem kleinen Mann mit der Aktentasche? War darin das Schweigegeld für Rideau?"

„Zum Teil."

„Du meinst, es war noch etwas anderes in der Aktentasche", sagte sie. „Nicht nur das Geld."

Er drehte sich um und sah den Glanz der untergehenden Sonne auf ihrem Gesicht, sah ihren eindringlichen Blick. Sie ist schlau, dachte er. Sie weiß genau, was ich denke. Er sagte: „Da bin ich sicher. Ich glaube, der Liebhaber unserer geheimnisvollen Mademoiselle Scarlatti fand sich in einer äußerst delikaten Lage wieder. Da liegen zwei Leichen in seinem Liebesnest, und die Polizei ist bereits alarmiert. Er sieht nur eine Möglichkeit, um seine Probleme auf einen Schlag loszuwerden. Er schickt einen Mann los, um Rideau ein Schweigegeld zu zahlen, damit dieser der Polizei nichts von ihm erzählt."

„Und das zweite Problem?"

„Sein Status als Maulwurf."

„Delphi?"

„Vielleicht wusste er, dass der Geheimdienst ihm auf die Spur gekommen war. Also steckt er die NATO-Dokumente in eine Aktentasche …"

„Und lässt den Mann, den er engagiert hat, die Aktentasche in der Dachwohnung abstellen", brachte Beryl seinen Gedankengang zu Ende. „Neben der Leiche meines Vaters."

Richard nickte. „*Das* war es wohl, was Inspektor Broussard uns zu sagen versuchte – etwas mit einer Aktentasche. Erinnerst du dich an das Polizeifoto von der Mordszene? Er deutete immer wieder auf diese leere Stelle neben der Tür. Was, wenn die Aktentasche erst *nach* den Polizeiaufnahmen dort abgestellt worden ist? Dem Inspektor war spätestens da klar, dass sie erst nach den Morden dort auftauchte."

„Aber er konnte der Sache nicht weiter nachgehen, weil der französische Geheimdienst die Aktentasche konfiszierte."

„Genau."

„Weil der Geheimdienst davon ausging, dass mein Vater die Dokumente mit in die Dachwohnung gebracht hatte." Sie sah ihn an, ihre Augen glänzten vor Entschlossenheit. „Wie können wir das beweisen? Irgendwas davon?"

„Wir müssen Mademoiselle Scarlattis Liebhaber ausfindig machen."

„Aber unser einziger Zeuge war Rideau. Und Gerard war noch ein Junge. Er erinnert sich kaum daran, wie der Mann aussah."

„Dann bleibt uns nur ein Weg. Es gibt einen Menschen, der weiß, wer Delphi wirklich war – sein ehemaliger Spionagechef in der DDR. Heinrich Leitner."

Sie starrte ihn überrascht an. „Weißt du, wie wir an ihn rankommen?"

„Er sitzt in einem Hochsicherheitsgefängnis in Berlin ein. Das Problem ist, dass der deutsche Bundesnachrichtendienst uns nicht gerade freien Zugang zu seinen Häftlingen gestatten wird."

„Vielleicht als diplomatische Gefälligkeit?"

Sein Lachen klang skeptisch. „Ein Ex-CIA-Agent gehört bestimmt nicht zu den beliebtesten Antragstellern. Außerdem will Leitner mich vielleicht gar nicht sehen. Trotzdem müssen wir es versuchen." Er drehte sich um und blickte über den Bug hinaus auf das dunkler werdende Meer.

Er spürte, wie sie sich neben ihn stellte, spürte ihre Nähe so intensiv wie die Strahlen der untergehenden Sonne. Es machte ihn wahnsinnig, dass sie sich so nahe waren und nicht miteinander schlafen konnten. Er ertappte sich dabei, wie er die Stunden zählte, bis sie wieder alleine sein würden, bis er sie wieder ausziehen, sie lieben könnte. *Und ich habe sie für zu reich für jemanden mit meiner Herkunft gehalten. Vielleicht ist sie das auch. Vielleicht ist das hier nur ein Fieber, das vorübergeht, das uns beide trauriger, aber weiser werden lässt. Aber im Moment kann ich an nichts anderes denken als an sie, im Moment will ich nur sie.*

„Also dahin fahren wir als Nächstes", flüsterte sie. „Nach Berlin."

„Es ist riskant." Ihre Blicke trafen sich im samtigen Licht der Dämmerung. „Die Sache könnte schief gehen …"

„Nicht, wenn du da bist", sagte sie leise.

Ich hoffe, du hast Recht, dachte er, als er sie an sich zog. Ich hoffe nur, du hast Recht.

Die Würfel klapperten gegen die Zellenwand und blieben mit einer Fünf und einer Sechs nach oben liegen.

„Ja! Ja!" jubelte Jordan und reckte triumphierend die Faust nach oben. „Was macht das? Zehntausend Francs? *Dix mille?*"

Seine Mithäftlinge Leroi und Fofo nickten resigniert.

Jordan streckte die Hand aus. „Zahltag, meine Herren."

Zwei schmuddelige Stück Papier wurden ihm in die Hand gedrückt. Jordan grinste. „Noch eine Runde?"

Fofo schüttelte die Würfel, warf sie gegen die Wand und stöhnte. Eine Drei und eine Fünf. Leroi würfelte einen Zweierpasch.

Jordan würfelte wieder eine Fünf und eine Sechs. Seine Zelleninsassen übergaben ihm zwei weitere schmuddelige Papierfetzen. Morgen bin ich Millionär, freute sich Jordan und betrachtete den wachsenden Stapel von Schuldscheinen vor sich. Auf dem Papier zumindest. Er nahm die Würfel und wollte sie gerade wieder gegen die Wand werfen, als sich Schritte näherten.

Reggie Vane stand vor der Zellentür, in der Hand einen Korb mit Räucherlachs und Crackern. „Das schickt dir Helena", sagte er, als er den Korb durch die kleine Öffnung unten in der Tür der Zelle schob. „Ach ja, es sind auch frische Stoffservietten drin und so was. Mit Papierservietten ist es ja kein richtiges Essen, nicht wahr?"

„In der Tat", stimmte Jordan zu und nahm erfreut den Korb mit den Leckereien entgegen. „Du bist wahrhaft ein echter Freund, Reggie."

„Nun ja …" Reggie grinste und räusperte sich. „Was tut man nicht alles für ein Kind von Madeline."

„Hat Onkel Hugh sich gemeldet?"

„Er ist immer noch unerreichbar, wie das Personal in Chetwynd mir mitteilte."

Jordan setzte frustriert den Korb ab. „Das ist aber wirklich seltsam! Ich sitze im Gefängnis. Beryl ist verschwunden. Und Onkel Hugh ist wahrscheinlich in einer geheimen

239

Mission für den MI 6 unterwegs." Er begann, in der Zelle auf und ab zu gehen und schien nicht zu bemerken, dass Fofo und Leroi inzwischen hungrig den Inhalt des Korbs inspizierten. „Und was hat die Untersuchung der Bombenexplosion ergeben? Irgendetwas Neues?"

„Zwischen den beiden Attentaten gibt es deutliche Zusammenhänge. Die Bomben wurden aus denselben Materialien hergestellt. Offensichtlich hatte ein und dieselbe Person sowohl Beryl als auch die St. Pierres im Auge."

„Ich glaube ja, dass insbesondere Marie St. Pierre das Ziel war." Jordan blieb stehen und sah Reggie an. „Nehmen wir mal an, *dass* Marie das Ziel des Attentats war. Wo wäre das Motiv?"

Reggie zuckte die Schultern. „Sie ist nicht gerade die Sorte Frau, die sich Feinde macht."

„Weißt du wirklich nichts? Sie und deine Frau sind schließlich beste Freundinnen. Helena muss doch wissen, wer versucht haben könnte, Marie umzubringen."

Reggie warf ihm einen besorgten Blick zu. „Nun ja, da ist schon etwas ... Aber es gibt keinen Beweis."

Jordan ging auf ihn zu. „Woran denkst du?"

„Es sind nur Gerüchte. Etwas, was Helena mal erwähnt hat."

„Etwas wegen Philippe?"

Reggie blickte nach unten. „Ich komme mir etwas ... nun ja, nicht gerade sehr gentlemanlike vor, wenn ich jetzt damit komme. Es liegt schon viele Jahre zurück."

„Was denn?"

„Die Affäre zwischen Philippe und Nina."

Jordan starrte ihn durch die Gitterstäbe an. Da haben wir es, dachte er. Da haben wir das Motiv. „Seit wann weißt du das?" fragte er.

„Ich habe vor fünfzehn oder zwanzig Jahren zum ersten Mal davon gehört. Verstehst du, ich wusste nie, warum Helena Nina nicht ausstehen kann. Sie hasst sie regelrecht. Du weißt ja, wie Frauen manchmal sind, mit ihren boshaften Blicken. Ich dachte, sie wäre lediglich eifersüchtig. Meine Helena kam mit … nun ja, attraktiven Frauen nie zurecht. Sie wird sogar sauer, wenn ich eine schöne Frau ihrer Meinung nach zu lange ansehe."

„Wie hat sie von Philippe und Nina erfahren?"

„Marie hat es ihr erzählt."

„Wer wusste noch davon?"

„Ich glaube, nicht viele. Die arme Marie wollte mit ihrer Demütigung kaum hausieren gehen. Dass der eigene Mann mit einem Miststück wie Nina rummacht!"

„Und trotzdem blieb sie all die Jahre Philippes Ehefrau."

„Sie ist eben ein loyaler Mensch. Und was hätte es auch gebracht, öffentlich Ärger zu machen deswegen und seine Karriere zu ruinieren? Jetzt ist er Finanzminister. Die Chancen stehen nicht schlecht, dass er es ganz nach oben schafft. Und Marie mit ihm. So hat es sich langfristig also auch für sie ausgezahlt."

„Wenn sie es noch erlebt."

„Du willst doch damit nicht andeuten, dass Philippe seine eigene Frau umbringen würde? Und wenn ja, warum erst jetzt?"

„Vielleicht hat sie ihm ein Ultimatum gestellt. Denk

doch mal nach, Reggie! Er steht kurz davor, Premierminister zu werden. Und dann sagt Marie: ‚Deine Geliebte oder ich. Du hast die Wahl!‘"

Reggie überlegte. „Wenn er sich für Nina entscheidet, müsste er seine Frau loswerden."

„Ja, aber wenn er sich für Marie entscheidet? Und Nina im Regen stehen lässt?"

Stirnrunzelnd sahen sie einander durch die Gitterstäbe an.

„Ruf Daumier an", schlug Jordan vor. „Sag ihm, was du mir gerade erzählt hast, das mit der Affäre. Und sag ihm, er soll Nina überwachen lassen."

„Du glaubst doch nicht im Ernst …"

„Ich glaube", unterbrach ihn Jordan, „dass wir das Ganze aus einem völlig falschen Blickwinkel betrachtet haben. Der Bombenanschlag war nicht politisch motiviert. Diese Nummer mit der ‚Kosmischen Solidarität‘ war nichts als eine Nebelkerze, die das wahre Motiv für den Anschlag verschleiern sollte."

„Du meinst, es liegt ein persönliches Motiv vor?"

Jordan nickte. „Das ist bei Mord in der Regel so."

Das Flugzeug nach Berlin war nur halbvoll, und der einzige logische Grund dafür, dass dieses ungepflegte Paar in der ersten Klasse saß, war wohl, dass sie tatsächlich dafür bezahlt hatten. Angesichts ihres Aussehens fand die Flugbegleiterin dies reichlich unglaubwürdig. Beide trugen dunkle Sonnenbrillen, zerknitterte Kleidung und sahen ziemlich erschöpft aus. Der Mann hatte sich seit etwa einer Woche nicht rasiert, wie die Bartstoppeln am Kinn verrieten. Die Frau hatte einen schweren Sonnenbrand, und ihre schwarzen Haare waren ungekämmt und staubig. Das einzige Gepäckstück der beiden war die Handtasche der Frau, ein zerbeultes Strohding, das voller Sand war. Die Flugbegleiterin sah sich die Flugscheine der beiden an. Athen – Rom – Berlin. Mit gezwungenem Lächeln fragte sie, ob die beiden einen Cocktail wünschten.

„Eine Bloody Mary", sagte die Frau in perfektem British English.

„Einen Rob Roy", sagte der Mann. „Nicht zu bitter."

Die Stewardess ging nach hinten, um die Getränke zu holen. Als sie zurückkam, hielten der Mann und die Frau Händchen und sahen sich mit dem erschöpften Lächeln zweier Überlebender an. Sie nahmen die Getränke vom Tablett.

„Auf uns?" fragte der Mann.

„Auf jeden Fall", antwortete die Frau.

Grinsend stießen die beiden an.

Der Essenstrolley kam, und es wurden Hummerpastetchen und Lammkrone an Wildreis mit Champignonköpfchen serviert. Die beiden nahmen von allem je zwei Portionen und beendeten ihre Mahlzeit mit einer kleinen Flasche Wein. Dann rollten sie sich zusammen wie erschöpfte Welpen, kuschelten sich aneinander und schliefen ein.

Sie schliefen die ganze Strecke nach Berlin. Erst als das Flugzeug am Terminal andockte, schreckten die beiden aus dem Schlaf hoch. Dann aber waren beide sofort hellwach und aufmerksam. Als die Passagiere das Flugzeug verließen, behielt die Flugbegleiterin das merkwürdige Paar aus Athen im Auge. Irgendwie war sie misstrauisch geworden, denn normalerweise sahen Erste-Klasse-Passagiere nicht aus wie Clochards.

Das Paar stieg als Letztes aus.

Die Stewardess folgte den beiden bis zur Passagierrampe und sah ihnen nach, wie sie auf die kleine Gruppe wartender Personen zugingen. Sie schafften es bis zum Warteraum.

Dann stellten sich ihnen zwei Männer in den Weg. Das Paar blieb sofort stehen und versuchte, zurück ins Flugzeug zu entkommen. Wie durch Zauberei tauchten drei weitere Männer auf und schnitten ihnen den Fluchtweg ab. Das Paar war gefangen.

Die Flugbegleiterin erhaschte einen Blick auf das angstverzerrte Gesicht der Frau, auf den grimmigen Gesichtsausdruck des Mannes, eines Mannes, der verloren hatte. Sie war sich gleich sicher gewesen, dass mit den beiden etwas nicht stimmte. Vielleicht waren sie Terroristen oder international operierende Diebe. Und jetzt nahm die Polizei sie in Haft. Sie beobachtete, wie das Paar durch die murmelnde Menge abgeführt wurde. Definitiv keine Erste-Klasse-Passagiere, dachte sie befriedigt. So was sah man doch immer sofort.

Richard und Beryl wurden in einen fensterlosen Raum geschoben. „Hier bleiben!" wurde ein Kommando gebellt, und mit einem Knall schlug die Tür hinter ihnen zu.

„Die haben auf uns gewartet", sagte Beryl. „Woher wussten sie, dass wir auf dem Weg nach Berlin waren?"

Richard ging zur Tür und überprüfte den Türknauf. „Nichts zu machen", brummte er. „Wir sind eingeschlossen." Frustriert begann er, auf der Suche nach einem anderen Fluchtweg durch das Zimmer zu gehen.

„Wir haben die Tickets bar bezahlt. Sie können es nicht gewusst haben. Und das war Flughafenpersonal, Richard. Wenn sie uns umbringen wollten, warum sollten sie uns dann zuerst einsperren?"

„Damit sie euch die Köpfe eben nicht vom Hals schießen", sagte eine ihnen wohlbekannte Stimme. „Deshalb."

Beryl wirbelte erstaunt herum. Ein stämmiger Mann war gerade durch die Tür hereingekommen. „Onkel Hugh?"

Lord Lovat begutachtete missmutig ihre zerknitterte Kleidung und ihr zersaustes Haar. „Du siehst schlimm aus. Seit wann stehst du auf Gypsy-Look?"

„Seit wir durch halb Griechenland getrampt sind. Und Kreditkarten sind übrigens *nicht* die präferierte Zahlungsweise in kleinen griechischen Dörfern."

„Aber ihr habt es nach Berlin geschafft." Er sah Richard an. „Gute Arbeit, Wolf."

„Ich hätte etwas Unterstützung gebrauchen können", murrte Richard.

„Und wir hätten sie gern zur Verfügung gestellt. Aber wir hatten keine Ahnung, wo ihr seid, bis ich mit deinem Partner Sakaroff gesprochen habe. Er sagte, du wärest auf dem Weg nach Berlin. Wir haben gerade erst herausgefunden, dass ihr den Umweg über Athen genommen habt."

„Und was machst *du* in Berlin, Onkel Hugh?" wollte

Beryl wissen. „Ich dachte, du bist auf einer geheimen Mission."

„Ich bin angeln."

„Aber offensichtlich nicht nach Fischen."

„Nach Antworten. Die hoffentlich Heinrich Leitner geben kann." Er sah sich noch einmal Beryls Kleidung an und seufzte. „Lasst uns ins Hotel fahren, damit ihr euch frisch machen könnt. Dann besuchen wir Herrn Leitner im Gefängnis."

„Haben wir eine Erlaubnis, mit ihm zu sprechen?" sagte Richard überrascht.

„Was meinst du, was ich in den letzten Tagen hier gemacht habe? Ich habe die verantwortlichen Beamten zum Essen ausgeführt!" Er winkte sie aus dem Raum. „Der Wagen wartet."

In Onkel Hughs Hotelsuite duschten sie sich die drei Tage griechischen Staub und Sand ab. Frische Kleidung wurde aufs Zimmer geliefert, mit freundlicher Empfehlung der Rezeption – nüchterner Business-Look, die angemessene Kleidung für einen Besuch im Hochsicherheitstrakt.

„Woher sollen wir wissen, ob Leitner uns die Wahrheit sagt?" fragte Richard, als sie in der Limousine auf dem Weg zum Gefängnis saßen.

„Wir wissen es nicht", sagte Hugh. „Wir wissen nicht einmal, wie viel er uns sagen *kann*. Er hat die Operationen in Paris von Ostberlin aus geleitet, daher kennt er die Codenamen, aber nicht unbedingt die Gesichter."

„Dann kann eventuell also auch nichts dabei herauskommen."

„Wie ich bereits sagte, Wolf, es ist ein Angelausflug. Manchmal hat man einen alten Reifen am Haken, manchmal einen Lachs."

„Oder, wie in diesem Fall, einen Maulwurf."

„Wenn er kooperativ ist."

„Bist du bereit für die Wahrheit?" fragte Richard. Die Frage war an Hugh gerichtet, aber sein Blick ruhte auf Beryl. Delphi konnte immer noch Bernard oder Madeline sein, verrieten seine Augen.

„Im Moment würde ich sagen, die Unwissenheit ist gefährlicher", stellte Hugh fest. „Und wir müssen auch an Jordan denken. Ich habe Leute, die auf ihn aufpassen. Aber es besteht immer die Möglichkeit, dass etwas schief gehen kann."

Es ist schon einiges schief gegangen, dachte Beryl und betrachtete durch die Autoscheibe die grauen und heruntergekommenen Häuser Ostberlins.

Das Gefängnis war noch abstoßender – eine massive Betonfestung, die von Elektrozäunen umgeben war. Höchste Sicherheitsstufe, stellte sie fest, als sie den Spießrutenlauf durch die Sicherheitsschleusen und Metalldetektoren begannen. Man hatte Onkel Hugh offensichtlich erwartet, schien sein Ansinnen allerdings eher lästig zu finden. Erst als sie das Büro des Gefängnisleiters betraten, wurde der Umgangston höflicher. Becher mit heißem Tee wurden gereicht und den Männern Zigarren angeboten. Hugh nahm an; Richard lehnte ab.

„Bis vor kurzem war Leitner sehr unkooperativ", erklärte der Beamte und zündete sich eine Zigarre an.

„Zunächst bestritt er, überhaupt etwas mit der Sache zu tun zu haben. Aber unsere Akten über ihn beweisen das Gegenteil. Er war es, der für die Operationen in Paris zuständig war."

„Hat Leitner Namen genannt? Ist er genauer geworden?" fragte Richard.

Der Leiter sah Richard durch die Wolke von Zigarrenrauch an. „Sie waren beim CIA, richtig, Mr. Wolf?"

Richard nickte kurz. „Vor Jahren. Ich bin schon lange nicht mehr im Geschäft."

„Aber dann verstehen Sie, was es bedeutet, von seinen ehemaligen Partnern verfolgt zu werden."

„Ja, das verstehe ich."

Der Beamte stand auf und blickte aus dem Fenster auf den Stacheldraht. „Berlin ist voll von Leuten, die versuchen, vor ihrem eigenen Schatten davonzulaufen, vor ihrem alten Leben. Ob es um Geld ging oder um Ideologie, sie arbeiteten für einen Herrn. Und jetzt ist dieser Herr tot, und sie verstecken sich vor der Vergangenheit."

„Leitner ist schon im Gefängnis. Er hat nichts zu verlieren, wenn er mit uns spricht."

„Aber die Leute, die für ihn arbeiteten – die noch nicht bekannt sind –, haben alles zu verlieren. Die Stasi-Akten können inzwischen eingesehen werden. Und jeden Tag kommen neugierige Bürger und öffnen Akten und entdecken die Wahrheit. Und stellen fest, dass ihr Freund oder Ehemann oder Geliebter für den Feind gearbeitet hat." Der Leiter des Gefängnisses drehte sich um und seine blassen blauen Augen richteten sich auf Richard. „Deswegen hat sich Leitner bisher geweigert, Namen zu nennen: um seine ehemaligen Agenten zu schützen."

„Aber Sie sagten gerade, er ist neuerdings etwas kooperativer?"

„In den letzten Wochen war er es."

„Warum?"

Der Gefängnisleiter zögerte. „Herzprobleme, sagen die Ärzte. Sein Herz macht es nicht mehr lange. In zwei, drei Monaten …" Er zuckte die Schultern. „Leitner weiß, dass das Ende naht. Und für etwas Komfort ist er manchmal bereit zu reden."

„Dann könnte er unsere Fragen eventuell beantworten."

„Wenn er in Stimmung ist." Der Beamte wandte sich zur Tür. „Also, sehen wir nach, in welcher Gemütsverfassung Herr Leitner sich heute befindet."

Sie folgten ihm über die gesicherten Korridore, vorbei an fest installierten Kameras und grimmig dreinblickenden Wachen, ins Herz des Gebäudekomplexes. Hier gab es keine Fenster; selbst die Luft schien hermetisch von der Außenwelt abgeriegelt zu sein. Von hier gibt es kein Entkommen, dachte Beryl. Nur durch den Tod.

Sie blieben vor einer Zelle mit der Nummer fünf stehen. Zwei Wärter, jeder mit einem eigenen Schlüssel, öffneten separate Schlösser. Die Tür öffnete sich.

Drinnen saß ein alter Mann auf einem Holzstuhl. Er hatte eine Sauerstoffmaske auf der Nase sitzen. Seine Gefängniskleidung – gelbbraunes Hemd und Hose, kein Gürtel – war für den verfallenden Körper zu groß geworden. Das Neonlicht ließ sein Gesicht gelblich aussehen. Hinter dem

Stuhl stand ein Sauerstofftank; außer dem zischenden Geräusch des Gases, das in seine Nasenlöcher strömte, war es still in der Zelle.

Der Gefängnisleiter begrüßte ihn: „Guten Tag, Heinrich."

Leitner sagte nichts. Er quittierte den Gruß lediglich mit einem Augenblinzeln.

„Ich habe Lord Lovat aus England dabei. Sie kennen seinen Namen?"

Wieder blinzelte der alte Mann mit den blauen Augen. Und dann flüsterte er kaum hörbar: „MI 6."

„Das stimmt", sagte Hugh. „Inzwischen in Pension."

„Ich auch", kam die Antwort ohne jeglichen Humor. Leitners Blick fiel auf Beryl und Richard.

„Meine Nichte", erklärte Hugh. „Und ein ehemaliger Kollege, Richard Wolf."

„CIA?" fragte Leitner.

Richard nickte. „Auch in Pension."

Leitner brachte ein schwaches Lächeln zustande. „Wie unterschiedlich wir unseren Ruhestand genießen." Er sah wieder Hugh an. „Und Sie wollten einfach mal beim ehemaligen Feind vorbeischauen? Das ist aber nett."

„Nicht direkt", sagte Hugh.

Leitner fing an zu husten, und diese Anstrengung war beinahe zu viel für ihn; als er schließlich wieder in seinen Stuhl zurücksank, war sein Gesicht bläulich angelaufen. „Was wollen Sie wissen?"

„Die Identität Ihres Doppelagenten in Paris. Codename Delphi."

Leitner schwieg.

„Der Name ist Ihnen sicher geläufig, Herr Leitner. Delphi hat jahrelang wertvolle Informationen geliefert. Er war Ihre Verbindung zur NATO. Erinnern Sie sich?"

„Das ist zwanzig Jahre her", murmelte Leitner. „Die Welt hat sich verändert."

„Wir wollen nur seinen Namen. Das ist alles."

„Damit ihr Delphi einlochen könnt wie mich? Ihm die Sonne und die frische Luft zum Atmen wegnehmen?"

„Damit das Morden ein Ende hat", sagte Richard.

Leitner runzelte die Stirn. „Welches Morden?"

„Das aktuelle Morden. Gerade wurde eine französische Agentin in Paris ermordet. Und in Griechenland ein Mann erschossen. Beide Taten hängen mit Delphi zusammen."

„Das ist nicht möglich", entgegnete Leitner.

„Warum nicht?"

„Delphi wurde stillgelegt."

Hugh sah ihn fragend an. „Soll das heißen, er ist tot?"

„Das ergibt doch keinen Sinn", sagte Richard. „Wenn Delphi tot ist, warum wird immer noch gemordet?"

„Vielleicht", erwiderte Leitner, „hat das alles gar nichts mit Delphi zu tun."

„Oder vielleicht lügen Sie", sagte Richard.

Leitner lächelte. „Könnte auch sein." Unvermittelt begann er wieder zu husten; es klang, als würde er ersticken. Er konnte nur wieder sprechen, weil er nach jedem Satz die Sauerstoffmaske überzog. „Delphi war ein bezahlter Rekrut", sagte er. „Kein überzeugter Anhänger. Sie verstehen, dass wir die echten Anhänger bevorzugten. Die waren nicht so teuer."

„Er tat es also nur wegen des Geldes?" fragte Richard.

„Eine recht ansehnliche Summe, die da im Lauf der Jahre zusammenkam."

„Wann hörte er auf?"

„Als es ein Risiko für alle Beteiligten wurde. Also beendete Delphi die Zusammenarbeit. Und verwischte seine Spuren, bevor Ihr Geheimdienst ihn enttarnen konnte."

„Und deshalb wurden meine Eltern umgebracht?" fragte Beryl. „Weil Delphi seine Spuren verwischen musste? War es deshalb?"

Leitner sah sie fragend an. „Ihre Eltern?"

„Bernard und Madeline Tavistock. Sie wurden in einer Dachwohnung am Pigalle erschossen."

„Ein Mord und ein Selbstmord. Ich habe den Bericht gelesen."

„Oder vielleicht wurden beide von ihm umgebracht. Von Delphi."

Leitner sah Hugh an. „Ich habe keinen solchen Befehl erteilt. Und das ist die Wahrheit."

„Das bedeutet, dass etwas von dem, was Sie uns gesagt haben, *nicht* die Wahrheit ist?" versuchte es Richard.

Leitner nahm einen tiefen Zug Sauerstoff und atmete schmerzerfüllt aus. „Die Wahrheit ist trügerisch", flüsterte er. „Was spielt das jetzt noch für eine Rolle?" Er sank in seinem Stuhl zurück und sah den Gefängnisleiter an. „Ich möchte mich jetzt ausruhen. Gehen Sie und nehmen Sie diese Leute mit."

„Herr Leitner", sagte Richard. „Ich habe nur noch eine letzte Frage: Ist Delphi wirklich tot?"

„Er wurde stillgelegt", antwortete er. „Das ist das Wort, das ich benutzt habe."

„Also ist er nicht tot."

„Für Ihre Zwecke", sagte Leitner mit einem Lächeln, „ist er das."

11. Kapitel

„*E*in Schläfer. Delphi muss ein Schläfer sein", sagte Richard. Sie hatten sich nicht getraut, die Frage in der Limousine zu diskutieren – sie wussten ja nicht, für wen der Fahrer wirklich arbeitete. Aber hier, in einem lauten Restaurant, in dem die Kellner hin und her liefen, konnte Richard endlich seine Theorie loswerden. „Ich bin mir sicher, dass er das gemeint hat."

„Ein Schläfer?" fragte Beryl.

„Das ist jemand, der zum Beispiel Jahre zuvor auf Vorrat rekrutiert wird", erklärte ihr Onkel. „Als junger Erwachsener. Die Person kann jahrelang inaktiv sein. In der Regel führt sie ein normales Leben und versucht, sich eine einflussreiche Stellung zu verschaffen. Und dann kommt das Signal, und der Schläfer wird aktiviert."

„Also das meinte er", sagte Beryl. „Nicht tot, aber auch nicht aktiv."

„Genau."

„Und damit dieser Schläfer von Nutzen für sie ist, muss er eine einflussreiche Stellung innehaben. Oder nahe genug daran sein", sagte Beryl nachdenklich.

„Was haargenau auf Stephen Sutherland zutrifft", überlegte Richard. „Amerikanischer Botschafter. Zugang zu allen Sicherheitsinformationen."

„Oder Philippe St. Pierre", ergänzte Hugh. „Finanzminister. Wird gehandelt als der nächste französische Premier …"

„Und ist damit extrem anfällig für Erpressung", fügte

Beryl hinzu, die an Nina und Philippe dachte. Und an Anthony, ihr uneheliches Kind.

„Ich werde Daumier informieren", sagte Hugh. „Er soll St. Pierre noch mal überprüfen lassen."

„Und wenn er schon dabei ist", sagte Richard, „soll er Nina gleich auch überprüfen."

„Nina?"

„Wir sprechen von einflussreichen Positionen! Sie war immerhin die Frau eines Botschafters und die Geliebte von St. Pierre. Beide könnten ihr während der Zeit Geheimnisse anvertraut haben."

Hugh schüttelte den Kopf. „Von ihrem zweistelligen IQ mal ganz abgesehen, käme ich nie auf die Idee, dass Nina Sutherland für den Geheimdienst arbeiten könnte."

„Und gerade deshalb wäre es doch möglich."

Hugh sah sich ungeduldig nach dem Kellner um. „Wir müssen sofort nach Paris fahren", sagte er und legte das Geld für ihren Kaffee auf den Tisch. „Es ist nicht abzusehen, was mit Jordan geschieht."

„Wenn es Nina wäre ... Meinst du, sie könnte Jordan etwas antun?" fragte Beryl.

„In all den Jahren habe ich Nina Sutherland nie mit auf der Liste gehabt", sagte Hugh. „Denselben Fehler will ich jetzt nicht wieder machen."

Daumier traf sie am Flughafen Paris-Orly direkt am Ausgang. „Ich habe die Sicherheitsakten von Philippe und Nina noch einmal überprüft", berichtete er, als sie gemeinsam in seinem Wagen saßen. „St. Pierre ist sauber. Seine Vorgeschichte ist wirklich einwandfrei. Wenn er der Schläfer ist, gibt es dafür keinen Beweis."

„Und Nina?"

Daumier seufzte vernehmlich. „Unsere liebe Nina stellt ein Problem dar. Es gab da eine Geschichte, die bei ihrer ersten Überprüfung nicht beachtet wurde. Sie hatte mit achtzehn ihren ersten Theaterauftritt in London. Es war eine kleine, eher unbedeutende Rolle, aber der Beginn ihrer Schauspielkarriere. Damals hatte sie ein Verhältnis mit einem ihrer Schauspielerkollegen – einem Ostdeutschen namens Bert Klausner, der behauptete, ein Überläufer zu sein. Doch drei Jahre später verschwand er aus England, und seitdem hat man nie wieder etwas von ihm gehört."

„Ein Führungsoffizier?"

„Möglicherweise."

„Und wie kam es, dass diese Affäre bei Ninas Überprüfung nicht weiter berücksichtigt wurde?" erkundigte sich Beryl.

Daumier zuckte die Schultern. „Es wurde vermerkt, als Nina und Sutherland heirateten. Damals verließ sie das Theater, um die Frau eines Diplomaten zu werden. Sie hatte keine offizielle Position. Normalerweise sind Überprüfungen von Ehepartnern – vor allem, wenn sie Amerikaner sind – nicht erforderlich. Also fiel Nina durchs Raster."

„Es gibt also ein Indiz für eine mögliche Anwerbung", stellte Beryl fest. „Und sie könnte durch ihren Mann Zugang zu den NATO-Geheimnissen gehabt haben. Aber es lässt sich nicht beweisen, dass sie Delphi ist. Und dass sie eine Mörderin ist, schon gar nicht."

„Das ist wahr", pflichtete Daumier ihr bei.

„Ich bezweifle auch, dass sie es jemals zugeben würde", sagte Richard. „Nina war mal Schauspielerin. Sie würde sich vermutlich überall durchlavieren."

„Deshalb habe ich folgenden Vorschlag", sagte Daumier. „Wir stellen ihr eine Falle und verleiten sie, aus ihrer Deckung zu kommen."

„Mit welchem Köder?"

„Jordan."

„Kommt nicht infrage!" protestierte Beryl.

„Er hat schon zugesagt. Heute Nachmittag wird er aus dem Gefängnis entlassen. Wir bringen ihn in ein Hotel, wo er sich möglichst auffällig verhalten soll."

Hugh lachte. „Das ist keine große Herausforderung für Jordan."

„Meine Leute werden an strategischen Punkten im Hotel postiert sein. Falls – und sobald – ein Angriff erfolgt, sind sie bereit für den Zugriff."

„Das könnte schief gehen", wandte Beryl ein. „Er könnte verletzt werden …"

„Das kann im Gefängnis auch passieren", erwiderte Daumier. „Und so bekommen wir vielleicht wenigstens die Antwort."

„Auch wenn es jemanden das Leben kosten könnte."

„Haben Sie einen besseren Vorschlag?"

Beryl sah Richard an, dann ihren Onkel. Beide sagten nichts. Ich kann nicht fassen, dass sie damit einverstanden sind, dachte sie.

Sie sah Daumier an. „Und was soll *ich* machen?"

„Du würdest die Sache nur komplizieren, Beryl", sagte Hugh. „Es ist besser, wenn du nicht auf der Bildfläche erscheinst."

„Die Sicherheitsvorkehrungen bei den Vanes sind exzellent", sagte Daumier. „Reggie und Helena haben bereits zugestimmt, dass Sie dort wohnen können."

„Aber ich habe nicht zugestimmt", entgegnete Beryl.

„Beryl." Das war Richard. Er klang ruhig, aber unnachgiebig. „Jordan ist sicher und wird beschützt. Man ist auf einen Angriff vorbereitet. Diesmal wird nichts schief gehen."

„Kannst du dafür garantieren? Kann das einer von euch?"

Keiner sagte etwas.

„Man kann für gar nichts garantieren, Beryl", sagte Daumier ruhig. „Das ist unsere Chance. Vielleicht unsere einzige Chance, Delphi zu fassen."

Frustriert sah Beryl aus dem Fenster und ging in Gedanken alle Möglichkeiten durch. Sie sah ein, dass es keine Alternative gab, wenn sie den Fall lösen wollten. Leise sagte sie: „Ich bin einverstanden – unter einer Bedingung."

„Und die wäre?"

Sie schaute Richard an. „Ich will, dass du bei ihm bist. Ich vertraue dir, Richard. Wenn du auf Jordan aufpasst, weiß ich, dass ihm nichts geschieht."

Richard nickte. „Ich werde an seiner Seite sein."

„Wer weiß außer uns von diesem Plan?" fragte Hugh.

„Nur ein paar meiner Leute", sagte Daumier. „Ich habe vor allem darauf geachtet, dass Philippe St. Pierre nichts erfährt."

„Was wissen Reggie und Helena?" fragte Beryl.

„Nur, dass Sie einen sicheren Aufenthaltsort benötigen. Sie tun es ihren alten Freunden zuliebe."

Wie eine alte Freundin wurde Beryl dann auch von den Vanes in ihrem Haus empfangen. Sobald sich die Tore hinter der Limousine geschlossen hatten und die hohen Mauern des Grundstücks sie umgaben, fühlte sie sich geborgen. Alles kam ihr so vertraut vor: die englische Tapete, das Tablett mit Tee und Gebäck auf dem Beistelltisch, die Blumen, deren Duft die Räume erfüllte. Hier würde ihr sicher nichts passieren …

Sie hatte kaum Zeit, sich von Richard zu verabschieden. Während Daumier und Hugh draußen im Wagen warteten, nahm Richard Beryl in den Arm. Sie hielten sich ein letztes Mal umschlungen und küssten sich.

„Du bist hier absolut sicher", flüsterte er. „Verlass auf keinen Fall das Grundstück."

„Ich mache mir Sorgen um dich. Um dich und um Jordan."

„Ich passe auf, dass ihm nichts passiert." Er hob ihr Kinn an und küsste sie auf den Mund. „Und das", sagte er, „verspreche ich dir." Er streichelte ihr Gesicht und grinste sie an, ein zuversichtliches Grinsen, das ihr zu verstehen gab, dass alles in Ordnung war.

Dann ging er.

Sie stand in der Tür und beobachtete, wie der Wagen vom Grundstück rollte, wie sich die Eisentore hinter ihm schlossen. Ich bin bei dir, dachte sie. Was auch passiert, Richard, ich bin ganz nahe bei dir.

„Komm, Beryl", sagte Reggie und legte ihr liebevoll den Arm um die Schulter. „Ich habe in solchen Dingen einen unfehlbaren Instinkt. Ich bin mir sicher, dass alles gut wird."

Sie sah in Reggies lächelndes Gesicht. Gott sei Dank haben wir Freunde, dachte sie. Und ließ sich von Reggie ins Haus führen.

Jordan kniete auf allen Vieren in seiner Zelle und schüttelte die Würfel in seiner Hand. Seine Zellenkumpane, die beiden verwahrlosten, übel riechenden Ganoven – oder ging dieser Geruch inzwischen auch von ihm selbst aus? – hockten hinter ihm, trampelten mit den Füßen und schrien. Jordan würfelte; die Würfel kullerten über den Boden und prallten gegen die Wand. Zwei Fünfer.

„*Zut alors!*" stöhnten seine Mithäftlinge.

Jordan reckte triumphierend die Faust in die Höhe. „*Oh, là là!*" Erst jetzt bemerkte er die Besucher, die ihn durch die Gitterstäbe ansahen. „Onkel Hugh!" sagte er und sprang auf die Füße. „Bin ich froh, dich zu sehen!"

Hugh sah sich ungläubig in der Zelle um. Auf einer Pritsche war ein rot-weiß kariertes Tischtuch ausgebreitet, darauf standen ein Teller mit Rindfleischscheiben und pochiertem Lachs sowie eine Schüssel Trauben. Eine Flasche Wein war in einem Plastikeimer kalt gestellt. Und auf einem Stuhl neben dem Bett erblickte er ordentlich aufgereiht ein halbes Dutzend Bücher im Ledereinband, außerdem eine Vase mit Rosen. „Und das ist ein Gefängnis?" witzelte Hugh.

„Oh, ich habe es uns ein bisschen schön gemacht", sagte

Jordan. „Das Essen hier ist ungenießbar, also habe ich mir was kommen lassen. Und etwas Lesestoff dazu. Aber", sagte er mit einem Seufzen, „leider ist es trotzdem immer noch zu sehr Gefängnis." Er tippte gegen die Gitterstäbe. „Wie man sieht." Er sah Daumier an. „Sind wir soweit?"

„Wenn Sie noch wollen."

„Ich habe keine andere Wahl, oder? Wenn man die Alternative bedenkt."

Der Wärter sperrte die Zellentür auf, und Jordan ging hinaus. Sein Kleiderbündel hatte er dabei. Aber er konnte nicht gehen, ohne sich ordentlich von seinen Zellengenossen zu verabschieden. Er drehte sich um und sah, dass Fofo und Leroi ihn traurig ansahen. „Das war's dann wohl", sagte er. „Es war …", er dachte einen Moment nach, weil ihm das richtige Wort nicht gleich einfiel, „eine einzigartige Erfahrung." Einem inneren Impuls folgend, warf er dem ungläubigen Fofo seine maßgeschneiderte Leinenjacke zu. „Ich glaube, die könnte dir passen", sagte er. „Trag sie in Ehren." Er winkte ihnen noch einmal zu und folgte dann seinen Begleitern. Sie verließen das Gebäude und stiegen in Daumiers Wagen.

Sie fuhren zum Ritz – Jordan wohnte wieder im selben Zimmer. Ein durchaus angemessener Ort für einen Mordanschlag, dachte er sarkastisch, als er aus der Dusche kam und einen frischen Anzug anzog.

„Kugelsichere Fenster", sagte Daumier. „Mikrofone im vorderen Zimmer. Gegenüber im Flur sind zwei Männer stationiert. Und das hier ist für Sie." Daumier griff in seine Aktentasche und entnahm ihr eine automatische Pistole. Er gab sie Jordan, der mit hochgezogenen Brauen die Waffe begutachtete.

„Worst-case-Szenario? Ich soll mich selbst verteidigen?"

„Eine Vorsichtsmaßnahme. Kennen Sie sich damit aus?

„Ich denke, ich werde zurechtkommen", antwortete Jordan und hantierte wie ein Profi am Abzug herum. Er sah Richard an. „Und jetzt?"

„Essen gehen im Hotelrestaurant", sagte Richard. „Lassen Sie sich Zeit, und sehen Sie zu, dass möglichst viele Angestellte auf Sie aufmerksam werden. Geben Sie ein großzügiges Trinkgeld, benehmen Sie sich auffällig. Und anschließend kehren Sie auf Ihr Zimmer zurück."

„Und dann?"

„Warten wir ab, wer klopft."

„Und wenn keiner klopft?"

„Keine Sorge", sagte Daumier. „Die kommen schon. Garantiert."

Amiel Foch erreichte der Anruf knapp dreißig Minuten später. Es war das Zimmermädchen – dieselbe Frau, die eine Woche vorher so nützlich gewesen war, als er sich Zutritt zu den Suiten der Tavistocks hatte verschaffen müssen.

„Er ist wieder da", berichtete sie. „Der Engländer."

„Jordan Tavistock? Aber der ist doch im Gefängnis …"

„Ich habe ihn gerade im Hotel gesehen. Zimmer 315. Er scheint alleine zu sein."

Foch verzog überrascht das Gesicht. Vielleicht hatten die Beziehungen dieser Tavistocks gefruchtet. Er war jetzt wieder ein freier Mann – und ein verwundbares Ziel. „Ich muss in sein Zimmer", sagte Foch. „Heute Abend."

„Das geht nicht."

„Sie haben es schon einmal getan. Ich bezahle das Doppelte."

Das Zimmermädchen schnaubte verächtlich. „Das reicht nicht. Ich setze schließlich meinen Job aufs Spiel."

„Ich bezahle mehr als genug. Geben Sie mir nur einfach wieder den Generalschlüssel."

Stille. Dann sagte die Frau: „Erst den Umschlag. Dann den Schlüssel."

„Einverstanden", sagte Foch und legte auf. Danach rief er sofort Anthony Sutherland an. „Jordan Tavistock wurde aus dem Gefängnis entlassen", teilte er ihm mit. „Er wohnt wieder im Ritz und hält sich im Moment auch dort auf. Soll ich den Auftrag zu Ende führen?"

„Aber diesmal wünsche ich, dass es klappt, und wenn ich mich persönlich darum kümmern muss. Wann schlagen wir zu?"

„Ich glaube nicht, dass es klug ist …"

„*Wann schlagen wir zu?*"

Foch schluckte seine Verärgerung hinunter. Es wäre falsch, Sutherland mitzunehmen. Der Junge war nichts anderes als ein Voyeur, der einmal das Gefühl von ultimativer Macht verspüren wollte – indem er jemanden umbrachte. Foch war das schon vor Jahren aufgefallen, als sie sich kennen lernten. Er hatte es ihm sofort angesehen, dass dieser Mann immer neue Kicks brauchte, intensive Erfahrungen, in sexueller Hinsicht und auch sonst.

Und jetzt wollte der junge Mann eine neue Erfahrung machen. Mord. Das war ein Fehler, mit Sicherheit ein großer Fehler.

„Denken Sie daran, wer Sie bezahlt, Monsieur Foch", sagte Sutherland. „Außerordentlich gut bezahlt. Ich treffe hier die Entscheidungen, nicht Sie."

Und wenn es dumme, gefährliche Entscheidungen sind? fragte sich Foch. Schließlich sagte er: „Heute Abend. Wir warten, bis er schläft."

„Heute Abend", wiederholte Sutherland. „Ich werde da sein."

Um halb zwölf knipste Jordan in seinem Hotelzimmer das Licht aus, stopfte drei Kissen unter die Bettdecke und arrangierte sie so, dass man sie für einen menschlichen Körper halten könnte. Dann nahm er neben Richard seine Position an der Tür ein. Sie saßen in der Dunkelheit und warteten darauf, dass etwas passierte. Dass irgendwas passierte. Bisher war der Abend gähnend langweilig gewesen. Daumier hatte ihn zu einem Gefangenen in seinem eigenen Hotelzimmer gemacht. Er hatte zwei Stunden lang ferngesehen, *Paris Match* durchgeblättert und fünf Kreuzworträtsel gelöst. Was muss ich tun, um den Mörder anzulocken? fragte er sich. Ihm eine Extra-Einladung schicken?

Seufzend lehnte er sich gegen die Wand. „Ist das die Arbeit, die Sie früher gemacht haben, Wolf?" fragte er leise.

„Ja, Warten gehörte oft dazu. Und Langeweile", sagte Richard. „Und immer wieder auch Momente äußerster Angst."

„Und warum haben Sie den Dienst quittiert? Wegen der Langeweile oder wegen der Angst?"

Richard antwortete nicht gleich. „Wegen der Entwurzelung."

„Aha. Der Mann sehnt sich nach Heim und Herd." Jordan lächelte. „Und wie passt da meine Schwester ins Bild?"

„Beryl ist … eine besondere Frau."

„Damit haben Sie meine Frage nicht beantwortet."

„Die Antwort lautet: Ich weiß es nicht", gab Richard zu. Er straffte die Schultern, um seine Muskulatur zu entspannen. „Manchmal kommt es mir so vor, als passten wir überhaupt nicht zusammen. Natürlich kann ich mir einen Smoking anziehen und mit einem Kognakschwenker in der Gegend herumstehen. Aber ich will niemandem etwas vormachen, am allerwenigsten mir selbst. Und Beryl auch nicht."

„Sie glauben wirklich, dass es das ist, was sie braucht? Einen Spießer im schwarzen Anzug?"

„Ich weiß nicht, was sie braucht. Oder was sie will. Ich weiß, dass sie vermutlich denkt, dass sie verliebt ist. Aber wie zum Teufel kann man sich da sicher sein, bei allem, was hier vorgeht?"

„Am besten, man wartet ab, bis Ruhe eingekehrt ist. Und entscheidet dann."

„Und muss mit den Konsequenzen leben."

„Aber ihr seid schon ein Paar, oder nicht?"

Richard sah ihn überrascht an. „Interessieren Sie sich immer so stark für das Liebesleben Ihrer Schwester?"

„Ich bin ihr nächster männlicher Verwandter. Und deshalb muss ich ihre Ehre verteidigen." Jordan lachte leise.

„Eines Tages muss ich Sie vielleicht erschießen, Wolf. Vorausgesetzt, ich überlebe diese Nacht."

Sie lachten beide. Und dann warteten sie wieder.

Um ein Uhr nachts hörten sie, wie sich auf dem Flur ganz leise eine Tür schloss. Hatte da gerade jemand das Treppenhaus verlassen? Jordan war plötzlich hellwach, Adrenalin schoss durch seinen Körper. Er flüsterte: „Haben Sie das gehört ..."

Richard war bereits in die Hocke gegangen. In der Dunkelheit spürte Jordan die Anspannung des anderen Mannes. Wo waren Daumiers Agenten? fragte er sich in Panik. Waren sie beide am Ende allein?

Langsam drehte sich ein Schlüssel im Schloss. Jordan erstarrte, sein Herz hämmerte, seine Handflächen wurden feucht. Die Pistole in seiner Hand fühlte sich rutschig an.

Die Tür ging auf; zwei Gestalten stahlen sich langsam ins Zimmer. Ihr erstes Ziel war das Bett. Eine einzige Kugel konnte der Mann abfeuern, bevor sich Richard von der Seite auf ihn stürzte. Durch die Wucht seines Angriffs wurden beide Männer zu Boden gerissen.

Jordan hielt dem zweiten Eindringling die Pistole an die Rippen und rief: „Keine Bewegung!"

Zu Jordans Überraschung drehte sich der Mann um und floh aus dem Zimmer.

Jordan folgte ihm in den Flur und sah gerade noch, wie die zwei französischen Agenten den Flüchtenden zu Boden warfen. Sie zerrten ihn wieder auf die Beine, obwohl er sich wehrte und um sich trat. Erstaunt sah Jordan den Mann an. *„Anthony?"*

„Ich blute!" heulte Anthony Sutherland. „Sie haben mir die Nase gebrochen! Sie haben mir die Nase gebrochen!"

„Heul weiter und sie brechen dir noch mehr!" fuhr Richard ihn an.

Jordan drehte sich um und sah Richard, der den Schützen aus dem Zimmer zerrte. Er schob seinen Kopf zurück, damit Jordan sein Gesicht sehen konnte. „Sehen Sie ihn sich gut an. Erkennen Sie ihn?"

„Das ist doch mein falscher Anwalt", sagte Jordan. „Monsieur Jarre."

Richard nickte und zwang den Franzosen mit dem schütteren Haar in die Knie. „Jetzt müssen wir nur noch seinen richtigen Namen herausfinden."

„Es ist schon außergewöhnlich", freute sich Reggie, „wie sehr du deiner Mutter ähnlich siehst."

Der Butler hatte schon lange die Kaffeetassen abgeräumt, und Helena war nach oben verschwunden, um das Gästezimmer fertig zu machen. Beryl und Reggie saßen zu zweit in der holzgetäfelten Bibliothek und genehmigten sich einen Schluck Brandy. Im Kamin knisterte ein Feuer – nicht etwa, weil dieser Juliabend so kalt war, sondern der Atmosphäre wegen. Um durch das vertraute Flackern der Flammen die Schrecken der Nacht zu vertreiben und es sich ein wenig gemütlich zu machen.

Beryl umklammerte ihren Kognakschwenker und betrachtete den Widerschein des Kaminfeuers in der goldenen Flüssigkeit. Sie sagte: „Wenn ich mich an sie erinnere, dann als Kind. Ich erinnere mich nur an Dinge, die ein Kind wichtig findet. Ihr Lächeln. Ihre weichen Hände."

„Ja, das war Madeline."

„Man hat mir erzählt, dass sie bezaubernd war."

„Das war sie", bestätigte Reggie leise. „Sie war die netteste, außergewöhnlichste Frau, die ich je gekannt habe …"

Beryl sah ihn an und bemerkte, dass er ins Feuer starrte, gerade so, als sähe er in den Flammen alte Gespenster. Sie schenkte ihm einen liebevollen Blick. „Mutter hat mir mal erzählt, dass du ihr ältester und bester Freund bist."

„Ja?" Reggie lächelte. „Ich schätze, das ist wahr. Wir haben schon als Kinder zusammen gespielt, weißt du. In Cornwall …" Er blinzelte, und sie glaubte einen Moment, Tränen in seinen Augen schimmern zu sehen. „Ich war der Erste, weißt du", murmelte er. „Vor Bernard. Vor …" Seufzend lehnte er sich im Sessel zurück. „Aber das ist lange her."

„Du denkst noch oft an sie."

„Ja." Er leerte seinen Brandy. Unsicher schenkte er sich ein weiteres Glas ein – sein drittes. „Jedes Mal, wenn ich dich ansehe, denke ich: ‚Da ist Madeline, sie lebt.' Und dann denke ich daran, wie sehr ich sie vermisse …" Plötzlich erstarrte er und sah zur Tür. Dort stand Helena und schüttelte traurig den Kopf. „Ich glaube, du hast für heute Abend genug."

„Es ist erst mein dritter."

„Und wie viele sollen es noch werden?"

„Nicht mehr viele, wenn's nach dir geht."

Helena machte einen Schritt auf ihn zu und nahm seinen

Arm. „Komm, Liebling. Du hast Beryl lange genug wach gehalten. Es ist Zeit, schlafen zu gehen."

„Es ist erst ein Uhr."

„Beryl ist müde. Und du solltest vernünftig sein."

Reggie sah seinen Gast an. „Ja, vielleicht hast du Recht." Er stand auf und ging mit unsicheren Schritten auf Beryl zu. Sie drehte sich um, als er sich vorbeugte, um ihr einen Kuss auf die Wange zu geben. Es war ein feuchter Kuss, der nach Brandy roch, und sie musste sich zusammenreißen, um nicht vor ihm zurückzuweichen. Er richtete sich wieder auf, und erneut meinte sie Tränen in seinen Augen zu erkennen.

„Gute Nacht, mein Liebes", sagte er. „Bei uns bist du in Sicherheit."

Mitleidig sah Beryl den alten Mann aus der Bibliothek schlurfen.

„Er verträgt einfach nicht mehr so viel wie früher", sagte Helena seufzend. „Die Jahre vergehen, und er vergisst, dass die Dinge sich verändern. Inklusive seiner Aufnahmefähigkeit für Alkohol." Sie lächelte Beryl an. „Ich hoffe, er hat dich nicht zu sehr gelangweilt."

„Überhaupt nicht. Wir haben über Mutter geredet. Er sagte, ich erinnere ihn an sie."

Helena nickte. „Ja, du siehst ihr wirklich sehr ähnlich. Natürlich kannte ich sie nicht so gut wie Reggie." Sie setzte sich auf die Armlehne des Sessels. „Ich weiß noch, als ich sie das erste Mal getroffen habe. Es war auf unserer Hochzeit. Madeline und Bernard waren da, selbst gerade frisch verheiratet. Man sah ihnen an, dass sie ein glückliches Paar waren …" Helena nahm Reggies Kognakschwenker und wischte den Tisch ab. „Als wir uns fünfzehn Jahre später in Paris wiedertrafen, war sie kein bisschen älter geworden. Es war schon beinahe beängstigend, wie wenig sie sich verändert hatte, während die vergangenen Jahre bei allen anderen ihre Spuren hinterlassen hatten."

Es folgte eine lange Pause. Dann fragte Beryl: „Hatte sie einen Liebhaber?" Sie hatte so leise gesprochen, dass ihre Worte kaum zu hören waren.

Es folgte ein langes Schweigen. Sie glaubte schon, Helena hätte ihre Frage tatsächlich nicht mitbekommen. Aber dann sagte sie: „Das sollte nicht verwundern, oder? Madeline hatte etwas Magisches an sich. Sie hatte das gewisse Etwas, das uns anderen fehlt. Das ist das Schicksal, weißt du. Das ist nichts, was man sich erarbeiten kann. Man hat es oder man hat es nicht. Man erbt es wie den berühmten silbernen Löffel im Mund."

„Meine Mutter wurde nicht mit einem silbernen Löffel im Mund geboren."

„Den brauchte sie auch nicht. Sie hatte ja das gewisse Etwas."

Unvermittelt drehte sich Helena um und ging. Doch in der Tür blieb sie stehen und sah Beryl lächelnd an. „Bis morgen. Gute Nacht!"

Beryl nickte. „Gute Nacht, Helena."

Lange starrte Beryl ihr nach. Sie hörte, wie Helena nach oben ging. Beryl ging hinüber zum Kamin und schaute in die verlöschende Glut. Sie dachte an ihre Mutter und fragte sich, ob Madeline jemals hier gestanden hatte, in dieser Bibliothek, in diesem Haus. Natürlich hatte sie hier gestanden.

Reggie war ihr ältester Freund. Sie hatten sich bestimmt gegenseitig besucht, die beiden Ehepaare, wie früher in England ...

Bevor Helena darauf bestanden hatte, dass Reggie die Stelle in Paris annahm.

Plötzlich stellte sie sich die Frage: *Warum?* Gab es einen unausgesprochenen Grund dafür, dass die Vanes England so plötzlich verlassen hatten? Helena war in Buckinghamshire aufgewachsen; ihr Zuhause war vielleicht drei Kilometer von Chetwynd entfernt. Es war sicher nicht leicht gewesen, den gesamten Hausstand zusammenzupacken, alles zurückzulassen, was einem lieb war, und in eine Stadt zu ziehen, in der man sich nicht einmal verständigen konnte. Eine solche Entscheidung traf man nicht leichten Herzens.

Außer, man lief vor etwas davon.

Beryl hob den Kopf und ertappte sich dabei, wie sie eine lächerliche Figur auf dem Kaminsims anstarrte: einen fetten kleinen Mann mit Gewehr. Darauf prangte die Inschrift: „Reggie Vane – Höchstwahrscheinlich wird er sich eines Tages selbst in den Fuß schießen. Tremont Gun Club." Daneben stand noch mehr Nippes aus Reggies Vergangenheit – eine Fußballmedaille, ein altes Fotos seiner Cricket-Mannschaft, ein versteinerter Frosch. Angesichts dieser Gegenstände schloss Beryl darauf, dass es sich hier um Reggies Privatgemach handelte, den Raum, in den er sich vor der Welt zurückzog. Den Raum, in dem er seine Geheimnisse aufbewahrte.

Sie sah sich die Fotos an. Nirgends sah sie ein Bild von Helena. Auch auf dem Schreibtisch und auf dem Bücherregal

271

stand keins – was sie merkwürdig fand. In der Bibliothek ihres Vaters standen überall Bilder von Madeline. Beryl ging hinüber zu Reggies Schreibtisch und öffnete leise die Schubladen. In der obersten herrschte das übliche Durcheinander aus Stiften und Büroklammern. In der zweiten Schublade fand sie ein Bündel cremefarbenes Briefpapier und ein Adressbuch. Sie schloss die Schubladen wieder und begann, im Raum auf und ab zu gehen. Sie dachte: Das ist also das Zimmer, in dem du deine privaten Schätze hütest. In dem du deine Erinnerungen versteckst, selbst vor deiner Frau …

Ihr Blick ruhte auf einem Fußschemel mit Lederbezug. Er schien zu dem Sessel zu gehören, aber er stand falsch, nämlich neben dem Sessel, so dass er seinen Zweck nicht erfüllte … Außer, man wollte ihn als Leiter benutzen.

Sie sah sich die Mahagoni-Schrankwand an, vor der sie stand. In den Regalen, hinter Glas, antiquarische Bücher. Der Schrank war gut und gerne zwei Meter fünfzig hoch. Oben auf dem Schrank stand ein Set aus zwei Porzellanschüsseln.

Beryl schob den Schemel hinüber zum Schrank, stieg darauf und griff nach der ersten Schüssel. Sie war leer und voller Staub. Die zweite auch. Als sie die Schüsseln zurück auf den Schrank stellte, spürte sie plötzlich einen Widerstand. Sie machte sich lang, und ihre Finger bekamen etwas Lederiges, Glattes zu fassen. Sie erwischte eine Ecke davon und zog es vom Schrank.

Es war ein Fotoalbum.

Sie nahm es mit hinüber zum Kamin und setzte sich vor das erlöschende Feuer. Dann öffnete sie das Album und betrachtete das erste Foto. Es zeigte ein lachendes, schwarz-haariges Mädchen. Das Mädchen war vielleicht zwölf, saß auf einer Schaukel und ließ die nackten Beine baumeln. Der Rock bauschte sich über ihren Oberschenkeln. Auf der nächsten Seite wieder ein Foto desselben Mädchens. Da war es etwas älter, trug Sonntagskleidung und hatte Blumen ins Haar geflochten. Und noch mehr Bilder, alle von dem schwarzhaarigen Mädchen: Mal trug es Anglerstiefel und stand fischend in einem Bach, mal winkte es aus einem Auto, mal hing es kletternd an einem Ast. Und zum Schluss – ein Hochzeitsfoto. Es war in der Mitte durchgerissen, der Ehemann fehlte, und nur die Braut war zu sehen.

Eine Ewigkeit starrte Beryl das Gesicht der Braut an, das Gesicht, das sie kannte – und das ihr so ähnelte. Sie berührte die lächelnden Lippen, die hochgesteckten Haarsträhnen der Frau auf dem Foto. Sie fragte sich, wie es für einen Mann sein musste, wenn er eine Frau so verzweifelt liebte und sie dann an einen anderen verlor. Die er so sehr liebte, dass er ihretwegen in ein anderes Land floh. Und dann tauchte sie ausgerechnet in derselben Stadt auf. Und er musste feststellen, dass sich seine Gefühle für sie auch nach fünfzehn Jahren nicht verändert hatten und dass es nichts gab, was seinen Schmerz lindern konnte … so lange sie lebte.

Beryl klappte das Album zu und ging zum Telefon. Sie wusste nicht, wie sie Richard erreichen konnte, also rief sie bei Daumier an. Dort sprang nur der Anrufbeantworter an, der sie mit geschäftsmäßig klingendem Französisch begrüß-te.

Nach dem Signalton sagte sie: „Hallo Claude, hier Beryl.

Ich muss Sie sofort sprechen. Ich glaube, ich habe neues Beweismaterial gefunden. Bitte holen Sie mich ab! Sobald Sie ..." Sie hielt plötzlich inne, ihre Hand mit dem Hörer erstarrte. Was war das für ein Klicken in der Leitung?

Sie lauschte angestrengt nach weiteren Geräuschen, hörte aber nur ihr eigenes Herzklopfen – und Stille. Sie legte auf. *Der andere Apparat*, dachte sie. *Jemand hat am anderen Apparat mitgehört.*

Schnell stand sie auf. *Ich darf nicht hier bleiben, nicht in diesem Haus. Nicht unter einem Dach mit ihm. Nicht in dem Wissen, dass er es gewesen sein könnte.*

Das Album an sich gepresst, lief sie aus der Bibliothek und durch die Eingangshalle. Nachdem sie die Alarmanlage ausgeschaltet hatte, verließ sie das Haus.

Die Nacht war kühl, der Himmel klar, und die Sterne funkelten mit den Lichtern der Stadt um die Wette. Sie ließ ihren Blick über den Hof schweifen und sah, dass die Eisentore geschlossen waren – und sicher auch abgeschlossen. Als leitender Bankangestellter in Paris gab Reggie ein attraktives Ziel für Verbrecher und Terroristen ab; wahrscheinlich hatte er das beste Sicherheitssystem, das es gab.

Ich muss von hier verschwinden, beschloss sie. *Ohne dass es jemand mitbekommt.*

Und was dann? Zur nächsten Polizeistation trampen? Zu Daumiers Wohnung? *Egal, Hauptsache, nicht hier bleiben.*

Sie sah sich um, suchte die hohe Mauer nach einer Tür oder einem Ausgang ab. Sie fand ein weiteres Tor, aber auch das war verschlossen. Es führt also kein Weg daran vorbei, dachte sie, ich muss über die Mauer klettern. Beryl entdeckte einen Apfelbaum, von dem ein Ast über die Mauer hing. Sie umklammerte das Fotoalbum mit einer Hand und kletterte auf den Baum. Es war nicht schwierig, von einem Ast zum nächsten zu klettern, doch bei jeder ihrer Bewegungen fielen ein paar Äpfel geräuschvoll herunter. Als sie auf der Mauer angekommen war, warf sie das Fotoalbum auf die Straße und sprang hinterher. Dann schnappte sie sich das Album und lief auf die Straße.

Plötzlich blendete sie das grelle Licht einer Taschenlampe, und sie blieb stehen.

„Also kein Einbrecher", hörte sie eine Stimme sagen. „Was um Himmels willen machst du da, Beryl?"

Blinzelnd konnte Beryl Helenas Silhouette ausmachen. „Ich … Ich wollte einen Spaziergang machen. Aber das Tor war abgeschlossen."

„Ich hätte dir doch aufgemacht."

„Ich wollte dich nicht wecken." Sie drehte sich um. „Könntest du bitte die Taschenlampe in eine andere Richtung halten? Du blendest mich."

Der Lichtstrahl senkte sich nach unten und verweilte auf dem Fotoalbum in Beryls Arm. Beryl presste das Album gegen ihre Brust. Sie hatte gehofft, Helena würde es nicht entdecken. Doch es war zu spät. Sie hatte es bereits gesehen.

„Wo war das?" fragte Helena leise. „Wo hast du das her?"

„Aus der Bibliothek", sagte Beryl. Es hatte keinen Sinn zu lügen; schließlich hielt sie das Beweisstück in der Hand.

„All die Jahre", murmelte Helena. „Er hat es also all die Jahre behalten. Dabei hatte er mir geschworen …"

„Was, Helena? Was hat er dir geschworen?"

Stille. „Dass er sie nicht mehr liebt", kam die geflüsterte Antwort. Darauf folgte ein bitteres Lachen. „Ich habe gegen einen Geist verloren. Es war hoffnungslos, als sie noch lebte. Aber jetzt ist sie tot, und ich komme immer noch nicht gegen sie an. Denn die Toten werden nicht älter, weißt du. Sie bleiben immer jung und schön. Und perfekt."

Beryl machte einen Schritt auf sie zu und wollte sie mitleidig in den Arm nehmen. „Sie hatten kein Verhältnis, Helena. Das weiß ich."

„Ich war ihm nie gut genug."

„Aber er hat dich geheiratet. Das hat doch mit Liebe zu tun …"

Helena wollte ihren Trost nicht und wandte sich ab. „Von wegen! Reine Bosheit war das! Eine dumme männliche Geste, um ihr zu zeigen, dass man ihn nicht verletzen kann. Wir heirateten einen Monat nach ihr. Ich war sein Trostpreis, verstehst du? Ich hatte die richtigen Verbindungen. Und Geld. Das hat er gerne genommen. Aber meine Liebe interessierte ihn nie!"

Wieder versuchte Beryl, sie zu trösten; erneut schob Helena sie beiseite. Beryl sagte leise: „Das muss ein Ende haben, Helena. Leb dein Leben ohne ihn. Du bist noch jung genug …"

„Er *ist* mein Leben."

„Aber du musst es all die Jahre gewusst haben! Du musst doch geahnt haben, dass Reggie derjenige war …"

„Es war nicht Reggie."

„Helena, überleg doch mal!"

„Es war nicht Reggie."

„Er war besessen von ihr, konnte nicht von ihr lassen! Dass ein anderer Mann sie haben würde …"

„Ich war es."

Diese drei Worte, so gelassen ausgesprochen, ließen Beryl das Blut in den Adern gefrieren. Sie starrte die Frau an, die vor ihr stand, und plötzlich kam ihr der Gedanke an Flucht. Sie könnte auf der Straße davonrennen, an der nächsten Haustür klopfen … Sie wollte gerade an Helena vorbeirennen, als sie ein Klicken vernahm. Eine Pistole wurde entsichert.

„Du siehst ihr so ähnlich", flüsterte Helena. „Als ich dich vor Jahren zum ersten Mal in Chetwynd sah, kam es mir fast so vor, als sei sie zurückgekehrt. Und jetzt muss ich sie ein zweites Mal töten."

„Aber ich bin nicht Madeline …"

„Es spielt keine Rolle, wer du bist. Du weißt es." Helena hob den Arm, und Beryl sah im Halbdunkel die Pistole in ihrer Hand. „Rüber zur Garage, Beryl", sagte sie. „Wir machen eine kleine Spazierfahrt."

12. Kapitel

„Amiel Foch", sagte Daumier und blätterte in einem Aktenordner. „Sechsundvierzig Jahre alt, ehemals beim französischen Geheimdienst. Galt seit drei Jahren als tot, nach einem Hubschrauberabsturz vor Zypern …"

„Er hat seinen eigenen Tod vorgetäuscht?" fragte Richard.

Daumier nickte. „Es ist nicht so einfach, aus dem Geheimdienst auszutreten und dann sozusagen als Söldner weiterzuarbeiten. Man würde gewissen Einschränkungen unterliegen."

„Wenn man aber als tot gilt …"

„Genau." Daumier überflog die nächste Seite. „Hier steht es", sagte er. „Das ist die Verbindung, nach der wir suchen. 1972 war Monsieur Foch unser Kontaktmann zu den Amerikanern. Offensichtlich gab es damals eine telefonische Drohung gegen die Familie von Botschafter Sutherland. Danach blieb Amiel Foch jahrelang in Verbindung mit den Sutherlands. Später bekam er dann andere Aufträge, bis er … starb."

„Und damit für Privatkunden tätig werden konnte. Für Aufträge aller Art", ergänzte Hugh.

„Inklusive Mord." Daumier klappte den Ordner zu und sagte zu seinem Assistenten: „Bringen Sie Mrs. Sutherland herein."

Die Frau, die zur Tür hereinstolzierte, war die gleiche selbstbewusste und unverfrorene Nina wie immer. Sie rauschte ins Zimmer, sah ihr Publikum voller Verachtung an und ließ sich dann graziös auf einem Stuhl nieder. „Ist es nicht ein bisschen spät, um mich zu einem Auftritt hierher zu bestellen?" fragte sie.

Und einen Auftritt hatten sie zu erwarten, dachte Richard. Falls es ihnen nicht gelänge, sie in ihrer Selbstsicherheit zu erschüttern. Er nahm sich einen Stuhl und setzte sich ihr gegenüber. „Sie wissen, dass Anthony festgenommen wurde?"

Einen Moment lang flackerte in ihren Augen Angst auf. „Es handelt sich natürlich um einen Irrtum. Anthony hat in seinem ganzen Leben noch nie etwas Schlimmes getan."

„Wie wäre es mit Anstiftung zum Mord? Anheuern eines Killers?" Richard hob eine Augenbraue. „Dafür gibt es eine Reihe Zeugen. Ich würde sagen, das reicht, um für einige Zeit hinter Gittern zu verschwinden."

„Aber er ist noch ein Kind und nicht …"

„Er ist volljährig. Und damit voll strafmündig." Richard sah Daumier an. „Claude und ich sprachen gerade darüber, dass es wirklich eine Schande ist. So jung im Gefängnis zu landen! Wie alt mag er sein, wenn er rauskommt, Claude? Fünfzig bestimmt, oder?"

„Eher sechzig", sagte Daumier.

„Sechzig." Richard schüttelte den Kopf und seufzte. „Mit sechzig hat man das Leben hinter sich. Keine Frau. Keine Kinder." Richard sah Nina mitleidig an. „Keine Enkelkinder …"

Ninas Gesicht war aschgrau. Sie flüsterte: „Was verlangen Sie von mir?"

„Kooperation."

„Und was bekomme ich dafür?"

„Wir könnten uns für ein mildes Urteil einsetzen", bot Daumier an. „Schließlich ist er wirklich noch ein Kind. Es könnte mildernde Umstände geben."

Nina schluckte und sah weg. „Es ist nicht seine Schuld. Er hat es nicht verdient …"

„Er ist verantwortlich für den Tod zweier französischer Agenten. Und für den versuchten Mord an Marie St. Pierre und Jordan."

„Er hat nichts getan!"

„Für die Schmutzarbeit hat er Amiel Foch angeheuert. Was haben Sie da bloß für ein Monster erzogen, Nina?"

„Er hat nur versucht, mich zu beschützen!"

„Wovor?"

Nina ließ den Kopf hängen. „Vor der Vergangenheit", flüsterte sie. „Es ist niemals vorbei. Alles verändert sich, nur nicht die Vergangenheit."

Die Vergangenheit, dachte Richard und erinnerte sich an Heinrich Leitners Worte. Wir stehen immer in ihrem Schatten. „Sie waren Delphi", sagte er. „Stimmt's?"

Nina antwortete nicht.

Er beugte sich zu ihr hinüber und senkte seine Stimme zu einem leisen, beinahe vertraulichen Murmeln. „Vielleicht haben Sie am Anfang aus Spaß mitgemacht", gestand er ihr zu. „Ein lustiges Spiel um Spione und Gegenspione. Vielleicht fanden Sie das spannend. Oder war es das Geld, das Sie reizte? Was auch immer der Grund gewesen sein mag, Sie haben der Gegenseite das eine oder andere Geheimnis gesteckt. Daraus wurden dann später geheime Akten. Und plötzlich hatte man Sie in der Hand."

„Ich war nicht lange dabei!"

„Trotzdem war es schon zu spät. Der Geheimdienst der NATO hat Wind von der Sache bekommen und war kurz davor, die Sache aufzuklären. Also versuchten Sie, irgendwie von sich abzulenken. Es gelang Ihnen, Bernard und Madeline in ihr Liebesnest in der Rue Myrha zu locken, und dort haben Sie die beiden erschossen."

„Nein."

„Dann legten Sie die Dokumente neben Bernards Leiche ab."

„*Nein.*"

Richard packte Nina an den Schultern und zwang sie, ihn anzusehen. „Und dann spazierten Sie davon und lebten unbeschwert ein fröhliches Leben. War es nicht so?"

Nina schluchzte Mitleid erregend. „Ich habe die beiden nicht umgebracht!"

„*War es nicht so?*"

„Ich schwöre Ihnen, dass ich die beiden nicht umgebracht habe! Sie waren schon tot!"

Richard ließ sie los. Nina sank auf dem Stuhl zurück, ihr Körper wurde von heftigem Weinen geschüttelt.

„Wer war es dann?" wollte Richard wissen. „Amiel Foch?"

„Nein, darum habe ich ihn nie gebeten."

„Philippe?"

Sie sah ihn scharf an. „Nein! *Er* war es, der die beiden fand. Er war total panisch, als er mich anrief. Er hatte Angst, man könnte ihn beschuldigen. Daraufhin rief ich erst Foch an. Ich bat ihn, dem Vermieter, Rideau, ein Angebot zu unterbreiten. Er sollte ihm Geld geben, damit er falsch aussagt."

„Und wer hat die Dokumente dann hinterlegt? Wer hat sie neben die Leichen gelegt?"

„Foch. Aber da hatte man schon die Polizei gerufen. Foch musste die Aktentasche in die Dachwohnung schmuggeln."

Jordan fiel ihr ins Wort. „Sie hat gerade zugegeben, dass sie Delphi ist. Und jetzt sollen wir glauben, dass irgendein großer Unbekannter der Mörder ist?"

„Das ist die Wahrheit!" beharrte Nina.

„Aber klar", sagte Jordan spöttisch. „Und der Mörder suchte sich zufällig dieselbe Wohnung aus, in der Sie sich jede Woche mit Philippe trafen?"

Nina schüttelte erstaunt den Kopf. „Ich weiß nicht, wie er auf unsere Wohnung kam."

„Sie müssen es gewesen sein. Oder Philippe", sagte Jordan.

„Ich hätte nie … Er hätte nie …"

„Wer wusste sonst noch von der Wohnung?" fragte Richard.

„Niemand."

„Marie St. Pierre?"

„Nein." Sie schwieg. Dann flüsterte sie: „Doch, vielleicht …"

„Also wusste Philippes Frau Bescheid."

Nina nickte niedergeschlagen. „Aber sonst niemand."

„Moment mal", sagte Jordan plötzlich. „*Natürlich* wusste es noch jemand."

Alle sahen ihn an.

„Was?" sagte Richard.

„Reggie hat es mir erzählt. Helena wusste von dem Verhältnis – Marie hatte es ihr erzählt. Und wenn Marie von der
Wohnung in der Rue Myrha wusste …"

„Dann wusste auch Helena davon." Richard starrte Jordan an. Sofort hatten beide denselben Gedanken.

Beryl.

Beide standen unvermittelt auf. „Wir brauchen Verstärkung!" rief Richard Daumier zu. „Wir fahren schon mal
vor!"

„Zu den Vanes?"

Richard gab keine Antwort; er war bereits zur Tür hinaus.

„Steig ein", forderte Helena sie auf.

Beryl blieb stehen, die Hand am Türgriff des Mercedes.
„Man wird dir Fragen stellen, Helena."

„Und ich werde sie beantworten. Ich habe geschlafen,
verstehst du. Ich habe die ganze Nacht geschlafen. Und als
ich aufwachte, warst du weg. Du bist vom Grundstück verschwunden und wurdest nicht mehr gesehen."

„Reggie wird sich erinnern …"

„Reggie wird sich an gar nichts erinnern. Er ist sturzbe-
soffen. Soweit er weiß, war ich die ganze Zeit im Bett."

„Man wird dich verdächtigen …"

„Es ist zwanzig Jahre her, Beryl. In diesen zwanzig Jahren hat mich keiner je verdächtigt." Sie hob die Waffe. „Und jetzt steig ein. Du fährst. Oder willst du, dass ich meine Geschichte ändern und erzählen muss, dass ich einen vermeintlichen Einbrecher erschossen habe?"

Beryl starrte auf die Pistolenmündung, die auf ihre Brust gerichtet war. Sie hatte keine andere Wahl. Helena würde sie tatsächlich erschießen. Sie stieg ein.

Helena setzte sich auf den Beifahrersitz und warf ihr die Schlüssel in den Schoß. „Lass den Motor an."

Beryl drehte den Schlüssel im Zündschloss; der Mercedes schnurrte wie eine zufriedene Katze. „Meine Mutter wollte dich nie verletzen", sagte Beryl leise. „Sie war nie an Reggie interessiert. Sie wollte ihn nicht."

„Aber er wollte *sie*. Oh, ich weiß noch, wie er sie immer ansah! Weißt du, er sagte im Schlaf ihren Namen. Ich lag neben ihm, und er dachte an sie. Ich wusste nie, ich wusste wirklich nie, ob sie nicht ..." Sie schluckte. „Fahr los."

„Wohin?"

„Zum Tor raus. Los!"

Beryl fuhr den Mercedes aus der Garage und rollte über den kopfsteingepflasterten Hof. Helena betätigte eine Fernbedienung und das Eisentor öffnete sich und schloss sich wieder hinter ihnen. Vor ihnen lag die von Bäumen gesäumte Straße. Es waren keine anderen Autos unterwegs, es gab keine Zeugen.

Das Lenkrad rutschte in ihren schweißnassen Händen. Beryl musste es fest umklammern, damit ihre Hände nicht zitterten. „Mein Vater hat dir nie etwas getan", flüsterte sie. „Warum musstest du ihn umbringen?"

„Irgendjemand musste doch der Schuldige sein. Warum nicht ein Toter? Und außerdem war es ja Ninas Wohnung – das machte alles noch praktischer." Sie lachte. „Du hättest mal sehen sollen, was Nina und Philippe alles veranstalteten, um die Sache zu vertuschen."

„Und Delphi?"

Helena schüttelte erstaunt den Kopf. „Was für ein Delphi?"

Sie hat keine Ahnung, dachte Beryl. Wir haben die ganze Zeit die falschen Schlüsse gezogen. Richard ahnt nicht im Traum, was wirklich geschehen ist.

Die Straße wurde kurviger und schlängelte sich zwischen den Bäumen hindurch. Es war stockdunkel. Sie fuhren tiefer in den Bois de Boulogne hinein. Ob man mich da finden wird, fragte sich Beryl verzweifelt und vollkommen entmutigt. In irgendeinem einsamen Wäldchen? Oder auf dem schlammigen Grund eines Tümpels?

Sie schaute auf die von den Scheinwerfern erhellte Straße. Sie näherten sich der nächsten Kurve.

Das ist vielleicht die einzige Chance, die ich habe. Entweder lasse ich es zu, dass sie mich erschießt, oder ich versuche zu kämpfen. Sie lenkte den Wagen geradeaus. Dann trat sie aufs Gas. Der Motor heulte auf, die Reifen quietschten. Beryl wurde in ihren Sitz gedrückt, als der Mercedes einen Satz nach vorn machte.

Helena schrie „Nein!" und versuchte, ihr ins Lenkrad zu greifen. Kurz bevor sie gegen den Baum knallten, gelang es Helena, den Wagen zur Seite zu lenken. Der Mercedes überschlug sich mehrfach, Scheiben splitterten, und die beiden Frauen wurden gegen das Armaturenbrett geschleudert.

Der Wagen blieb auf dem Dach liegen. Alle vier Räder drehten sich noch.

Es war die plärrende Hupe, die Beryl wieder zu Bewusstsein brachte. Und die Schmerzen. Sie hatte fürchterliche Schmerzen im Bein. Sie versuchte, sich zu bewegen, und stellte fest, dass ihr Oberkörper zwischen Lenkrad und Sitz eingeklemmt war und ihr Kopf irgendwo zwischen Windschutzscheibe und Armaturenbrett. Obwohl es ihr höllische Schmerzen bereitete, schaffte sie es, sich ein paar Zentimeter zu bewegen. Sie musste einen Moment Pause machen und rang um Atem, während sie darauf wartete, dass der Schmerz in ihrem Bein nachließ. Mit zusammengebissenen Zähnen gelang es ihr, sich ein Stück weiter zu schieben. War das der Fahrersitz? In der Dunkelheit und in dem Durcheinander konnte sie nichts erkennen. Sie war völlig orientierungslos.

Trotzdem nahm sie den Benzingeruch wahr, der von Sekunde zu Sekunde intensiver wurde. *Ich muss zum Fenster und mich irgendwie rausquetschen, bevor das Auto explodiert.* Blind tastete sie ihre Umgebung ab und fühlte plötzlich etwas Warmes. Und Feuchtes. Sie drehte den Kopf und sah Helenas Leiche.

Beryl fing an zu schreien. Jetzt hatte sie es noch eiliger, aus dem Wagen zu kommen, diesen leblosen Augen zu entkommen. Sie robbte zum Fenster. Ein erneuter Schmerz, noch heftiger als der erste, durchfuhr ihr Bein. Ihr stiegen die Tränen hoch. Endlich bekam sie die Fensteröffnung zu fassen, ertastete Glassplitter und dann … einen Ast! *Gleich habe ich's geschafft. Gleich.*

Halb kletterte sie, halb robbte sie vorwärts, dann quetschte sie sich durch die Fensteröffnung. Kaum lag ihr Körper auf der Erde, gab der Boden unter ihr nach, und sie rutschte eine grasbewachsene Böschung hinunter. Sie landete in einem Graben, nahe bei ein paar Bäumen.

Plötzlich erhellte ein Lichtblitz den Himmel. Mit schmerzverzerrtem Blick sah sie die ersten Flammen auflodern. Wenige Sekunden später hörte sie Glas bersten und dann einen fürchterlichen Knall, als die Flammen den Wagen verschlangen.

Warum, Helena? Warum? Die Flammen zuckten, dann wurde es plötzlich dunkel um sie herum. Sie schloss die Augen und lag zitternd im Laub.

Fünf Kilometer vom Haus der Vanes entfernt entdeckten sie das Feuer. Es war ein brennendes Auto, das sich offensichtlich überschlagen hatte. Ein Mercedes.

„Das ist Helenas Wagen", rief Richard. „Mein Gott, das ist Helenas Wagen!" Er sprang aus dem Auto und rannte auf den brennenden Mercedes zu. Beinahe stolperte er über einen Schuh, der auf der Fahrbahn lag. Zu seinem Schrecken war es ein Pump. „*Beryl!*" schrie er. Gerade wollte er sich verzweifelt auf die Wagentür stürzen, als die Flammen höher schlugen. Eine Fensterscheibe explodierte, Glas flog auf die Straße. Die kochende Hitze ließ ihn zurückweichen, er nahm den Geruch seiner eigenen verkohlten Haare wahr. Er versuchte, das Gleichgewicht zu halten, und wollte sich gerade in die Flammen stürzen, als Jordan ihn am Arm festhielt.

„Warte!" schrie Jordan.

Richard machte sich los. „Ich muss sie da rausholen!"

„Hör doch mal!"

Und jetzt hörte auch er es – ein leises Stöhnen, kaum wahrnehmbar. Es kam nicht aus dem Wagen, sondern irgendwo aus Richtung der Bäume.

Sofort rannten er und Jordan ins Gebüsch. Sie riefen Beryls Namen. Wieder hörte Richard das Stöhnen, jetzt näher, irgendwo unterhalb der Straße. Er stieg die Böschung hinab und landete in einem Abwassergraben.

Und da fand er sie, da lag sie im Laub. Sie war kaum bei Bewusstsein.

Er hob sie hoch und erschrak, wie schlaff und kalt ihr Körper sich anfühlte. Sie hat einen Schock, stellte er fest. Uns bleibt nicht mehr viel Zeit ...

„Sie muss sofort ins Krankenhaus!" rief er. Mit festen Schritten trug er sie zum Wagen.

Jordan rannte voraus und riss die Wagentür auf. Richard schlüpfte mit Beryl auf dem Arm auf die Rückbank.

„Fahr los!" forderte er ihn auf.

„Festhalten", sagte Jordan, als er auf den Fahrersitz kletterte. „Das wird eine wilde Fahrt."

Mit quietschenden Reifen schoss der Wagen davon. Bleib bei mir, Beryl, flehte Richard lautlos den Körper in seinen Armen an. Bitte, Liebling. Bleib bei mir ...

Doch als der Wagen durch die Dunkelheit jagte, schien sie in seinem Arm immer kälter zu werden.

Durch den Schleier der Narkose hörte sie ihn ihren Namen sagen, aber seine Stimme schien so unendlich weit weg, an einem weit entfernten Ort, den sie nicht erreichen konnte. Dann spürte sie seine Hand auf ihrer und wusste, dass er bei ihr war. Sie konnte sein Gesicht nicht sehen; sie hatte nicht die Kraft, ihre Augen zu öffnen. Aber sie wusste trotzdem, dass er da war – und dass er noch da sein würde, wenn sie am nächsten Tag aufwachte.

Doch es war Jordan, der am nächsten Morgen an ihrem Bett saß. Die späte Vormittagssonne schien auf seine hellen Haare, ein in Leder eingeschlagener Gedichtband lag in seinem Schoß. Er las Milton. Mein lieber Jordan, dachte sie. Auf ihn kann man sich verlassen, und immer ist er so ausgeglichen. Wenn ich bloß auch diese innere Ruhe hätte!

Jordan sah von seiner Lektüre auf und bemerkte, dass sie wach war. „Schön, dass du wieder bei uns bist, Schwesterlein", sagte er mit einem Lächeln.

Sie stöhnte. „Ich bin mir nicht sicher, ob ich da wieder sein will."

„Was macht das Bein?"

„Es bringt mich um."

Er griff nach der Klingel. „Zeit, sich eine Dosis Morphium zu gönnen."

Aber auch Wunder brauchen Zeit. Nachdem die Schwester ihr eine Injektion gegeben hatte, schloss Beryl die Augen und wartete darauf, dass der Schmerz nachließe und selige Taubheit über sie herabsänke.

„Ist es schon besser?" fragte Jordan.

„Noch nicht." Sie holte tief Luft. „Ich hasse es, krank zu sein. Sprich mit mir. Bitte."

„Worüber?"

Richard, dachte sie. Bitte sprich mit mir über Richard. Warum er nicht hier ist. Warum nicht er auf diesem Stuhl sitzt ...

Jordan sagte leise: „Er war hier. Heute Morgen. Aber dann rief Daumier an."

Sie lag still da und sagte kein Wort. Sie wollte mehr hören.

„Er macht sich Sorgen um dich, Beryl. Ganz sicher." Jordan klappte sein Buch zu und legte es auf den Nachttisch. „Er scheint wirklich ein netter Kerl zu sein. Und ziemlich fähig."

„Fähig", murmelte sie. „Ja, das stimmt."

„Er ist nicht einfach abgehauen. Er hat sich um dich gekümmert."

„Aus reiner Gefälligkeit", erinnerte sie ihn. „Onkel Hugh gegenüber."

Er antwortete ihr nicht. Offenbar hatte auch Jordie seine Zweifel daran, ob sie beide zusammenpassten. Genau wie sie. Die hatte sie von Anfang an gehabt.

Das Morphium begann endlich zu wirken. Sie merkte, wie sie langsam in den Schlaf driftete. Nur beiläufig nahm sie noch wahr, dass Richard das Zimmer betrat und leise mit Jordan sprach. Sie flüsterten irgendwas von Helena und dass ihr Körper bis zur Unkenntlichkeit verbrannt war. Als das Medikament schon langsam ihr Gehirn benebelte, stieg plötzlich eine grässliche Erinnerung in ihr auf –

Flammen, die das Auto verschlangen, die Helena verschlangen.

Das war Helenas Strafe dafür, dass sie zu sehr geliebt hatte.

Sie spürte, dass Richard ihre Hand nahm und sie küsste.

Und welche Strafe stand ihr bevor?

Buckinghamshire, England
Sechs Wochen später

F roggie war unruhig, sie stampfte im Stall und wie-
herte, denn sie wollte raus.

„Sieh dir die Arme an", sagte Beryl und seufzte. „Sie wurde in letzter Zeit viel zu selten bewegt, ich glaube, das macht sie ganz verrückt. Du musst sie für mich reiten."

„Ich? Ich soll mich auf den Rücken dieses … wild gewordenen Viehs schwingen?" schnaubte Jordan. „Mir liegt eigentlich recht viel an meinem Hals."

Beryl humpelte auf ihren Krücken hinüber zum Stall. Sofort streckte Froggie den Kopf zur Tür heraus und stupste sie mit einem „Ich will raus"-Blick an. „Komm, sie ist so brav!"

„So brav und unberechenbar."

„Sie braucht mal wieder einen größeren Ausritt."

Jordan sah seine Schwester an, wie sie unsicher auf ihrem Gipsbein und den Krücken balancierte. Sie kam ihm blass und ausgelaugt vor, als ob die lange Zeit im Krankenhaus ihr sämtliche Energie geraubt hätte. Es war normal, dass sie nach dem massiven Blutverlust und der Operation ihres Oberschenkelbruchs zunächst sehr mitgenommen gewirkt hatte. Doch inzwischen war der Bruch gut verheilt, der Schmerz nur noch Erinnerung. Und trotzdem schien sie nur noch ein Schatten ihrer selbst zu sein.

Es war Richard Wolfs Schuld.

Immerhin war der Typ so anständig gewesen, sich nicht schon während ihres Krankenhausaufenthalts zu verabschieden. Vielmehr war er die ganze Zeit bei ihr gewesen, hatte jeden Tag stundenlang an ihrem Krankenbett gesessen. Und die Blumen! Jeden Morgen hatte er ihr einen frischen Blumenstrauß gebracht.

Dann war er eines Tages plötzlich verschwunden. Jordan wusste nicht, was dahintersteckte. Als er an jenem Morgen ins Zimmer seiner Schwester gekommen war, hatte sie am Fenster gesessen, und es war bereits alles gepackt, fertig zur Abreise nach Chetwynd.

Vor drei Wochen waren sie schließlich zurückgeflogen. Seitdem grübelte sie die ganze Zeit, dachte er und betrachtete ihr bleiches Gesicht.

„Na los, Jordie“, sagte sie. „Lass sie ein bisschen laufen. Ich darf erst in einem Monat wieder reiten.“

Resigniert öffnete Jordan die Stalltür und führte Froggie heraus, um sie zu satteln. „Du benimmst dich hoffentlich, junge Dame“, beschwor er das Tier. „Wehe, du bäumst dich auf. Wehe, du wirfst mich ab. Und wehe, du trampelst deinen armen, wehrlosen Reiter tot!“

Froggie warf ihm einen Blick zu, der in der Pferdesprache so etwas wie "Mal sehen“ bedeutete.

Jordan saß auf und winkte Beryl zum Abschied zu.

„Pass auf sie auf!“ rief Beryl ihm zu. „Pass auf, dass sie sich nicht wehtut!“

„Deine Fürsorge ist rührend“, konnte er ihr gerade noch entgegnen, bevor Froggie in einem wahnsinnigen Galopp aufs Feld zuraste. Jordan drehte sich noch einmal um und sah Beryl gedankenverloren vor der Stalltür stehen. Sie erschien ihm klein und zerbrechlich. Das war nicht die Beryl, die er kannte. Ob sie jemals wieder zu sich selbst finden würde?

Froggie jagte mit ihm auf den Wald zu. Er klammerte sich fest an die Mähne, als das Tier schnurstracks auf die Steinmauer zusteuerte. „Dieses verdammte Hindernis musst du wohl einfach nehmen, was?" knurrte er. „Und das bedeutet, dass auch ich dieses verdammte Hindernis …"

Gemeinsam flogen sie über die Mauer, völlig problemlos. Ich halte mich noch immer im Sattel, dachte Jordan und setzte ein triumphierendes Grinsen auf. Gar nicht so leicht, mich loszuwerden, wie?

Das war sein letzter Gedanke, bevor Froggie ihn abwarf.

Glücklicherweise landete Jordan auf einem großen Mooshaufen. Als er unter den sich drehenden Baumwipfeln wieder zu sich kam, hörte er in der Ferne so etwas wie Reifenquietschen auf Schotter. Dann hörte er, wie jemand seinen Namen rief. Benommen setzte er sich auf.

Froggie stand über ihm und wirkte keineswegs so, als ob es ihr Leid täte. Hinter ihr stieg Richard Wolf aus einem roten M.G.

„Alles in Ordnung?" rief Richard und rannte zu ihm.

„Sagen Sie mal, Wolf", stöhnte Jordan. „Haben Sie es darauf abgesehen, alle Tavistocks umzubringen? Oder geht es Ihnen um jemand speziellen?"

Lachend half Richard ihm auf die Beine. „Ich schiebe hiermit jegliche Verantwortung auf das Pferd."

Die beiden Männer sahen Froggie an. Sie antwortete darauf mit einem Laut, der verdächtig nach einem Lachen klang.

Richard fragte leise: „Wie geht es Beryl?"

Jordan klopfte sich den Schmutz von der Hose. „Ihr Bein verheilt gut."

„Und abgesehen vom Bein?"

„Nicht so toll." Jordan richtete sich auf und sah dem anderen Mann ins Gesicht. „Warum sind Sie verschwunden?"

Seufzend schaute Richard in Richtung Chetwynd. „Weil sie mich darum gebeten hat."

„Was?" Jordan starrte ihn ungläubig an. „Das hat sie mir nicht verraten …"

„Sie ist eine Tavistock, wie du. Sich beschweren und jammern ist verboten. Oder sein Gesicht zu verlieren. Es ist ihr Stolz."

„Ach wirklich", sagte Jordan. „Gab es Streit?"

„Nicht einmal das. Nur die Unterschiede zwischen uns …" Er schüttelte den Kopf und lachte. „So ist es nun mal, Jordan. Sie bevorzugt Tee und Toastbrot, ich Kaffee und Doughnuts. Sie würde es in Washington nicht aushalten. Und ich glaube nicht, dass ich mich an … das hier gewöhnen könnte." Er zeigte auf die sanfte Hügellandschaft rund um Chetwynd.

Du wirst dich daran gewöhnen, dachte Jordan. Und sie sich auch. Denn jeder Trottel kann sehen, dass ihr beide zusammengehört.

„Na ja", sagte Richard, „als dann Niki anrief und mich daran erinnerte, dass wir einen Auftrag in Neu-Delhi zu erledigen hatten, sagte Beryl mir, ich sollte ruhig gehen. Sie dachte, es wäre gut, wenn wir mal eine Weile nicht zusammenwären. Sie meinte, das macht auch die königliche Familie so. So könnte man feststellen, ob die Distanz die Gefühle für den anderen verschwinden lässt."

„Und?"

Richard grinste. „Keine Chance", antwortete er und stieg wieder ins Auto. „Es könnte gut sein, dass ich mich doch auf eure durchgeknallte Familie einlasse. Irgendwelche Einwände?"

„Keine", erwiderte Jordan. „Aber ich hätte durchaus einen Rat für dich, falls ihr vorhabt, ein langes und gesundes Leben miteinander zu verbringen."

„Und wie lautet der Rat?"

„Erschieß dieses Pferd!"

Lachend löste Richard die Handbremse und fuhr eiligst Richtung Chetwynd davon.

Richtung Beryl.

Als Jordan den M.G. hinter der Kurve verschwinden sah, dachte er: Viel Glück, mein liebes Schwesterlein. Ich freue mich, dass endlich einer von uns beiden jemanden gefunden hat, den er liebt. Ich wünschte, dieses Glück hätte ich auch …

Er drehte sich zu Froggie um. „Und was dich angeht", sagte er laut, „werde ich dir schon zeigen, wer hier der Boss ist."

Froggie schnaubte ihn an. Dann schüttelte sie triumphierend die Mähne, drehte sich um und sprengte in Richtung Chetwynd davon. Ohne ihren Reiter.

„Es passt gar nicht zu dir, dass du die ganze Zeit vor dich hin grübelst", sagte Onkel Hugh, als er die nächste Tomate abpflückte und in den Korb legte. Mit seinem Schlapphut wirkte er eher wie ein Gärtner und nicht wie der Hausherr. Auf den Knien rutschend, pflückte er vorsichtig eine weitere Tomate. „Ich möchte mal wissen, warum du in letzter Zeit so traurig bist. Dein Bein ist doch so gut wie verheilt."

„Es ist nicht das Bein", entgegnete Beryl.

„Man meint ja fast, du würdest verkrüppelt bleiben."

„Es hat nichts mit dem Bein zu tun."

„Was ist es denn dann?" fragte Hugh und machte sich an den Stangenbohnen zu schaffen. Plötzlich hielt er inne und sah sie an. „Oh, es hat mit ihm zu tun, habe ich Recht?"

Seufzend griff Beryl nach ihren Krücken und erhob sich von der Gartenbank. „Ich will nicht darüber sprechen."

„Das willst du nie."

„Genau", sagte sie und humpelte stur über den Steinpfad zum Irrgarten. Sie passierte das Lavendelbeet, und die Gerüche des sommerlichen Gartens strömten ihr entgegen. Diesen Pfad sind wir gemeinsam gegangen, dachte sie. Und jetzt ging sie ihn allein.

Sie betrat den Irrgarten und manövrierte sich auf ihren Krücken um alle Ecken und Biegungen. Schließlich hatte sie das Zentrum erreicht und setzte sich auf die steinerne Bank. *Und schon wieder grübele ich*, stellte sie fest. *Onkel Hugh hat Recht. Ich muss damit aufhören und wieder anfangen zu leben.*

Aber dazu musste es ihr erst einmal gelingen, nicht mehr an ihn zu denken. Ob es ihm gelungen war, nicht mehr an sie zu denken? Wieder ergriffen die Zweifel und Ängste Besitz von ihr. Sie hatte ihn auf die Probe gestellt, dachte sie, und er war durchgefallen.

Aus der Ferne hörte sie, wie jemand ihren Namen rief. Zuerst so leise, dass sie dachte, sie hätte es sich nur eingebildet. Aber da war es wieder – und das Rufen kam näher!

Schwankend erhob sie sich auf ihren Krücken. „*Richard?*"

„Beryl?" rief er. „Wo bist du?"

„Im Irrgarten!"

Seine Schritte kamen näher. „Wo?"

„Im Zentrum!"

Durch die hohen Hecken hörte sie ihn unbeholfen lachen. „Und jetzt soll ich den Weg zu dem Stück Käse finden?"

„Stell dir einfach vor", forderte sie ihn heraus, „es ist ein Test, ob du mich wirklich liebst."

„Oder ob ich komplett verrückt bin", brummte er, als er den Irrgarten betrat.

„Ich bin ziemlich sauer auf dich, weißt du", rief sie.

„Das habe ich bemerkt."

„Du hast nicht geschrieben, nicht angerufen, gar nichts!"

„Ich hatte so viel damit zu tun, ein Flugzeug zurück nach London zu bekommen. Und außerdem solltest du mich doch vermissen. Ist mir das etwa gelungen?"

„Nein, ist es nicht."

„Nein?"

„Überhaupt nicht." Sie biss sich auf die Lippe. „Na ja, vielleicht ein bisschen …"

„Also hast du mich *doch* vermisst …"

„Aber nicht so viel."

„Ich habe *dich* vermisst."

Sie zögerte. „Ja?" fragte sie leise.

„So sehr, dass ich, wenn ich jetzt nicht sofort das Zentrum dieses verdammten Irrgartens finde …"

„Was?" fragte sie atemlos.

Das Rascheln von Zweigen ließ sie herumfahren. Auf einmal war er neben ihr, nahm sie in die Arme und küsste sie so innig auf den Mund, dass ihr ganz schwindelig wurde. Die Krücken entglitten ihr und fielen auf den Boden. Sie brauchte sie nicht mehr – jetzt war er ja da, um sie festzuhalten.

Er machte sich los und lächelte sie an. „Schön, Sie wiederzusehen, Miss Tavistock", flüsterte er.

„Du bist zurückgekommen", murmelte sie. „Du bist wirklich zurückgekommen."

„Hast du nicht damit gerechnet?"

„Heißt das etwa, du hast nachgedacht? Über uns?"

Er lachte. „Ich konnte mich kaum auf etwas anderes konzentrieren. Nicht auf den Auftrag, nicht auf den Kunden. Schließlich musste ich sogar Niki bitten, für mich einzuspringen, damit ich die Sache mit dir klären konnte."

Sie fragte ihn leise: „Und du meinst, da *kann* man etwas klären?"

Sanft nahm er ihr Gesicht in die Hände. „Ich weiß es nicht. Manche Leute würden uns wahrscheinlich keine große Chance geben."

„Wahrscheinlich hätten sie Recht. Es gibt so viele Punkte, in denen wir nicht zusammenpassen …"

„Und genau so viele, in denen wir zusammenpassen." Er näherte sein Gesicht dem ihren und küsste sie sanft. „Ich gebe zu, dass ich nie ein echter Gentleman sein werde. Ich mag kein Cricket. Und du müsstest mir eine Pistole an die Schläfe setzen, damit ich auf ein Pferd steige. Aber wenn du über diese schrecklichen Fehler hinwegsehen kannst ..."

Sie warf die Arme um seinen Hals. „Welche Fehler?" flüsterte sie und küsste ihn.

In der Ferne schlugen die alten Kirchenglocken. Sechs Uhr. Die Stunde der Dämmerung, der sanften Schatten und süßen Gerüche. Und die Stunde der Liebe, dachte Beryl, als er sie lachend in den Arm nahm.

Ganz bestimmt, der Liebe.

– Ende –

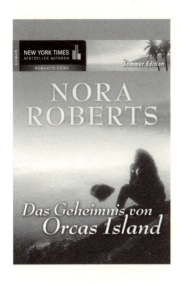

Nora Roberts

Das Geheimnis von
Orcas Island

Gehört die hübsche Charity
Ford wirklich einem Verbre-
cherring an? Wenn, dann muss
sie sehr raffiniert sein! Denn
obwohl er sie Tag und Nacht
nicht aus den Augen lässt, findet
FBI-Agent Ronald DeWinter
keine Beweise. Stattdessen trifft
er auf seine große Liebe ...

Band-Nr. 25134
6,95 € (D)
ISBN 3-89941-173-0

Sandra Brown

Unbestechliche Herzen

Vorbei an Polizeisperren, immer
in der Angst vor Entdeckung und
völlig aufeinander angewiesen, ist
Lucas Greywolf mit der aparten
Fotografin Aislinn auf der Flucht
zum Reservat seines Stammes.
Ein Versprechen bindet ihn an
den Ort seiner Vorfahren ...

Band-Nr. 25136
6,95 € (D)
ISBN 3-89941-175-7

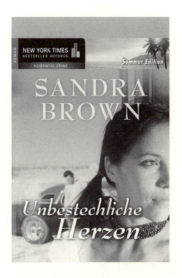

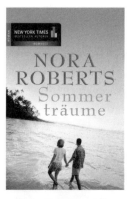

Nora Roberts
Sommerträume

Band-Nr. 25059
6,95 € (D)
ISBN 3-89941-074-2

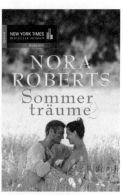

Nora Roberts
Sommerträume 2

Band-Nr. 25096
6,95 € (D)
ISBN 3-89941-129-3

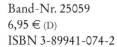

Vorschau
Dieser Roman erscheint
im Juni 2005

Nora Roberts
Sommerträume 3

Band-Nr. 25143
6,95 € (D)
ISBN 3-89941-182-X

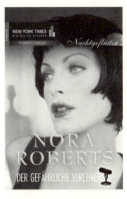

Nora Roberts
Nachtgeflüster 1
Der gefährliche Verehrer

Band-Nr. 25126
6,95 € (D)
ISBN 3-89941-165-X

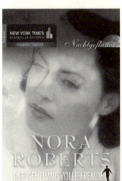

Nora Roberts
Nachtgeflüster 2
Der geheimnisvolle Fremde

Band-Nr. 25133
6,95 € (D)
ISBN 3-89941-172-2

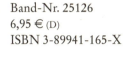

Vorschau
Dieser Roman erscheint
im Juli 2005

Nora Roberts
Nachtgeflüster 3
Die tödliche Bedrohung

Band-Nr. 25146
6,95 € (D)
ISBN 3-89941-185-4

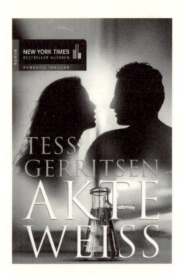

Band-Nr. 25106
6,95 € (D)
ISBN 3-89941-142-0

Tess Gerritsen

Akte Weiß

Zwei spannende Romane von
Tess Gerritsen, der international
erfolgreichen Autorin von
Medizin-Thrillern!

Das Geheimlabor
Atemlos vor Angst flieht Cathy.
Jemand verfolgt sie, will sie
töten – warum? Dr. Victor
Holland weiß die Antwort:
Cathy hat nichts ahnend
Beweismaterial über illegale
Laborversuche in ihrem Besitz.
Er muss sie vor dem Killer
retten ...

Tödliche Spritzen
Als während einer Operation
völlig überraschend eine
Patientin stirbt, gerät die schöne
Ärztin Kate Chesne unter
Verdacht. Ein Albtraum beginnt
– bis sie unerwartet von dem
attraktiven Anwalt David
Ransom Hilfe bekommt ...

MIRA®